MELISSA

情人独立宣言

ゲスで絶倫な豹獣人から逃げ出したい！

JN059882

猫屋

Illustrator
cielo

この作品はフィクションです。
実際の人物・団体・事件などに一切関係ありません。

情人独立宣言

ゲスで絶倫な豹獣人から逃げ出したい！

【プロローグ】

一二《つまびら》ひとえは怒っている。彼女が怒っているのは最近は割といつものことである。

「おじ様、仕事をしてください」

きっちりとシニヨンに纏《まと》めた黒髪に隙のない黒いパンツスーツ。湿度が上がってきたこの季節にはなかなか辛《つら》い装いだ。ましてやホテルのきれいなプールサイドとなればなおさらだ。暑い。そしてキラキラとした水面と水を弾《はじ》くお肌を持った若者がムカつく。ひとえは現在二十六歳でまだまだ老《ふ》け込む歳《とし》ではないし、水着が着られないような体型ではない。しかし目の前のオッサンみたいに浮かれて水遊びに興じる気にはとてもならない。なぜならば仕事中だからだ。プールサイドのジャグジーにはどう見ても還暦くらいのオッサンと、二十歳前後の女の子がキャッキャウフウフとイチャコラしている。それだけで沈めてやりたいほどムカつく光景だ。プライベートの時間もなくこき使われている身としては、こんなにカリカリしていても仕方がないのかも知れない。

「おじ様」

「お？　つついちゃおかなぁ～？　ホレホレ」

「やだぁ、もう、エッチ！」

彼女はオッサンいきつけの飲み屋の姉ちゃんであるが、こんなエロじじいにオフでもつき合ってくれる奇特な若者である。営業の一環としてのつき合いだろうしプレゼントも頻繁に贈られるとはいっても、休日をオッサンに使うその心の広さにひとえは感心していた。最後の一線は越えないところもプロ意識があって好感度が高い。そんなふたりは仲良さそうにキャイキャイとジャグジーでまだふざけあっている。

（どうでもいいから、はよ上がれ）

飲み屋の姉ちゃんこと、さおりに抱きつかれてゲヘゲヘしているのは一二権造《ごんぞう》というオッサンでひとえの父方の親戚でガマガエルのようなエロオヤジである。この元気なオッサンは今年で六十になるはずだが、仕事もプライベートも精力的に活動しており、生活が仕事一色のひとえにしたら見てるだけでげんなりするくらい元気である。ひとえは一応就職という形で権造に雇われているが、秘書という職業名では納得できない仕事内容であった。彼の仕事のサポートは仕事専門の秘書が数人いるのでその辺はひとえの出る幕ではないのだが、その他の雑事が全てひとえに回ってくるのだ。

例えば朝は権造を起こすことから始まって、好き嫌いする還暦のオッサンをなだめすかして一緒にスーツを選んでやる。その際に「似合っている」と褒めるのを忘れてはならない。ここで機嫌を損ねると後がめんどうなのだ。権造はひとえが運転する車以外は乗らないので、行く先々の送り迎えをする。すぐ飽きる権造をチアガールのごとく応援して仕事をさせて、おやつから外食の店の予約までひとえが行うのだ。夜は飲み屋への土産《みやげ》も手配して、帰宅まで見守って夜中に腹が減ったと騒ぐ権造に低カロリーで消化の良い食事をさせて風呂に追い立てる。この工程の全てに軽口とセクハラがトッピングされるのだ。

これが毎日休みなくあるひとえの仕事でプライベートの時間など皆無である。ひとえがなぜこんなブラックな仕事に就いているかというと、実はこのエロオヤジに大変な恩があるからだ。

ひとえがまだ大学生の時に父が病に倒れた。間が悪いことに母は母方の祖父母の介護に追われており、金銭的にも苦しい状況だった。

(これは大学を辞めて体でも売るしかない!?)

突然、高ストレスにさらされたひとえが極端な思考に陥っているところに、ガマガエルみたいなオッサンが颯爽《さっそう》と現れた。ひとえの頭をひと撫《な》でして治療費やひとえの学費、生活費などをポンと出してくれたのだ。さあ、見返りに人身売買か愛人契約かと身構えるひとえだったが、権造が言ったのは「卒業したらうちの会社で働きな」ということだけだった。大金の見返りにしてはささやかな要求のような気がしたが、実際働いてみると「耐久！　わがままなオッサンのお守り二十四時」だったのだが。世の中甘い話はないのである。

「おじ様！　いい加減上がってくださいよ、時間が迫ってますから！」

未《いま》だジャグジーでイチャつくふたりを怒鳴って権造の腕を引くひとえ。多少濡《ぬ》れようと構っている暇はない、次の予定が迫っているのだ。ここで甘い顔をすると全ての予定が後にずれ込むのだ。

「あはは！　オジサン仕事だってぇ～」

「いやぁん～。働きとぉなぁい～」

「うわっ！」

笑いながらふざける権造に腕を引かれてバランスを崩したひとえは、スーツを着たまま頭から飛び込むようにジャグジーに落ちた。化粧が!?　などと思っていた次の瞬間、ジャグジーの床が抜けたのだった。激しい水音とともに背中に感じる固い感触。見上げる光景は先程までの晴れた青空ではなく、くすんだ色の天井に数本の銀のパイプみたいなものが走っている。自分が寝転んでいるのは感触で分かる。全身が濡れているのはエロオヤジのせいだ。

（……え？　どこ？　ここ）

そこは先程までのごきげんなジャグジーではなかった。

【1】

ヒトの国としては一番大きな帝国の東の端、交易が盛んな隣国との国境付近に我がもの顔で飛行する大型の飛行戦艦がある。これはどちらの国の所有物でもなく、放浪する獣と呼ばれる獣人傭兵《ようへい》軍の持ち物である。獣人傭兵軍とは、その名の通りの戦争屋で主に金銭で戦闘を請け負い勝利へ導く武力集団である。そしてこの戦艦は獣人傭兵軍、猫《ナオ》旅団約五百名の住居兼戦闘機であり、現在ここにいるのは全くの気まぐれである。

地上を這《は》い回り警戒するヒトたちを尻目に悠々と国境を行ったり来たりする戦艦は、そんな些末《さまつ》なことなど気にも留めず好き勝手飛行しているようだ。悪名高き傭兵軍の戦艦に警戒するのは当然であるが、依頼金が発生していなければ彼らは無害に等しい。

戦艦内部の作戦室では、国境警備者たちとは違い緊張感のないやりとりが行われていた。現在の猫旅団はどこの争いにも関わっておらず、いわゆる休暇中というやつだった。先月まではどこそこの民族の争いに雇われて敵を殲滅《せんめつ》していたが、その仕事も終わって今はフリーなのだ。そんな暇な獣人たちの乗る戦艦の奥、乗り物の中とは思えない豪華な飾りのついた扉の向こうからニャゴニャゴとしわがれた声が聞こえてきていた。なぜニャゴニャゴか？　それは猫旅団は猫科獣人ばかりが集まった集団だからだ。

入室して目に入ってくるのは大きな艶《つや》のある木製の円卓。むさ苦しい傭兵の戦艦の中にしては落ち着いた雰囲気で整えられた部屋で、円卓には老猫といっても差し支えがないであろう高齢の猫獣人がいた。彼らはこの猫旅団の相談役で左からオオヤマネコ、オセロット、カラカルではあるが老けてしまえば皆同じ猫じじいにしか見えない。長く伸びた眉と顎髭《あごひげ》が仙人のようで、その相談役がタシッ！とテーブルを叩《たた》いた。人型をとっている時は肉球は存在しないので締まりのない音しかしないのは非力のせいだ。これでも現役の時は旅団内でも実力者と言われていたじじいたちだ。

「いつまでのらりくらり、かわしとんじゃぁ！　いい加減覚悟を決めんかっ」

「そうじゃ！　チマール国の姫君から場末の娼婦《しょうふ》までよりどりみどりというのになんじゃ？　お？この腰抜けが！　ゲホゲホッ」

「すぐに所帯を持てとは言わんから、せめて決まった相手を作れ」

相談役の三人とも現役を退いてからかなりの時間が経《た》っており、体の方は常時プルプル震えるほどの老齢だ。しかしその声は腹からしっかり発声されており無駄にデカい。そして意外と頭はしっかりしているのだ。先程から彼らに責められている男、円卓の向かいに座る者がのらりくらりと結論を回避しているのもきちんと認識していた。

「やだなぁ。相談役、俺みたいな若輩者が女を囲うなんて十年早いんだって」

その男はニコニコと笑顔を浮かべてテーブルに肘をついた。じじいどもの叱責などこれっぽっちもこたえていない。しかしその穏やかに見える笑顔に騙《だま》される相談役ではない。彼が三年前に二十歳を迎えた時からこっち、ずっと同じ話を繰り返しているのだから。

「なにを言うか！　獣人傭兵軍の猫旅団長としても、いち獣人としても早く子を生《な》さんでどうする！」

「加えてお前さんは変異種じゃ。その特性を引き継ぐ可能性を最大限に引き上げるべきじゃろ」

「むしろその歳《とし》でおなごに興味がない方がやばいじゃろ」

にこやかな男、この獣人傭兵軍猫旅団旅団長のリュイはニコニコと笑顔を貼りつけたまま首を傾《かし》げた。サラリと揺れる赤の色素が入った美しい金髪は彼が変異種であることを示している。肩に流した一束の髪をクルクルと指先で弄びながら、リュイはその形のいい口を開いた。

「興味はあるよ。穴としてはね」

その言葉を聞いた相談役たちは一斉にため息をつき、背中を丸めた。示し合わせたのではない、この男の暴言などいつものことなのだ。リアクションも揃《そろ》うというもので、なんならこんなのまだまだ序の口だ。

「お前はなんということを……。そんな調子だから姫を怒らせるんじゃ」

「いや、だってさ、あんなにグイグイ乳を押しつけてくるから発情期かと思うじゃない？　それを聞いただけなのに。怒る？　普通」

「怒るじゃろ、普通。せっかく親にきれいな顔に生んでもろぉて……。活用せんかい」

「まあ、性欲の発散に不自由はしてないかな」

「発散じゃのうて繁殖せんかいな」

相談役をバカにしてケタケタ笑うリュイは、相談役たちが言うように大変見目麗《みめうるわ》しい。野性味溢《あふ》れる獣人傭兵軍の中では一際目立つ美貌をしている。ピンクがかった金髪の長髪はほつれもなく光を透かしたように輝くサラサラのストレート、線の細い女のような柔らかい造形の顔、豹《ひょう》の獣人である証《あかし》の模様が目尻からこめかみに入っていてもその美しさは損なわれない。黙っていれば猫旅団の華とまで言われる旅団長だが、一度口を開けば猛毒の花である。

「仕事でならいくらでもハメていいけどなぁ～。結婚は面倒くさい」

「こんのっ、クソガキ」

「……旅団長……」

相談役の血管が切れそうになっているのを見かねたのか、今まで黙っていた男がようやく口を開いた。この男ははじめからリュイの隣に座っていたのだが、下手《へた》に口を挟めば纏《まと》めて相談役の愚痴に巻き込まれるのでギリギリまで黙っていたのだ。細身のリュイと並ぶとその鍛え上げられた筋肉はますます強調される。リュイのような中性的で繊細な美しさはないが、きりりとした顔はまさに歴戦の戦士といった風貌である。リュイよりもシャープな曲線の模様を持つ彼は副団長のバーグナ、虎の獣人である。

「旅団長は代々二十歳前には結婚している。相談役はあんたを心配しているんだろう」

「だからってさぁ。種ばらまけって酷《ひど》くない？」

「お前がまともに女とつき合わないからだ」

「あんな生き物より、戦闘に出てる方が楽しいね」

リュイのこの主張は彼がいち兵士だった頃から変わっていない。彼のような変異種と呼ばれる突然変異の獣人は、特殊能力を持っていたり戦闘能力が高かったりで素晴らしい戦果をあげる。しかしその反面変人が多く独身を貫く者も少なくはない。少しでも優秀な血を残したい相談役は必死で結婚、もしくは特定女性との交際を勧めるのだ。

「とにかく、見合い話が山のようにきとんじゃい！　どれか選ばんか」

「嫌だね。ひと晩限定でハメてくださいって言うなら考えるけど」

「クソガキ、顔面に合った発言をせんか」

相談役が呆《あき》れるのも仕方がない。だるそうに椅子にもたれて足を組むその男は見た目だけならとても美しいのだ。それこそ各地の女たちが黄色い声を上げ、旅団長に就任した時などリュイの写真が出回ったほどだ。彼の中性的な美しさはその中身すら優しいのではないかと錯覚させるのだ。実際、ガチムチ体型の多い傭兵の中で比較的細身、柔らかな印象の男は黙っていれば優しげで儚《はかな》げな印象すら与える。対比というやつで、ゴリラに囲まれればチンパンジーは優しげに見えるだろう。チンパンジーもとても凶暴だというのに。

まあ、そんなチンパン……いや、リュイは女性に大変もてる。黙って笑っているうちは際限なく女が寄ってくるのだ。それがひとたび口を開けば、数秒で相手を怒らせるか女性の変な扉を開いてしまうのだった。長い歴史を持つヒトの国のお姫様には「発情期ですか」。国をまたいで活躍する有名な獣人の踊り子には「君の体臭はきつすぎるかな」。貴族並みの教養を誇り、ヒトにも獣人にも人気な高級娼婦には「俺の種が欲しいなら往来で股開いておねだりしてみて？」と、こんな調子である。因《ちな》みに娼婦以外は激怒した。娼婦も表向き怒っていたが、やや頬を染めていたのをバーグナは見逃さなかった。

「お前、まさか男色か」

「ばか言うな、耄碌《もうろく》じじい。引きちぎるよ」

「ま、まさか……、バーグナと」

「ははは、戦艦から落とすよ？」

突然のスキャンダル疑惑にリュイは笑顔のままだったが、どうやら違ったようだ。彼は女が嫌いなわけでも性愛対象が同性なわけでもない、ただ単に他人への配慮がゼロなだけだ。一応上司である相談役すら、引きちぎって飛行中の戦艦から落とすとか言っているのだ。しかしこんな軽口もいつものことなので、これしきの脅しではじじいどもは止まらない。ちんまりと丸まったかわいい耳を寄せるように肩を組んで主張し続けた。

「ならば早く特定の女を作れ！　種をまくにしても子を生さねば意味がない」

「幼少期から戦闘訓練せねばならんしな」

「この際、ヒトでも草食獣人でも問題ないぞ！　とにかくキメてこい！」

「じじい、頭大丈夫？」

リュイがきゃあきゃあ騒ぐ老猫たちの襟首を纏めて掴《つか》もうとしたその時、テーブルの上に黒い塊が落下してきた。テーブルに載っていた茶器が倒れ転がり床にぶちまけられる。戦艦は飛行中だ。出発時に隅々まで荷物と人員のチェックはしていたし、なにより粗暴、残忍で知られる獣人傭兵軍のしかも猫旅団に忍び込む輩《やから》がいるとは思えない。リュイは相談役の襟首を予定通りに掴み部屋の隅へ纏めて投げた。じじいどもは文句を言いながらもくるりと回転してきれいに着地している。リュイがテーブルを振り返った時にはすでにバーグナが「それ」に向かって湾曲した短刀を突きつけていた。

「何者だ」

先程までのリュイへ苦言を呈していたバツの悪そうな表情ではなく、バーグナの静かな威嚇は密林で出会った虎のように威圧的で恐ろしい。テーブルから床には茶ではない水が滴《したた》っており、その液体も黒い物体と一緒に現れたと思われる。そしてそのずぶ濡れの物体は呆然《ぼうぜん》と寝転ぶ黒い服を着た女であった。意識はあるようだが目を見開いて驚愕《きょうがく》の表情で固まるそれは、獣人特有の模様も尖《とが》って毛の生えた耳も尻尾もないことから、ヒトだとあたりをつけたバーグナだがそれでも警戒を緩めず短刀を突きつけ続けた。たとえ相手がヒトの女だとしてもその脅威は身をもって知っているからだ。爪や牙を持たない代わりにヒトは様々な兵器を開発し駆使して獣人に対抗する。決して獣人より劣った存在ではないからだ。

「……え?」

女がひと言、声を発してからノロノロと身を起こした。仰向《あおむ》けから起き上がりテーブルに座る体勢になった時、もう一度バーグナが声をかけた。

「動くな。動けば首を落とす」

バーグナに初めて気がついたように女、ひとえはようやく彼の方を見た。

水が滴り張りついた黒髪から流れ落ちて、崩れた化粧が目の周りを汚している。そしてずぶ濡れの服装は割としっかりした生地の黒い服。あまり女らしくない服装ではあったが、まあ人間の国もたくさんあるので服装はそれほど違和感はないとバーグナはぬかりなく彼女を観察していた。そんな見るからに只者《ただもの》ではない目つきの男の顔から、ひとえが視線を下にさげると刃物を所持しているではないか。ひとえは悲鳴を吸い込むように「ヒュ」と息をのんだ。

「何者だ」

「こ、ここはどこですか……っ」

バーグナの質問とひとえの掠《かす》れた声が同時に発せられた。バーグナの眉間にピクリと皺《しわ》が寄り、ひとえがしまったと顔を歪《ゆが》める。刃物を持った筋骨隆々の男の機嫌を損ねていいことなどないと分かりきったことだ。

「ここは獣人傭兵軍、猫旅団の戦艦だよ」

バーグナと睨《にら》み合っている側《そば》から明るい声が発せられ、部屋の空気と相反する軽い調子に思わず視線を向けてひとえは驚いた。室内の照明程度でもキラキラと輝く美しい金髪に、スラリとしたバランスのいい細身の体躯《たいく》。優しげに細められた目に笑みを浮かべた口元。まるでおとぎ話の美しい王子様のような男がいたからだ。

しかしひとえはリュイのその笑顔に不審そうな視線を強めた。なぜならそれなりに社会経験のある彼女はどんなに優しげでも、目が笑っていない人間はろくなものではないと経験上知っているからだ。ひとえ的にはバーグナより後から出てきた美しい男の方が、明らかに胡散臭《うさんくさ》い印象を受ける。

(優男《やさおとこ》ほど危ないと相場が決まっている)

ひとえが座ったまま後退しようとすると、バーグナが握る短刀が首に寄せられて再び硬直した。刃は触れてはいないがそのひんやりした空気が首に伝わるような鋭さを感じる。もしかしたらこれが噂《うわさ》に聞く殺気というものかとひとえの服の中に冷や汗が流れ落ちた。

「ふぅん、ヒトだね。どこから来たのかな？　この部屋には隠し通路なんかないはずだし、ここ半月は寄港してないしねぇ。まさか半月も隠れてたとか言わないよね」

「……」

「魔法？　ヒトの新兵器的な？　その割には鍛えてる感じしないけど」

「ひぇっ」

ペラペラと話しながらひとえの側に寄ってきたリュイは無遠慮に彼女の腕を掴んだ。筋肉を確かめるために掴んだと思われるその行動に驚いたひとえは反射的に振り払ってしまった。

「お、気が強い。いいね」

「……おい、旅団長」

「尋問は俺がするよ」

「なんだと」

「ほら、じじいも種つけしろって言ってたし。ちょうど現れるなんて神様からの贈り物だよ」

「はあ!?　なにかの罠《わな》だったらどうすんだ!?」

「それも一興」

非力なヒトの女とはいえどんな罠があるか分からない。バーグナは警戒して決して触らなかったのに、リュイはあっさりとひとえを抱き上げてしまった。即座に震える声で悲鳴が上がったがお構いなしだ。

「待たんかリュイ！」

「女なら誰でもいいんでしょー？　じゃあコレでいいじゃない」

「間者ならどうする!?」

「それも吐かせとくよ。アンアンとか喘《あえ》ぎ声もね」

「このゲスが」

荷物のようにひとえを肩に担いだリュイはニコニコ笑いながらすでに部屋の出口へと向かっている。相談役とバーグナは一応口では止めているが、この男が言いだしたことを絶対にやめないことは分かりきっていた。

「!?　な……っ、なに……っ!?」

「んー？　大丈夫、大丈夫。俺、女に怪我させるほど、力加減下手じゃないから。だからできるだけ抵抗してね」

「!?」

状況も誰に助けを求めていいかも分からないひとえは、とりあえずバタバタと暴れて視線をあちこち動かすもどうにもならない。そしてどれだけ暴れてもがっしりと巻きついた腕は外れないし、リュイはよろけることすらない。喉の奥から絞り出された空気の音のようなひとえの悲鳴を残して無情にも扉は閉められた。

部屋から出ると廊下であろうそこはひとえを担いだリュイが歩いても余裕があり結構広いのに、素材が金属のせいか窓がないせいか閉塞感がある。リュイは迷うことなく一直線に廊下を進んで行った。

移動中も暴れ続けていたらリュイが楽しそうに笑った。

「あはは、活《い》きがいいね」

「下ろして！　放して!!」

ひとえが連れてこられたのは、多少生活感がある部屋だった。迷いなく扉を開けたところを見るとリュイの部屋だろう。壁やら床に固定されてはいるが、一応の家具が揃っており飲み物や本なども置かれている。男が一直線にベッドに向かうのが分かったひとえはより高い悲鳴を上げた。

「なにする気!?」

「分かってるでしょ。そういうプレイ？　カマトトぶるのが好きなの？」

もう落ちてもいいや、と思い切ったひとえが海老《えび》反《ぞ》りになり反動をつけて暴れると、その勢いを利用してリュイにベッドに投げ落とされた。ボスン、と大きな音を立てたひとえは数回バウンドして落ちて目が回ってしまう。

「うっ！　ごほっ」

「危ないよー」

ベッドは柔らかく怪我をすることはなかったものの、衝撃はダイレクトに肺に伝わりひとえは一瞬息が止まった。ゴホゴホと咽《むせ》るひとえに構うことなく痛むその胸を大きな掌《てのひら》で押さえられた。仰向けに押さえつけられるひとえを覗《のぞ》き込むリュイは相変わらず楽しげに微笑んでおり、この緊迫した状況に全くそぐわない。

「このっ！　イカれ野郎!!」

「おっと」

ひとえはがむしゃらにリュイの顔めがけて手を振り回したが、他人を殴ったことなどないのだから正確に殴るなどできるはずもない。案の定振り上げた手はスルリと避《よ》けられてしまい、その手と合わせて反対側も掴まれてしまった。ひとえの二本の腕をリュイは片手で纏めてしまい、そこに体重をかけて更に顔を近づけてきた。ミシリと軋《きし》む手首にひとえが顔を顰《しか》めると、それを見たリュイはさもおかしそうに笑っている。

「あぁ、抵抗してかわいいなぁ。でもこのままじゃあ手が塞がって愛撫できないや。濡らさないで突っ込むのはかわいそうかな。それともすぐ濡れるタイプ?」

「ふざけんな！　放して……っ」

今度は膝を勢いよく振り上げてリュイの背中を狙うも、すぐに太ももの上に座られて動けなくなる。細身といっても男の体重で上に乗られて撥《は》ね退《の》けることなどできない。ひとえは思い切り舌打ちをしてリュイを睨みつけた。その余裕な態度が余計に癇《かん》に障《さわ》る。

「縛る趣味はないんだけどね、濡らすあいだだけ」

「嫌、ちょっと何言ってんの!? ばかじゃないの、変態！ 痴漢！ 強姦魔《ごうかん》！ フニャチン野郎!!」

「フニャチンとは心外だね、今から思い知るだろうけど」

リュイは片手で腰のベルトとそれにつけられた短刀を外してひとえの手首に巻きつけた。手首をピッタリと重ねて手早くベルトを巻きつけてきっちりと締め上げられれば、引き抜く隙間もない。

「暴れると痣《あざ》になるよ」

「ひっ、ひぇっ！ やめて！ 外して!!」

拘束された恐怖で真っ青になっているひとえに目もくれず、リュイはテキパキとした手際で両手を上げた体勢でベッドヘッドに彼女を固定してしまった。腕は動かない、足の上には座られてしまい膝から下がバタバタと動くのみだ。緊張が極限まできて、ひとえの声が嗄《か》れてきてしまった。そんなひとえの様子には全く頓着せず、リュイは彼女のスーツの中に着たブラウスの襟首に手をかけた。

「一応、聞いておこうかな？」
グ、と襟首を引かれて生地が肌に食い込み、ミチミチと繊維が裂ける音がやけに大きくひとえの耳に入ってくる。その恐ろしい音にひとえは言葉を失いリュイを呆然と見つめることしかできなかった。
「君は誰？」

バリッ！ ブチブチブチブチ！ と勢いよく引き裂かれる音がしてブラウス、ジャケットがひと息で破られた。男とはいえさほど力を入れていない様子で、あっさりとブラウスとジャケットのボタンを飛ばした力にひとえは驚愕する。悲鳴は自分の頭の中に反響するだけで目を見開いて固まることしかできない。ひとえは確かに恐怖を感じているし、見たくもないのに目の前の男から目を離せなかった。視線をそらした途端に、忍び寄られてガブリと首を噛み切られそうで。

「ん？　どうしたの？　大人しくなったね」

次いでスーツのパンツのボタンとその上に巻いていたベルトが引きちぎられる。これも片手で軽々とだ。ヒトから見ると異様に映る力は獣人なら当たり前に持っているもので、特に変異種であるリュイは通常の獣人を上回る怪力だ。質問を投げかけてはいるが答えは要らないらしく、リュイはひとえの胸元にその尖った爪を滑らせた。

プツンとやけにゆっくりとブラジャーの中央を爪で切り離した。先程の衣服を破る勢いとは大違いである。下着から解放された乳房が晒《さら》されているのはひとえにも分かっていたが、服を盛大に破られたショックと尖った爪が滑る恐怖で反応できない。プツン、プツンとショーツも破られてついに肌が全て晒された。

「どこのスパイかな？」

意識が半分飛んでいたひとえだったが、リュイのぞっとするほど美しい笑顔に冷や水を浴びせられた心地になった。

「ぎゃあああーーー!!」

「……ちゅ、ちゅ、ちゅ」

「うぎゃあぁぁぁ！　やめろぉ！」

「く、くく、……ちゅ、ふふふっ」

腕はベッドヘッドにひっかけるように固定されて動かせない、下半身もリュイが上に乗っているため、膝の下がバタバタと動くだけだ。そうなれば彼女にできる拒絶の意思の示し方は、頭を左右に振り大声を出すことだけだった。その際に顔も大変なことになっているが、これで相手のヤる気を削《そ》げれば儲《もう》けもんである。

リュイはひとえの服を粉砕し手を拘束した後、テキパキと愛撫を始めた。どれだけ罵詈雑言《ばりぞうごん》を吐かれようと物凄《ものすご》い形相で嫌がられようとその手は緩まなかった。とてつもない強メンタルである。そしてぬけぬけとその美しい顔を寄せてくるが、当然ひとえは死ぬ気で避ける。

「あれ？　なんで避けるの？」

「避けるわぁ！　誰がキスなんかさせるかっ」

拒絶なんか初めてされたとでもいうようにキョトンと首を傾げる姿がなんとも腹立たしく、ひとえは歯をむきだしにして威嚇する。リュイはそんなひとえの顔も面白いらしくニコニコと笑いながら彼女の胸を両手で揉《も》んできた。

「あー、柔らかい～」

「やめろぉ！　変態変態変態!!」

「おっぱいが好きなのは正常だと思うけど。というか君うるさいね」

「黙ってヤられてたまるか!!」

始めこそは恐怖で固まっていたひとえではあったが、彼女のそんな姿を見ても男の顔からは笑顔が消えないし手に迷いが全くない。ということは彼女がどう振る舞おうとやめるつもりはないということだ。そして好き勝手に体と尊厳を蹂躙《じゅうりん》された後は殺されるかも知れない。暴れようと大人しく従おうとどちらにしても決定権はリュイにあるのだ。

「ならばぁ！　抵抗した事実だけは残しておくのだぁ!!」

「あはは、変な女」

「うるさい！　うぐっふ」

恐怖を和らげるためにひとえの脳内には興奮物質でも分泌されたのか、彼女のテンションは上がりっぱなしだった。大声を出して騒ぎまくっているというのにリュイは一向に萎《な》える気配はなく、むしろより楽しそうにひとえの両足首を掴んで持ち上げた。ひっくり返ったカエルのように膝を曲げて足の裏が天井を向いている。隠しておきたい諸々が明るい部屋の中でご開帳にされてしまった。

「ぎゃっ、いやっ……っ！　いやっ」

「わぁ、間抜けな格好」

「あんたがしたんでしょ！」

「まぁまぁ、ほら舐《な》めてあげるからさ」

「やだやだ、やめてっ、キモい!!」

容赦なく体を折り曲げられて上半身が圧迫されて大声も出せなくなってしまった。ひとえがなにをどう隠せばいいか慌てているあいだに、さらけ出された秘所をベロリと舐められてしまう。やけにザラリとした舌が不遠慮に自分の内臓に近いところに触れて、ひとえはぞわぞわと鳥肌を立てた。

「ひゃえええっ!!　キモい！」

「そう？　評判いいんだけど」

「誰によ！　あっ」

「ん？　ここ？」

ひとえがどれだけ暴れても軽々とした手つきで足を押さえて、盛り上がった肉で隠されたそこを割り開かれてしまった。顔は見えないがリュイが笑っているのが声と息づかいでひとえに伝わってしまい、彼女はカッと頭に血が上るのを感じた。なぜ面白半分でこんな目に遭わされなければならないのかと。左右にあるヒダをツツツと舌先でからかうようになぞって、リュイはその上の方にある突起を探り当ててしまった。

ひとえは決して快感など感じているわけではないが、普段隠されたその敏感なところを固くした舌先で突かれては体が震えてしまうのも仕方がないことなのだ。そしてリュイの長い指は、女の感じるところはお見通しだといわんばかりに迷いなく進んでいく。ぬるぬると膣口《ちつ》をさすっては潤いを塗り拡げて、ごく軽く陰核を擦ってひとえの力が抜けたところでツプリと中へと侵入してきた。そしてその指は迷うことなく陰核の裏側へと向かって突き上げるように刺激してきた。

「……うっ」

「ここ気持ちいい？」

「ぜ、全然っ！」

「そ？　なんかグチャグチャいってるけど」

リュイはいつの間にか両手を使用し、ひとえの中と外を同時に刺激していた。指が大胆に動いてだんだんと腫れてきた陰核をすり潰すように動き、中に差し込まれた指は音を立てるほど激しく動かされている。

「は、鼻でも口でも、指突っ込んでかき混ぜたらっ、液体が出るでしょうが……っ！」

「ふふふ、そうなの？　濡れてきたからどっちでもいいや」

リュイはひとえの足の間に陣どり、その痴態を舐め回すように見ながら自分の着衣を緩めていった。刺繍《ししゅう》の入った薄手のコートのような長い上着も、その下に着用していたハイカラーのシャツも乱雑に脱いでベッドの下に放り投げている。ひとえも黙って大人しく見ているだけのはずもなく、リュイを蹴り飛ばそうとするがこの男は服を脱ぎながらでもひとえの蹴りを避けてくるのだ。

「あはは、まる見えだよ」

「う、うるさいっ！」

暴れたせいでさっきまでリュイにかき回されていた場所がまる見えだったらしく、指を指して笑われてしまった。そうこうしているうちにリュイも下着まで脱ぎ去ってしまい全裸になってしまった。

服を着ていると細身な優男に見えていたが、その体は以外にも鍛え上げられていた。重くなさそうなしなやかな筋肉がついた体は、世界各地の血なまぐさい戦場に首を突っ込んで駆け回った結果である。そしてその肌には獣人の証である模様がトライバルデザインの刺青《いれずみ》のように走っていて、筋肉をより立体的に引き立てていた。しかしそんなムキムキの体より、ヤバそうな刺青のような模様よりひとえの視線はある一点に釘《くぎ》づけである。

「な、なによ、それ……っ!?」

「え？　知らない？　ちんこだよ」

「でかくない？」

「そう？　旅団《ウチ》の奴らの中ではそうでもないんだけどな。さっきのガチムチの奴、バーグナなんかこれの倍近くあったような」

「ばっ、化け物……っ！」

「でも、褒めてもらって嬉《うれ》しいなぁ」

彼的には自慢のイチモツではなかったらしいが、全く隠すそぶりもないソレ。天井を向いて怒ったように張り詰めて血管の浮き出たソレは、ひとえからしたら未知のサイズだった。恐怖を覚えて再び暴れ出したひとえであったが、異様に気を良くしたリュイに笑いながら膝を掴まれて左右に開かれた。ちなみにリュイの尻には獣人の特徴のひとつである尻尾もついているのだが、前の方の衝撃のせいでひとえは気がついていない。

「入れたら手は解《ほど》いてあげるからね」

「むむむむ、無理っ！　ムリムリムリ！　嫌ってか無理!!」

大きく開かれた足の間にデーンと存在感を示す凶器。ヘラヘラした笑顔の本体とは違っていきり立ったそれがひとえの湿った膣口に擦りつけられて、ニチャニチャと音を立てていた。念入りに愛撫をされたお陰で滑りはいいようだ。

「大丈夫、大丈夫、赤ん坊が通る場所なんだから」

「アホかッ！　それ死ぬほど痛いやつ……ぐぅっ！」

「ん、あぁ、きもちぃ……」

場違いにのんきな口調のリュイにひとえが渾身《こんしん》のツッコミをしている隙にそっちが突っ込まれた。ミチッと音がしそうなほどの圧迫感、なんともいえない鈍い痛みをともなってゴリゴリとひとえの中へと侵入してくる。引き伸ばされた膣口が裂けそうで恐ろしい。泣き叫ぶほどの痛みではないが、これまで体験したことのないものが侵入してくる恐怖でひとえはベッドの上方へと逃げた。

「いっいいいいっ、痛い……、や、抜いて……っ」

「もう一番太いところ入ったよ、あとちょっとね。頑張れぇ」

「うっぐぐぐぐ」

「あ、待って。……なんか、君、めちゃめちゃ気持ちいいね」

のほほんとした応援の言葉が心底腹立たしいが、ひとえにそんな余裕はなかった。狭いところに容赦なくリュイの陽物が押し込められてお腹《なか》の中が満タンになり、口から行き場のなくなった内臓が出そうだ。迂闊《うかつ》に叫ぶこともできそうにない。

まだ全ては収まっていないというのにリュイはひとえにしがみつき、うっとりとした様子でため息なんかついている。大変具合がいいらしい。肌が密着してリュイのものが全てひとえの中に収まった時にはひとえは苦悶《くもん》の表情、リュイは恍惚《こうこつ》の表情と対照的であった。

「い、いたぃ……っ、怖いぃ……」

「あ……っ、はぁ。待って締めないでね……。手ぇ解いてあげる」

ひとえが痛みと恐怖に唸《うな》っていても絶対に抜いてくれなさそうだが、一応腰を振らずにいてくれるのは助かった。こうしていても彼女の中でのリュイ自身の存在感の主張が凄《すさ》まじい。リュイはひとえの手を拘束していたベルトを外して、その手首をベロベロ舐めている。労《いたわ》りのつもりか知らないが、そんなことをされてもひとえが心を許すはずもなかった。それから、からかうように中のものをピクピクと動かされて反応を見られる。

　本調子のひとえならばバカにすんなと目の前の男を蹴り飛ばしたいが、背中が勝手に反り返ってしまうことを聞いてくれない。そんな彼女の様子のどこを見ていけると判断したのかは分からないが、リュイが徐々に動きを激しくしていった。リュイがゆっくりと腰を引いてひとえの中のものが出ていけば少しホッと息をつく。しかし気を抜いている暇はなくすぐにまたメリメリと押し広げられるのを数度繰り返していた。

「うっ、うぅ、いや、苦しい……、ひっ、ひっ」

「ああ、なんか……。君違うなぁ。ヒトの女も結構抱いたけど、なんか違う」

　抜き差しの刺激が強すぎてそのたびに表情を変えるひとえをリュイは目を大きく開けてじっと観察している。そして舌なめずりをしてニッコリと笑う顔はひとえと違って大変ご機嫌なようだ。

「やだ、怖い。抜いて……」

「んー、無理かな。気持ち良すぎて」

「うぅ！　きゃあ！」

　経験したことのない場所を突かれ弱気になったひとえを見てリュイは目を三日月のように細めて笑い、ついにバチン！　と勢いよく肌をぶつけてきた。体の中から押されてひとえの口から悲鳴が上がる。獲物の心が折れて従順になる瞬間の見極めはリュイの得意とするところだった。そんな気が弱った時に体の中をすごい勢いでかき回されて必死なひとえの唇はガラ空きだった。そこを抜かりなく掠めとる。拒否していた唇を奪われてひとえは目を見開くが、下から突き上げられてそれどころではなくなってしまった。

「っ、ちょっと……いっ！　やっ、いやっ！」

「ん？　やじゃないでしょ、ほらほらグショグショだよ」

無断キスへの文句を言おうとすればそれを感じとったリュイが腰を引いてひとえの中を擦り倒してくる。そのズルズルとした体ごと引きずられるかのような感覚を追うように、ひとえの中から滑った液体が大量に流れ出た。そして間髪入れず腹の奥のしこりを叩かれる。上と下と激しい水音がまるで耳元で鳴ってるかのようにひとえを犯す。それでも決して乱暴なばかりではなく、優しく擦り上げる時もあれば、目の前に火花が飛ぶような激しい時もある。えげつないほどの絶妙な緩急であった。

「つはぁ、……あっ、あぁっ、ああっ……!!」

「ふふ、いい声になってきたね。気持ちいい？」

「!?　……っ、ぜ、ぜんぜ……っん」

「そぉ？　まだ足りないんだね」

パンパンとリズミカルな音がするようになる頃には、ひとえの中もすっかりほぐれて滑らかに潤い充血してリュイのものにしがみついて快感を絞りとっていた。その変化はひとえの顔にも如実に表れており、顔は赤く火照《ほて》り汗や涙などの水分で潤っている。そしてリュイはそれを敏感に感じとり、舌なめずりをしながら見ていた癖に、彼女の口だけの強がりは否定しなかった。

快感からか疲労からか小さく震えるひとえの足をぐっと持ち上げて膝の裏を押さえつける。上を向いたドロドロの結合部に打ち込むように腰を叩きつければ、打つたびにブチュ、ブチュッ！　ととんでもない音がしている。

「ひぁ……、はっ、はぁ、ああっ」

「ね、気持ちいい？」

「あぅ……、う、ひっ、も、無理ぃ……。また、イくぅ……」

「ん。俺ももう出るよ」

シーツに助けを求めるようにしがみつくひとえの手をとったリュイは、それを自身の首へと回させた。正気であればそんなことは絶対にしないひとえだが、激しく与え続けられる暴力的な快感に耐えきれず目の前の安定感にしがみついてしまった。

向かい合ってひとえの頭を抱えるように密着したリュイはニヤニヤとした顔を隠しもせずに激しく腰を振った。ひとえが嫌がる顔を予想しながら。

「中に出していいよね？　諸事情で君を孕《はら》ませなきゃなんないんだ。あは、はぁ……、はっ、いいよね？」

「えっ!?　ひっ、や、やあ！　いや！　ダメ……っ！」

「あ、もぉ出る……」

リュイの言葉の意味を理解したひとえが驚いて抵抗を始める前にベッドに押さえつけて固定して、繋《つな》がった下半身をめり込ませるくらいに押しつける。その衝撃で絶頂したひとえの後を追うようにリュイの欲望も弾《はじ》けて熱い精が吐き出された。身じろぎすらもできないほど押さえつけられて繋がった部分から、男の精がビュクビュクと自分の中へと送り込まれていく。その量の多さに絶望しつつもひとえの腹の奥の女の部分は喜ぶように快感に震えていた。

交わりの激しさと中で吐き出されたショックで呆《ほう》けているひとえの背後から長くて逞《たくま》しい手が巻きついている。無遠慮に体を触り全身撫で回した後は定位置のように乳房に戻っていった。そしてモニモニ揉んで感触を楽しんだり、先端を摘《つま》んでいじめてみたりと忙《せわ》しない。

ひとえが黙っているとリュイは調子に乗ったようで更に密着してきて、耳に頬に唇の端にチュッチュと口づけてきた。そして恐ろしいことに未だひとえの足の間で存在を主張しているものは、またもやじわじわと大きさを取り戻しているようだった。

「！　ちょっと、も、いいでしょ……。どいて！」

「だめだよ。種族が違うと孕みにくいんだ。その分たくさん注いでおかないと」

「なに言って……」

「それに君、なんか気持ちいいし」

背後からリュイにしがみつかれたひとえはそのままうつ伏せにベッドに押しつけられた。しっかりと筋肉のある男は大変重く身動きがとれない。更にはひとえの中に埋まったままのリュイの陽物がグングン大きくなるものだから、体が震えて動けなくなった。

ここはどこだとか、この明るい強姦魔は一体誰なのか考えなければならないことはたくさんあるのに、リュイが大きくなったモノの出し入れを始めてしまうとそんな考えは霧散してしまった。

「ん、はあ、きもち……」

「……っ、っ、……！」

「ん？　また声我慢してるの？　さっきあんなにアンアン言ったのに？」

「う、うるさい……っ」

うつ伏せに足を伸ばした体勢のひとえは布団に顔を押しつけて声を我慢していた。そんな彼女の努力を嘲笑《あざわら》うリュイは、むき出しのうなじに舌を這わせたりカプカプと噛みながらも無情に腰を揺らしてくる。リュイはひとえの中を刺激するだけではなく、乳首や充血して腫れ上がっている陰核もぬかりなく刺激して全方位から快感で攻めてきた。

「くっ、くぅ……っ！　ひっ、ひっ」

「ほら、頑張って我慢して」

「し、しね……っ」

「あー、堪《たま》んない」

「きゃあっ」

反抗的な態度が大変お気に召したらしく、背後からひとえの細い首を眺めるリュイの目の瞳孔がキュッと細くなる。いつまでも諦めない生意気な獲物に分からせるために、リュイはその頼りない首に後ろからガブリと噛みついて押さえ込み激しく腰を叩きつけ始めた。肩が沈むほどベッドに押しつけられて首に走る痛み。肌を破るほどではないが、その異常な行動に当然ひとえは驚愕する。

「いひゃっ！　痛いっ、なに？　なにっ！　やめて！」

「グルルルル」

リュイに揺さぶられ、跳ね回る体を首と肩と結合部で押さえられて苦しいのに逃げられない。ひとえが悲鳴を上げようとも、やめてくれと懇願しようともリュイが満足するまで背後の唸り声は収まることはなかったのだった。

そしてひとえの意識が夢とうつつを行き来しだしてもリュイは彼女の上で楽しそうに笑っていた。好き勝手に揺さぶられてももはや文句すら言う気が起きない。ただギシギシとベッドが揺れる音が聞こえるだけだ。

「忘れてたけど」

「……」

「君の名前なんだっけ？」

今更思い出して名を問われた。そういえばこの行為は初めは尋問とかなんとか言っていなかったか。ひとえもリュイも忘れてしまっていたが。

「俺はリュイだよ」

「……名前、言うから寝させて……」

「ん、あと一回出したらね」

「……ひとえ」

疲労困憊《こんぱい》しているひとえは投げやりに答えて、うつろな目でリュイを見た。そしてリュイはひとえの膝を押さえて前傾姿勢になった。彼女の顔を上から覗き込み、己の欲望を吐き出すために激しく腰

を打ちつけだしたのだ。

「ひとえ、気持ちいい？」

「…………」

「中に欲しいでしょ？　俺の種欲しい？」

「……しね」

悔しそうに唇を噛むひとえを見てくつくつと笑ったリュイは、間をおかずに精を彼女の中に吐き出した。初めに出したその時と変わりない勢いにぞっとしながらも、ひとえは重くなる瞼《まぶた》を引き上げることはできなかった。


「鬼畜かお前は」

「種つけしろって言ったのはそっちだろ」

「誰が気絶するまでやり倒せと言った。というか相談役は見合い相手から選べっつったろ」

「嫌だね。抵抗しない女なんてやる気がしない」

「あんたが変態なのはいい、勝手にしてろ。それよりこの女の素性は分かったのか」

「さあね。名前とあと魔力がないのは分かったよ」

「魔力が？　ヒトじゃないのか」

「ヒトでしょ、どう見ても」

意識が混濁する中、ひとえの耳に男たちの話し声が聞こえてきた。泥の中に沈んでいた意識が浮上しかけるも、疲労困憊した体がまだ休みたいと訴えてきている。なんの話か気にはなったもののひとえは起きることができず、結局また眠りの中へと沈んでいった。

ひとえの側にはベッドに座る全裸の美しい鬼畜リュイと、半日も自室にこもって出てこないふたりの様子を見に来たバーグナがいる。

尋問にしても情交にしても時間がかかりすぎていると、バーグナがリュイの自室の扉を開けたらそこには情事後の匂い漂う空気とベッドに倒れるひとえ、そして全裸の上司がいたのだった。

「済んだなら下だけでも穿《は》いてくれ」

戦艦でともに生活している上司の裸など見慣れたバーグナではあったが、この部屋には女がいたはずと思ってついベッドに目を向けて唖然《あぜん》とした。ベッドに力なく身を投げ出している女は、汗やらなにやらにまみれ顔には涙の跡やはっきりとした疲労の色が浮かんでいる。そして体中にある異様な鬱血痕に薄い歯型。骨折などの重傷はないようだが、手酷く抱かれたのはひと目で見てとれた。

この女が何者なのかは知らないが間者であってもそうでなくても見知らぬ場所、しかもこの戦艦で一番の危険人物の横でのんきに寝こけるわけはない。そこまで察したバーグナはその原因の男をじろりと睨んだのだ。

「いや、すんごくね。気持ちよかったの」

「あほか」

「うーん、なんていうんだろ。砂漠に水が吸い込むみたいに？　俺が出したのをギュンギュン吸い込んでるみたいな……。それでちょっと、ね」

ちょっとじゃねぇだろ、とバーグナはまたひとえに目を向けてしまってさっとそらす。女の裸に照れるような歳ではないが、その姿をじろじろ見るのはさすがに気の毒な気がしたからだ。それにしてもリュイの口から出てくる言葉は、どこの鬼畜ゲス変態かというものばかりで、恐ろしいほどその顔面とは一致しない。尋問すると言っていた割に女の名前しか聞き出せず意識を失わせるとは……。

もはやバーグナは呆れて言葉もなく、いつものように舌打ちとため息をこぼしてひとえの体に毛布をかけて隠しておいた。

「魔力がねぇなら転移魔法の類《たぐい》じゃないのか」

「そうだね。体は全然鍛えてない、少なくとも戦闘員じゃないね。アソコは締まってたけど」

「いちいちゲスいんだよ。ならなんだ、あんたのファンか？」

話しながら下着とズボンだけ穿いたリュイは乱れた髪を適当に束ねながら首を傾げた。

この見た目だけは美しい男にはかなり熱狂的なファンも多い。近づいたら命が危ないと分かっているものほど強烈な魅力を放つもので、もしかしたら命がけで戦艦に忍び込むような者もいるかも知れない。

「いやぁ、違うんじゃないかな。俺にヤられるの心底嫌そうだったし」

「……それでよくもまぁ、ここまで……」

「むしろ燃えた」

バーグナは自分の上司がある種の変態であることは知っていたが、あまりにも堂々と宣言されるとげんなりする。そしてその犠牲となった見知らぬ女には少しばかり同情のような気持ちが湧いてきたりしたのだった。なぜなら彼もリュイに迷惑をかけられる被害者であるから。

「魔力がない、ヒトか。そんな珍しいもんそこら辺にいるのかねぇ」

「さあね。風呂行ってから相談役に聞いてくるよ。誰か見張りにつけといて」

「……こんな状態でか。食われるぞ」

「あー。まだダメ。手ェ出した奴は次の戦闘《しごと》で一番前に放り出すから」

そんな適当な指示だけをしてリュイはさっさと部屋を出て行ってしまった。この船には人どころか女がいないので、見張りをたてるならどうしても男になる。気性が荒く粗暴で欲望に忠実な獣人にこんな状態の女を見張らせればどうなるか……。旅団長であるリュイの命令に逆らう馬鹿はいないだろうが、もれなく全員前かがみだ。

(万が一ということもあるか……)

バーグナはため息をついて壁際にあるソファーに腰をおろした。バーグナも自分自身が理性的とは思ってはいないが、血気盛んな若い奴らよりはマシだしリュイの恐ろしさを最も身近で見ている。

「ったく、面倒ごとばかりだぜ……」

そんな愚痴をリュイの目の前でこぼしでもしたら、ネチネチネチネチ笑顔で詰められて更には鉄拳制裁がくるのだ。バーグナはしっかりと彼が部屋を出たのを確認してから呟《つぶや》いていた。

リュイが部屋を出て一時間経つかという頃、部屋にズルズルという汚い水音が響いてバーグナは俯《うつむ》いていた顔を上げた。

「……ズッ、ズズッ、ひっ、ひぐっ」

「……」

音の発生源は饅頭《まんじゅう》のように膨らんだ毛布の中。なんの音かは考えるまでもなく、女のすすり泣きだ。意識があるのかは定かではないが、その子供が泣くような頼りなげな泣き声はバーグナの罪悪感を大いに煽《あお》った。声をかけられず押し黙っていると、次いで聞こえる衣擦《きぬず》れと粘着質なニチャニチャグチャグチャというような音。

「……っぐすっ、あの、中出しクソ野郎……！　ひっ、ひっく、やだ、ヤダヤダヤダヤダ妊娠なんかしたくない……」

リュイが部屋を出る前に言っていた言葉は本当だったらしいとバーグナは思った。女は死ぬほど嫌がっており、これで熱烈なファンの可能性はなくなったようだ。依然として女の素性は分からないし、魔力がないという珍しい存在だ。そしてリュイのふたりきりの数時間、彼を攻撃した事実もないらしい。……その結果無体を働かれて子供のように泣いている。

バーグナの中にある庇護《ひご》欲のようなものが刺激される材料は少なからずあった。そうでなくても彼は年下には甘くなる性質があるのだ。

(ったく、孕ませるなら喜んで股を開く女がいるだろうに)

確率は低いがこのまま女が妊娠すれば相談役はこの女を放ってはおかないだろう。種族としても傭兵軍としても待望の血統だ。どんな手を使ってもその子を産ませたいとなるはずだ。相手は問わないとつい先程本人たちから聞いたところであるし。だが、女に不自由していないのなら、この女でなくてもいいはずだとバーグナはソファーから立ち上がった。そしてわざと足音を立ててベッドの側を横切り自分の存在をひとえに知らせた。その音を聞きつけたひとえはハッと息を呑《の》み動きを止めて、部屋の様子を窺《うかが》っているようだ。

バーグナは腰の高さほどの引き戸のついた物入れ棚の上に置かれた、木製の箱の蓋を開けた。これはいわゆる置き薬というやつで、様々な薬が収納されている。あの頑丈なリュイが薬など必要とするはずもなく、ここにあるのは主に他人に使用する薬だ。準備をするのはバーグナなので、その中身は彼も把握している。

「おい」

「!?」

ベッドの横に立ちバーグナが声をかけるとひとえは分かりやすく震えた。彼女にしてみれば強姦魔のいる危険な場所で更に違う男の声がすれば当然の反応である。

ひとえの感情の動きや身を固くする体の反応は空気を通じてバーグナに伝わっていたが、彼はそれには触れず平淡な声を出して言葉を続けた。

「避妊薬だ。事後に飲んでも効果はある。奴の子種をとりにきたんじゃなけりゃ飲め」

「!?」

「……こちらとしてはあんたに妊娠してもらった方が助かる事情があるが、死ぬほど嫌がっている女を孕ませるのは酷ってもんだと俺個人は思う」

この部屋に常備してある避妊薬はリュイが女に使用するために準備しているものだ。あの面構《つらがま》えが物語るようにリュイは女には不自由をしたことがない。戦場以外にいる彼は無骨で筋骨隆々の獣人たちの中では掃《は》き溜《だ》めに鶴というふうに女たちには見えることだろう。稀《まれ》に男臭い方が好みだという女もいるが、それでも大多数は優しげに見える美貌の男を好むものだ。中身はともかく。そしてリュイはよほど嫌いなタイプでなければ来る者拒まない。しかし結婚して子を生すことに興味がないリュイは相談役に秘密で避妊薬を準備して対策をしているということなのだ。彼が興味を持つのは戦闘、乱闘などの破壊行為ばかりだ。命を生み育むことなどできるはずもない。

魔法による防御や呪い返しを警戒して今どき珍しく古風な薬草のみで作られたそれはたとえるならば「きったねぇ毒の沼のそこにこびりついた汚れ」みたいな色をしている。そして粉末状ですでに臭い。その臭い粉を行為の後二日以内に膣でも口でも体に入れれば効果がある。

「お前の素性は後で聞く。孕みたくなきゃ飲め」

「……」

バーグナの言葉にしばらく沈黙した後、ひとえはのそのそと毛布から顔を出した。そして声から想定したバーグナの立っている場所に顔を向けると、初めてその姿を確認した。

黄色っぽい髪に側頭部はまるで虎の柄のように黒が入り混じり、その黒いラインに繋がるようにこの男もこめかみに模様が入っている。背はひとえが立っていたとしても見上げるほど高く、がっしりとした顎や太い眉に鼻筋と大変男臭い顔をしていた。リュイとは正反対の印象である。そして太い首にパンパンに膨れた筋肉……、とひとえはバーグナを上から下から視線を往復させて観察し、この男は初めにいた部屋でひとえに刃物を突きつけた男だと思い出した。

「ひぃっ」

「なにもしない」

「ば、化け物……っ！」

「まあ、ヒトから見ればそうかもな」

「に、二倍近くの凶器……っ！」

「？」

バーグナの顔を確認したら、ひとえの脳裏にはリュイの言葉が浮かび上がってきた。先程までひとえをいじめたあの凶悪な棒より更に大きいという巨悪棒を持つ男。

ひとえは彼の股間から感じる威圧感に恐れ慄《おのの》き後ずさりをしているが、バーグナは別の理由だと思ったようだ。獣人は人より身体能力が高く気性も荒い。そして種族の模様が顔に浮き出るなど見た目にも大きな違いがあるからだ。そうでなくても獣人に犯されたあとなのだ、同じ種族の者など怖がって当然だと。

「二倍？」

「ち、ちんこがあのイカレ男の二倍近いんでしょ……？」

「……。あのバカ何教えてんだ」

股間にロックオンされたひとえの視線から逃げるためバーグナは横に移動するが、その恐怖の視線は張りついて離れない。がっくりと脱力したバーグナだが、自身の手の中にある薬を思い出してハッと我に返った。

「飲まねぇか？　避妊薬」

「い、いただきます……」

　バーグナが折られた薬包紙を太い指に挟んで差し出せば、ひとえは恐る恐る手を出してきた。その細い腕を見てバーグナの中にまた罪悪感のようなものがチクリと湧き上がってきた。どう見ても一般人だからだ。バーグナはテーブルの上に置いてあった水差しからコップに水を注いで渡してやる。見た目によらず世話焼きなオッサンなのである。

「お前は間者ではないのか」

「かんじゃ、……患者？　ですか？　くっ、くっさ！」

「なにか目的があってここに忍び込んだんじゃないのかと聞いている」

「ゴホッ、うぇっ。……というかここはどこなんですか？　そんなコスプレみたいな格好して……。尻尾までつけてご機嫌ですね。パーティ的なてなんかですか？　乱交ですか？　あなたたちあれですか、社会に反するアゲテイコウゼ的な輩ですか」

「……」

　薬の臭さにえずきながらもひとえの口から謎の言葉がつらつらと吐き出された。バーグナには彼女の言うことがひとつも分からなかったが、その表情と語調から友好的な内容ではないのだろうなぁと予想はできた。

「いい歳をして顔にまで刺青をいれるなんていつまで反抗期のつもりですか。そんなことでは就職もできませんよ。髪も二色に染めるとかそんなことをして様になるのはごく一部の選ばれし人々なんですよ。わかってますか。なに？　なにかのパフォーマンス集団ですか？　いい歳のオッサンが集団で着飾って踊るダンスグループ的ななんかですか。売れてなさそうですね」

「……俺にはお前の言ってることがさっぱりわからん」

水分補給した途端にペラペラと謎の言葉を息継ぎもなしに話し出す女の言葉の意味どころか神経も分からず、バーグナはシュンと尻尾を内巻きに丸めて意思疎通を投げ出してしまった。


【2】


さっさと自分だけ風呂に入って色んな意味でスッキリしたリュイは、ラフなシャツとズボンだけ身につけて、相談役の部屋を訪ねていた。現在猫旅団は任務と任務の間で休暇中のため、相談役も平和なもので三人でボードゲームを囲んでいた。

「なんじゃ、やっと済んだのか」

「種つけたか？」

「というかあの娘っ子は何者じゃ」

粗暴な傭兵の根城とは思えないほどこの部屋はじじ臭いインテリアで纏められている。そこに焚《た》きしめられた香《こう》の香りもあって、リュイはいつもこの部屋に来ると子供の頃に預けられた寺院を思い出していた。スンスン鼻を鳴らしながら足で扉を開けたリュイは、無言で相談役のおやつを強奪した。

「これ、リュイ、行儀が悪いぞ」

「犬《ユアン》の旅団長からもろた珍しい菓子じゃ。大事に食わんか」

「食いすぎると飯が食えなくなるぞ」

口々にうるさい相談役を無視して、人間の国の珍しいお菓子だというその焼き菓子をリュイは雑に口に放り込む。甘いばっかりでなにが貴重なのかはリュイには全く分からなかったので、口をスッキリさせようとテーブルの盆の上にある陶器の茶出しの注ぎ口から直接茶を飲む。これもどこぞの辺境の珍しい茶だしだとか、デザインが素晴らしいとかなんとか言っていたことをリュイは全く覚えていなかった。

「あちぃ」

「当たり前じゃ。猫じゃろお前」

「総じて猫舌じゃ」

「ちゃんと湯呑《ゆの》みにいれんか。ワルガキ」

茶出しに入っていた茶はまだ熱く、種族の名の通り猫舌なリュイはその熱さに思わず舌を出して相談役に笑われてしまった。どうもこの旅団の連中は相談役から下っ端までなんとも子供っぽい。習性は獣人の種類にもよるようだが、猫科の性質ゆえかそれとも傭兵という自由な生き方のせいかは分からない。団員を纏める旅団長からして気ままに行動する大きな子供なのだからもうどうしようもないのかも知れない。

「種つけはしたよ。一応ね、だけどあの女、ヒトだったからそうそう孕まないんじゃないの」

「なんの、できんわけじゃないんじゃ」

「回数でカバーせい。好きじゃろ女体」

「しかしヒトの身でこの戦艦に乗り込んでくるとは命知らずの嫁候補だのぉ」

（バーグナが避妊薬やってなきゃね）

湯呑みに注いだ茶に息を吹きかけ冷ましながら、リュイは自分の部下のやりそうなことを考えていた。あの筋骨隆々、強面虎獣人のバーグナは見た目に反して女子供や年下に甘い。面倒ごとが嫌いなくせにその後に起こる面倒をいち早く察知してしまうため、結局割りを食うこともおおいにあるのだ。

リュイの想定したバーグナの行動はまずひとえの見張りを下っ端に投げることはしない。それに死ぬ程リュイの子を孕みたくなさそうな女に避妊薬をやるであろうことも、もちろん情に脆《もろ》いあの虎ならあり得ることだ。女が涙でも流そうものなら間違いなくやるだろう。あの仏頂面が女の涙で心底面倒そうにオロオロするのを想像して、リュイはニンマリと笑った。

「そういえばあの女、魔力がなかったんだけど」

「なんと！」

「なんと！」

「なんと！」

菓子で頬を膨らませたリュイが思い出したように侵入者の特徴を伝えれば、三じじいは芝居がかった動作で三者三様に驚いてみせた。そうして互いのシワクチャ顔を見合わせてウンウンと頷《うなず》きあっている。

「魔力がないとな⁉」

「そして突然現れた！」

「と、いうことは……」

「なに」

もったいぶった素振りの相談役は侵入者の正体に心当たりがあるようだ。三人だけで確認するように言葉をかわしては得心がいったという顔をしている。話が分からないリュイはつまらなそうな顔をして机に肘をついた。

「稀な人じゃの」

「稀な人じゃ」

「稀人《まれびと》じゃ」

「は？　そりゃ珍しいだろ。魔力がないとか」

さんざん小芝居をしておいて「珍しい人だ」の結論で落ち着いてしまったじじいどもに、リュイは不満たっぷりで声を上げる。珍しいことなど言われるまでもなく分かっていることだからだ。この世界では獣人でも人間でも、量の多さや使用法に違いはあれど魔力を有しているものだ。魔法という形で発現できなくてもただの生命エネルギーとして魔力を保持していることもある。それでも魔力を全く感じないヒトというのはリュイは初めて見た。

「ちゃうちゃう、稀人っつーヒト科の種族じゃ」

「ほれ、図鑑に載っとろうが」

「突然どこからともなく現れるらしいの」

部屋にある本棚から相談役が両手で抱えるほどの本を出してきて、テーブルが揺れるほどの勢いで置く。その他のじじいとリュイで茶を避難させているあいだにまたバタン！　と音をたてて本を開いてテーブルが揺れた。そこには様々な種族の特徴が絵つきで記載されていて、もちろんヒトのページもある。その中に確かに稀人と記されていた。

「えーっと、魔力を持たず突然現れる、と。魔力吸収分解能力が高く基本的に魔法や呪いが効かない……。へえ」

図鑑の説明は大変短い。珍しい特徴はあるものの、それ以上書くことはないのだろう。その文を読んだリュイが本から顔を上げて相談役を見た。

「で？　これがなんの役にたつわけ」

「さあな」

「魔法は効かんでも物理攻撃は効くしの」

「どう見ても肉体派ではなかったしの」

相談役を交えての考察の結果、あの女は珍しい種類のヒトだという結論に落ち着いた。なにも進展はしていないが、これ以上稀人に関する情報がないのも事実だ。魔法が効かず魔力分解効率がいいだけの非戦闘員。リュイにとってその特徴は利用価値もなけりゃ面白くもない、意味のないものに感じられた。しかし相談役はニヤニヤとしながら意味ありげに内緒話を続けていた。まだなにかあるのだろうかとリュイは首を傾げた。

「それは全年齢用図鑑じゃ」

「ほれ、大人の夜の営み図鑑」

「様々な種族とのまぐわいについて書いてあるぞぃ」

「なに読んでんのエロじじいども」

リュイは自分はデリカシーやら女を気遣う神経が一本もないゲスであることは自覚していたが、このじじいたちも大概である。ゲスいのは猫旅団の伝統なのだろうか。

「世に存在する数多《あまた》の種族とまぐわった男の著書じゃな」

「なんだよそれ」

「このページじゃ、稀人、稀人、稀人……。外見は魔力を持つヒトとそれほど変わりはないが、その違いは魔力吸収にある」

「精に含まれる魔力を包み込みまるで吸いとるように飲み込む稀人との行為は、この世界に己の全てを許容されたと思うほどの快感である、と」

ひとりの男のまぐわいの感想だと思うとなんともいえない気持ちになる本だが、そんな低俗極まりない感想文でもリュイはその一文には同意せずにはいられなかった。確かに嫌がるひとえを押さえつけて無理やり彼女の中に精を放った時、吸い込まれるような、自分の全部を受け入れて包み込んで抱きしめられたような心地になったのだ。……顔を見たら死ぬほど嫌そうな顔をしていたが。

「なるほどね、魔力の吸収か」

「自身が魔力を持たない故に、稀人が孕むとその子は相手の特性を全て受け継ぐことになるとある」

「……とあるんだぞ！　わかっとるのか⁉　リュイ！」

「お前の、特性を、全て、受け継ぐのじゃっ！」

「聞いてるよ。入れ歯飛ばさないでね」

稀人が妊娠した場合の項目に差しかかると相談役たちのテンションが急上昇する。通常の妊娠の場合、両親どちらの特性を受け継ぐかの操作はできない。肉食獣人よりは草食獣人の方が子供に特性が出やすく、肉食獣人同士の夫婦だと種族数が多い方の特性が出やすい。顕性遺伝子だとか潜性遺伝子だとか、種族の数のバランスをとっているとかいう学者もいるが、獣人自体があまりそれを気にしていない。たくさん産めば両方の特徴を受け継いだ子ができるだろ、といった感じだ。それが変異種となれば話は変わってくる。

変異種は優れた能力を持っている者が多いため、もちろんその出現は望まれるがこれも操作できるものではなかった。ただ、その血筋の中で変異種が出やすい、という程度でしかない。そこへよその血が混じれば確率が下がってしまうのは仕方のないことだ。それが相手が稀人となればリュイの特性だけを受け継ぐ子が生まれる。確実に変異種が生まれるというわけではないが、他の人や獣人よりは確率が高くなるというものだ。新たな変異種の誕生を望んでいる相談役にしたら当然盛り上がってしまう。

「あの娘っ子の素性はともかく嫁にもらえ」

「間者ならば体で籠絡《ろうらく》しろ。得意じゃろ」

「稀な人じゃぞ。宝のように扱えよ」

「……」

見合いだ結婚だとうるさいじじいどもへの意趣返しで侵入者の女を抱いたというのに、稀人だったせいでよりおすすめ物件になってしまった。リュイは勝手に盛り上がる相談役の熱意に半笑いでうんざりしてしまった。女を女体としてしか見られない彼にとって結婚などはまだ現実的ではないのだ。

その頃、避妊薬を飲み少しは落ち着けたひとえは、やっと自分の体の状態に気が回る少しだけの余裕を手に入れていた。

だるくて少し動くだけでも重く感じる体に痛む関節。そして肌にまとわりつく不快感。太ももや腹に付着したものはすでに乾いて肌がひきつるような感触がするが、尻の下は滑った液体が溜まってい て身じろぐとヌチャヌチャと汚らしい音を立ててしまっていた。ひとえ自身の分泌物の可能性もあるが、大方はあの男が出したものだと思い至ってひとえは胸が悪くなった。その時おそらく今後の予定を考えていたであろうバーグナが頭を掻《か》きながら言った。

「あー。そんな場合じゃねえかも知れないが……。風呂はいるか?」

視界の端にひとえを捉えつつも決して正面から見ないバーグナだが、ひとえが不快そうにしているのには気がついていた。のんきに風呂を勧めている場合ではないことは彼も分かっているし、その提案が彼女の逆鱗《げきりん》に触れるかも知れないとは思っていた。だが、乱暴した男の精まみれではあまりにも気の毒だったのだ。ひとえとしてものんびり風呂に入っている場合ではないのは分かっているが、こんな汚い状態でいるのにも耐えられない。ほんの数秒沈黙した後、言葉を返した。

「……お願いします」

「風呂は別の部屋だ。シーツを巻きつけて行けそうか？　着替えは旅団長《バカ》のを……」

そう声をかけるとバーグナは壁かと思われた場所を開いた。どうやら中は収納になっているらしく、服や小物がしまわれている。クローゼットなのだろう、そこにかかる男物の服。刺繍やたくさんのポケットがついたコートのような服はさっきの強姦魔《ごうかん》、リュイが着ていたものと同じ形だった。バーグナはその中からひとえが着られそうな普段着のシャツとズボンを探す。ひとえはバーグナが後ろを向いているあいだにシーツを引きはがして下半身を拭った。動くたびにブチュブチュ中から溢れ出すものは、とりあえず力んでなんとか押し出しておく。

（なにこの量……。避妊薬飲んでなかったら……）

その精の量に改めてゾッとしながら、あのヘラヘラしたアホ面を思い出しフツフツと怒りがこみ上げてくる。もう拭いても拭いても出てくるので、シーツで栓をしてやろうかと思うくらいだ。できるだけ体を拭ったらシーツの汚れた面を内側に折り込んでしっかりと体に巻きつけ、肩からは毛布を被って肌を隠した。バーグナは着替えを出し終わってからも視線をそらして待機していたが、ひとえが動きを止めた気配を察して扉へと向かって歩き出した。

「風呂場はすぐそこだ。行くぞ」

そう声だけかけて重そうな扉を開けて先導して歩き出した。

（何か乗り物の中のなのだろうか……？）

今更ながらひとえは自分のいる場所について考えていた。先程の部屋はそれなりに生活感のあるなんの変哲もない部屋だったが、廊下に出ると違和感があった。この部屋に来る時はリュイに担がれていたためよく見えなかった。床は硬いカーペットなのか滑りにくい素材で特におかしくはないが、壁が金属なのだ。そこらに並んだ扉も一般住宅にしては頑丈そうで大きな鍵がついているものもある。そして常に低い機械音が聞こえるのだ。例えるなら家電が動くような音。バーグナと連れ立って歩いても、他の人とすれ違える余裕はある廊下なので狭くはない。

「ここって、乗り物の中……？」

「獣人傭兵軍の戦艦だ。知らねえのか、しらを切っているのか」

「戦艦……船のこと？　戦艦……大和《やまと》？　あれ、スペース戦艦……？」

「ああ、戦艦《ふね》だな。猫旅団の戦艦《ふね》だ。一応言っておくがこの戦艦は動いている。逃げ場はない」

「……」

戦艦なるものがひとえにはいまいち想像できなかったが、頭に浮かぶのは戦時中の海に浮かぶ大きな戦艦か、宇宙を旅してビームをぶっぱなす戦艦だ。ひとえはなぜ自分がここにいるかは分からないがさすがに宇宙ではないだろうから、海に囲まれた船を想像して無理な逃亡は危険か、と考えていた。実際は空を飛ぶ戦艦の中にいるので周囲は見渡す限りの青い空だが、残念ながらここには窓がなかった。風呂場に向かう途中で数人の男たちとすれ違う。ひとえはバーグナの陰に隠れて俯いて目を合わせないようにしていた。すれ違う男たちはみんなバーグナに挨拶をし「副旅団長」と呼んでいたのが耳に入る。

（副旅団長……？　上から二番目ってこと？　偉いさんなの？）

あのヘラヘラ強姦魔はどうやらこの男の上司らしかった。口ぶりからさほど敬っている雰囲気はなかったが、それでもこの男がひとえの世話を焼いているのは上司命令なのだろう。雑用をするにしては地位が高すぎる気がする。そんなことを考えながらひとえが置かれた状況の情報を集めていたら風呂場に到着した。バーグナは扉の陰にひとえを隠すように待たせてズカズカと浴室内へと入って行った。

「おら、出ろ！　今から貸し切りだ！」

「えっ、ちょっと待ってくださいよ」

「俺まだ洗ってないっすよ！　副旅団長！」

「うるせえっ！　いいからとっとと出ろ！」

浴室からバタバタガタガタ暴れる音がしたかと思うと、すぐに複数の足音がひとえの方へと向かってきた。ひとえは扉の陰から少しだけ顔を覗《のぞ》かせて前を通り過ぎる男たちを覗き見る。

「なんだよぉ、一緒に入んのが恥ずかしいんすか？」

「ほら、巨根気にしてんだよ」

「ああ、デカすぎてグロいもんな」

「聞こえてんぞ、アホども」

口々に文句を言いながら浴室から出て行く男たちは裸に泡をつけて服を抱えていた。本当に洗ってる途中で追い出されてしまったらしい。そしてひとえから見えたその体や顔にはリュイやバーグナと同じようなトライバルデザインの刺青があり、見間違いでなければ尻に尻尾のようなものが……。

（無法者集団？　え、でも尻尾……。萌えをとり入れているの？　ギャップ萌えなの？）

ちなみに一番に裸を拝んだリュイの尻にも尻尾はついていたが、前の方の棒に恐怖を感じて混乱していたひとえは認識できていなかった。タトゥーまみれのいかついムキムキ強面兄さんたちの尻に可愛い尻尾がついているという受け入れがたい現実に、ひとえの疲れ切った脳は思考停止した。

（うん。変態集団ということで）

心身ともにダメージを負った女にとって、理解し難《がた》い嗜好《しこう》を持つ反社会的な集団などは変態と呼んでおいて差し支えないだろう。ひとえがここにいる者たちに気を使う義理などひと欠片《かけら》もないのだ。

「よし、空いたぞ。済むまで扉の外で見張ってるからゆっくり入れ」

バーグナのその言葉は親切なのかそれともひとえが逃げないためか分からず、また礼を言う気にもならずわずかに頭を動かして頷くだけに留《とど》まった。

ゆっくりしろと言われてもゆっくりのんびり湯に浸《つ》かる状況でもない。とにかく身を清めたいのだ。

バーグナが退室してひとりきりになったひとえはキョロキョロと室内を見回した。狭い脱衣所からもう一枚扉を開けて入るともうもうと立ち昇る湯気に思わず咽《むせ》てしまう。その熱い部屋の隅に設置された四角い箱のような場所からすごい勢いで湯気が立ち上っている。湯船らしきものは見当たらなかったが、その箱状のものの周りには腰かけるための段差がありひとえが知っているサウナにそっくりだと思った。

（ミストサウナみたいな……？　お湯はないのかな）

ひとえが頭を回して見回すと、視界の悪い室内の壁に据えつけられた銀のシャワーがあった。ひとえからすると高い位置についているシャワーの下へ行きハンドルを捻《ひね》る。設備がいちいち大きいようで、ただ捻るだけでも両手で踏ん張らなければならずひと苦労だ。いきなりシャワーを全開で出したら上から叩きつけるような量の湯が送り出されていた。その勢いに驚きつつ、それでもとにかく体についた汚いものを落としたくてひとえは手で体を擦《こす》りながら流した。

怪我をさせられた認識はなかったが、皮膚に小さな擦り傷があるようであちこちがピリピリと痛む。それが先程の行為をリアルに思い出させてさらに怒りがこみ上げてきた。そして湯がうなじに触れた時、ビリッと鋭い痛みが走って思わず息をのんでしまった。見えない位置でも分かる、これはあいつの歯型だと。

「あの変態ゲス野郎……っ！」

うなじに肩に噛み傷、手首には縛られた時の擦り傷と圧迫痕、そして全身に夥《おびただ》しい鬱《うっ》血《けつ》痕、薄い歯型。どうもやつは噛み癖があるらしかった。

(ちくしょう……っ！　覚えてろっ、いつか後悔させてやるから……っ!!)

滲《にじ》み出てくる涙をシャワーで流して怒りを燃やすことでひとえは自分を奮い立たせた。この異常状態で蹂《じゅう》躙《りん》された自尊心を守って正気を保つためだ。そうでもしなければ男ばかりの逃げ場のない密室の乗り物の中では気が狂ってしまいそうだ。

それでもひとえはなんとか心を立て直して今しなければならないことをする。それは彼女の中を汚しているものを掻き出すことだ。ひとえはどんな状況でもこうして現実的に行動できるメンタルを装備しているのだった。

サウナは嫌いではないがこんな見知らぬ場所で犯罪者に囲まれてのんびりできるはずもなく、ひとえは体を洗ったらさっさと出た。バーグナに貸してもらった服を広げてみたら、どう見ても男物である。先程の部屋はあの強姦魔の部屋らしいので、おそらくアレの服なのだろうとひとえの手に力がこもる。

（嫌だけど、背に腹は代えられない）

あんな奴の服など着たくはないが、裸でうろつくわけにはいかない。ひとえは歯を食いしばってその用意された服を着る。

ハイカラーのシンプルなシャツもズボンも当然サイズが大きいので、袖や裾を何度も折り返した。そしてカラフルな紐《ひも》を編み込んだベルトでズボンが落ちないように締める。使用したタオルはそのままにして扉から顔を出すと、すぐ側《そば》の壁にもたれて待っているバーグナがいた。そして視線で誘導されて先程の部屋に戻ってきたのだった。

ひとえはこの部屋に連れ込まれて酷い目に遭わされたので正直戻るのは嫌だったが、そんな主張ができるはずもない。バーグナが壁のボタンを操作して換気を強くした音がしたので、せめてベッドが視界に入らないように目を背けた。

「そこ座れ」

ベッドに背を向ける場所に置かれたソファーを指し示されひとえは大人しく従った。向かいにバーグナが座るとすぐに質問が投げかけられる。

「で、お嬢さんは何者だ？」

テーブルの上の水差しとコップが載った盆をひとえの方に押しやりながらバーグナが口を開いた。

この男の行動は一貫して親切である。なにか提案するにしてもひとえの反応を窺っているようだし、あの強姦魔と同じ無体を働く様子もない。酷い目に遭った後だから余計にそう感じるだけなのかも知れないが。

（飴《あめ》と鞭《むち》で懐柔しよう、とか……？）

バーグナが飴ならば、鞭はもちろんリュイだろう。見た目的には逆だけれども。ひとえを懐柔したとして彼らがなにを望むのかひとえには皆目見当もつかなかった。バーグナの質問の意図が掴みきれずひとえは言い淀《よど》む。自分が何者か、とはなかなか答えにくい質問である。

「何者、と言われましても……。名前を名乗ればいいですか？　それとも年齢、性別や家族構成に職業？　正直その言葉をそっくりお返ししたいのですが」

答えにくいからと沈黙していては事態は変わらない。ひとえは努めて頭を仕事モードに切り替えて慇懃《いんぎん》無礼を心がけて返事をした。あの雇い主の狸《たぬき》エロオヤジのせいで、わけの分からない無茶ぶり手探り状態の仕事には慣れていたので。

「とぼけてんのか分からんが……。なら質問に答えてくれ。その後、あんたも質問したけりゃしろ」

「どうぞ」

気楽な言葉とは裏腹に質問をすると宣言したバーグナの威圧感が増した。ぐっと体を前に倒してひとえの目を射抜くように見つめてくる。その迫力にひとえは思わず後ろに逃げそうになり、背もたれに背が当たる。バーグナは無骨な印象の割に丸みのある黒目がちな目だったが、まつ毛が濃いのか目力が半端ない。

（意外とかわいい目……。でも猛獣みたい……）

その堂々とした態度と力強い目は自分に自信がある大人の男の目だ。ひとえはその目になぜか雇い主の権造を思い出していた。だらしない体でセクハラエロオヤジなので見た目はバーグナと似ても似つかないが、たったひとりで大きな会社を支えている男も同じような強い目をすることがあった。

「名前は」

「一二ひとえです」

「全部名前か？」

「あー、えっと名字か名前かってことですか？　名前はひとえです」

「歳は」

「今年二十六です」

「職業は」

「秘書、ですかね、個人的な。家政婦も兼任してましたが」

「なら、種族は」

「種族？」

最後の質問以外は不審者に対する質問としてはおかしなものではない。身元不明者として警察官に職務質問されたとしても、まっさきに尋ねられるようなことだ。しかし種族とはどういうことだろう。

ひとえはこれまで生きてきて種族という言葉で問われたことは一度もなかった。

「え、えーっと。人種ってことですかね。国籍とか」

「人種ってことはヒトで間違いないのか」

「人……、人間ってことですか？　私そこから疑われてる……？」

疑われる謂《いわ》れはないので聞かれれば答えるつもりであったが、まさかの人外疑惑にひとえは眉を顰《ひそ》めた。普段から愛想のない雰囲気とキツめの顔で第一印象は良くないこともあったが、人かどうかを疑われたのは初めてだった。ひとえの怪訝《けげん》な様子にバーグナは特に申し訳なさそうな表情をするでもなく、少しだけ肩をすくめて言葉を続けた。

「わりぃな。人化してたら分かんねぇ奴もいるからな」

「？」

「では、ひとえ。お前はなんの目的でこの戦艦《ふね》に来た？」

バーグナのよく分からない補足の言葉にひとえはさらに首を傾げる。まず人化という状態がひとえには分からないのだ。そして前傾のまま膝の上に腕を置いたバーグナは、体の前で手を合わせるように指を絡めている。その体勢と力強く向けられる視線に威圧感がぐっと増したようだ。嘘《うそ》をついた途端、喉元に噛みつかれそうな雰囲気だった。

ひとえはカラカラの口内を潤したくてなんとか喉を鳴らしてつばを飲み込もうとするがうまくいかない。水差しは側にあるのに体を動かすことができないのだ。そしてひとえはそらすのも見るのも怖い視線を頑張ってバーグナに固定して、ゆっくりと言葉を発した。

「目的なんて、ありません。仕事中に水に落ちたらここに来ていました」

「それを信じろと？　あんたにゃ魔力がない。転移魔法は使えないということだ。お仲間に送り込まれたんじゃねぇのか？」

「魔法……？　なんのことか分かりませんが、仲間とか送り込まれるとか覚えがありません。大体私があなたたちになんの用があるっていうんですか」

「俺たちゃ、あらゆるところから恨みを買いまくってるんでな」

そんな自業自得な理由であらぬ疑いをかけられても困るというものだ。ひとえが彼らの敵ではないと証明しなければならないような雰囲気だが、そんな方法あるわけがないのだ。恨みも害意もないものは証明できない。いや、恨みはある。ただしあのヘラヘラした強姦魔個人に対してだ。しかしそれはこの戦艦に乗り込んだ後に発生した恨みだが。

「なら私をこの乗り物から降ろしてください。不審者は放逐するのがいいでしょう」

判断できないなら捨てればいいと交渉を試みるが、そう提案した途端バーグナの視線の種類が変わった。なにか諦めたような、同情のような……。

「いや……。それは無理だろうな」

「ダメだよ。俺が飽きるまで、ね」

バーグナの返事と同時に彼よりは高めで滑らかな声がひとえの耳元で聞こえた。この部屋には自分とバーグナしかいなかったと思っていたひとえは飛び上がるほど驚いて、声のした方へと振り向いた。

そこには側に来た気配など全くなかったのに、ひとえが座るソファーの背もたれに肘をついて笑うリュイがいた。

リュイは豹の獣人だから足音をヒトに気《け》どられず近づくことなど容易《たやす》いことであるが、ひとえにはそんなことは分からない。まるで突然現れたように感じてしまった。

「相談役が言うには君は稀人らしいね」

「は？」

「稀人って図鑑に載ってるあれか」

「あれ、バーグナ知ってるの？　俺は知らなかったのに」

「てめえはガキの頃に図鑑を読まなかったのかよ」

「さあ？」

「子供の頃は寺院に監禁されたりひたすら道場破りをしていた」というわけが分からない上に恐ろしいことを言いながらリュイは、手に持っていた木製の器をひとえの前のテーブルに置いた。

「お菓子だよ。犬の旅団長がくれたらしいけど甘いよ」

リュイはニコニコと笑いながらお菓子を勧め、背もたれを乗り越えてひとえの横に座る。当たり前のようにひとえにピタリとくっつき肩を抱いて髪を撫でようとするのだ。その美しい笑顔は恐ろしいことに、問答無用でひとえを犯した時の楽しそうな笑顔と全く同じものだった。ひとえはそれが恐ろしくて本能的な恐怖と生理的嫌悪が足元から這い上がってくる。

顔を青くして力の限りリュイの顔を押して遠ざけているが、そんな女の全力の拒絶など全く気にも留めないのだろう、押された顔を押し返してグイグイ近づいてくる。笑顔のままで。

「ねぇ、稀人ってどこから来るの？　突然現れるとか図鑑に書いてあったけど、どこから来るかは不明なんでしょ？」

「ちょっと、放してください、離れてください。気持ち悪い」

「ん？　やだ。そんなに嫌がられたら勃起しちゃう」

ひとえは背が低くもないし結構力が強い。もちろん腕力で男に勝てるとは思わないが、全力で顔を押されて首を痛めない男はなかなかいないのではないか。顔面が酷いことになることも気にしないで必死の形相で拒否を示すひとえに、リュイは笑みを深めてよりしつこく抱きしめようとしてくるばかりだ。その距離に更にひとえが吐きそうな顔をすれば頬を染めて嬉しそうにしている。それを見たバーグナはなぜか泣きそうな顔をしていた。

「……やめてやれよ、リュイ」

「黙ってろよバーグナ。君のその死ぬほど嫌そうな顔、かわいくて堪《たま》らないなぁ。さっきまで気持ちいいって言ってたのに」

「このっ、へんた……っ」

思い出したくもないさっきの行為のことを持ち出されてひとえが拳を握りしめて構えた時、彼女の足になにかがスルスルと巻きついてきた。ズボンの上からスルスルと撫で擦《さす》ってくるソレ。リュイの両手はひとえを拘束するために見える位置にある。バーグナは向かいのソファーから動いていない。ひとえが足元に視線を落とすと、そこにあったのは毛が生えた紐状のなにか。

見た目はふわふわの毛が生えているのに、足に巻きつく感触は力強い。輪っか状の黒斑模様があって先端が黒くなっているそれはどう見てもリュイの尻の方に繋がっていた。

「ひぇっ、な、なにソレ」

「ん？　尻尾のこと？」

「やだ、動いてる！　なんでそんなの生えてんのよっ」

「あはは、生えてるのはコレだけじゃないよ？　前にも生えてるよ」

「キモい！」

リュイの尻尾はひとえの顔の前で見せつけるようにウネウネと動いて頬を突いてくる。それ自体はフワフワとしていてかわいらしい物体だが、この男の尻についていると途端に気持ち悪い存在になった。

ということは先程風呂場で見た男たちの尻についていた尻尾も、バーグナのそれもアクセサリーなどではないということか。理解不能なモノの出現にひとえは慌てて距離をとろうと体を捩《よじ》るが、リュイに軽々と捕まって膝に乗せられた。その顔には楽しくて仕方がないという笑顔が隠すこともなく浮かべられていた。

「おい、やめてやれよ。嫌がってるだろうが」

「だって面白いじゃない」

「それより、尻尾で驚くってお嬢さん、獣人を見たことがないのか？」

一応やめるように声をかけてくれるバーグナだが、リュイがやめるわけがないと分かっているのか少々投げやりな声かけである。ひとえとしてはこの男を殴ってでも留めて欲しいところだが。バーグナがひとえに声をかけた時には、リュイの手がひとえのズボンを止めている飾り紐にかかっていた。

「じゅ、重人……？」

「いや、なんか違う気がするぞ」

「柔人……」

「獣人、獣の人だ。俺は虎の獣人でそいつは豹の獣人だ」

「け、ケダモノ……」

「それは否定できんが……」

現実逃避に意図的に誤変換してみてもなんの慰めにもならなかった。男たちの顔の模様や尻尾は確かに獣の特徴を表している。そんな種族が日本に存在するかは置いといて、彼らは獣人という獣の特徴をもった存在らしい。

バーグナとひとえが話している間、ひとえを膝に抱えたリュイは自身の尻尾をひとえの股間を行ったり来たりとくすぐっている。この男には空気を読むとか羞恥心《しゅうち》とか常識とか良識とか良心とかその手のものがなにひとつないんだとひとえは再認識した。

「獣人を見たことがないって、よっぽど辺境から来たのかなぁ。今日日《きょうび》どこの国にもいるってのにね」

「さあな」

「分かったから、放して。擦るなっ」

「で？　旅団長、相談役はなんて？」

バタバタと暴れるひとえの腰に手を回して無理矢理に引きよせるリュイの姿は、嫌がる猫を強引に膝に乗せて懐かせようとしているようだ。案の定、振り回したひとえの手に叩かれて反撃されている。ダメージはまた全くなさそうだが、叩かれている手を軽く受け流しながらもリュイのその顔は大変満足そうだ。

「稀人なら、俺の血のみ受け継ぐ子を産めるから嫁にもらえって」

「……まあ、間者にゃあ見えねえしなぁ……」

「は!? ちょっと、なんの話っ!?」

「ふふ。早く君を孕ませろってさ」

「ふざけんなっ！　このっヘンタイ！」

「……」

とんでもない情報が共有されひとえは目を血走らせて暴れるが、やはりその抵抗は子猫ほどもリュイにダメージを与えずいなされている。そしてリュイは満面の笑みでひとえの頬にお菓子を押しつけては、手を叩き落されている。

バーグナはもうため息を隠しもせずにはき出した。もしもリュイに見つかる前であればこっそり戦艦から降ろしてもいいと思っていたし、目の前からいなくなればリュイも追いかけてまで捕獲しようとはしなかっただろう。しかしこうなってしまってはもうそれは無理だ。

「お嬢さん、諦めろ……。こいつが飽きるまでの辛抱だ……」

「ふざけないでよ、飽きるまでで孕まされたら堪んないわっ！　ちょっと放して帰るから！」

「あはは、安心してよ。飽きたら帰してあげるし。結婚なんかごめんだから」

「安心できるかっ！　飽きるまででもごめんだわっ……ぐえっ」

比較的細身の癖に恐ろしく力が強いリュイに両腕ごとがっしりと抱きしめられれば、ひとえは身動きもとれないし締めつけられて言葉も出なくなった。怪我をさせる意図はないらしいが、彼がその気になればひとえの骨を砕くことなど軽いことなのだとその怪力が表していた。

「まあ待て。獣人がいないような辺境なら、ひとりで帰れねぇだろ。現在地の近くの国はどこも獣人がいる。つーことはあんたはこの辺のヒトじゃねぇっ、てことだ」

「国？　え、日本人ですけど……」

「ニッポン？　聞いたことないねぇ。よっぽどド田舎なんだね」

「いや、結構な先進国だと……」

「帰る時はお嬢さんの国の場所を調べて、俺が責任を持って送る。それまで仕事だと思ってここにいてくれねぇか」

「仕事……？」

バーグナの説明にはひとえも考える余地はあった。確かに日本にこんな尻から尻尾の生えた反社会的な奴らがいたとは思えない。そして周辺の国の状況を話されれば、ここですぐに戦艦を降りてひとりで帰宅できるとは思えなかったのだ。

比較的信用できそうでもなくはない、比較的親切な方の男からの提案にひとえは一瞬黙る。すぐに帰れないなら仕事をしながら機を待つ、それはありかも……？　と考えたところでリュイが場違いな明るい声で仕事内容を教えてくれた。

「情婦だね」

その発言にその場に沈黙が落ちた。ちなみに仕事として金銭が発生している時点で「売春婦」という言葉が浮かんだリュイであるが、彼にしては気を使って「情婦」とした。ただ彼の本当に数年に一度の気遣いはこの場の雰囲気を緩和する結果には繋がらなかった。当然である。

「嫌に決まってんだろっ!!」

ひとえの渾身の叫びは猫旅団の戦艦に響き渡った。

【3】

獣人傭兵軍猫旅団は現在まだ休暇であった。とはいってもすでに次の依頼の現場に向かっている道中なので、休暇もあと少しといったところだ。そんな中、戦艦内では毎日鬼ごっこが開催されていた。参加者は二名だけ。そして鬼も固定されている。

「ひとえ、みーっけ」

「いやぁっ!」

のんきな鬼、リュイの声にひとえのガチ悲鳴。これほど温度差のある鬼ごっこも珍しい。戦艦の廊下、三人ほどならすれ違えそうな幅のそこを逃げ惑うひとえは慌てて振り返るが、背後には見知らぬ団員がいるだけでリュイはいない。

「えっ」

「上、上」

親切な団員が上を指さして教えてくれたので視線をやると天井に走る数本のパイプにリュイがしがみついて逆さまの顔でこちらを見ている。その顔は相変わらずの笑顔であった。

「ぎゃあぁぁー！」

「あ、逃げた」

「頑張れよー」

先程から逃げ回るひとえは、すれ違う団員たちにのんきに声援を送られて腹が立って仕方がない。しかし後ろからのほほん鬼畜野郎が追いかけてくるのだ、足を緩めるわけにはいかない。この鬼ごっこはひとえに与えられた、いや押しつけられた仕事の一環といえるかも知れない。情婦が仕事だとかふざけたことを言われてきっぱりと叫んで断ったひとえだが、その後にバーグナに改めて頼まれてしまった、いやあれはもはや脅迫だとひとえは思っている。

「あんたが嫌がっても、いや、嫌がれば嫌がるほどヤツは喜んで追ってくるだろうな。……すまんが俺も上司にゃ逆らえねぇんだわ」

げっそりとした表情で遠い目をする彼の日頃の苦労が偲《しの》ばれるが、ひとえとしても金銭で情婦契約をするなどそうそう受け入れられるはずもない。

「避妊薬は常に用意しておく。幸いヤツは子供を欲しがっていねぇ。相談役を黙らせる目的とお嬢さんを気に入ってるだけだ」

「嬉しくないです。なんであいつにヤられなきゃなんないんですか」

「……というかだな。逃げ場のない戦艦でアレから逃げるのは不可能だと思うぞ……。とりあえずお嬢さんに拒否されても給料は払うから……」

「だからヤんないって」

あくまで拒否を貫くひとえに対し、バーグナは説得するでもなく諦めろとまたもやため息をつく。

その姿に嫌な予感しかしないひとえだったが、はいそうですかと簡単に体を売り渡すわけにもいかないのだ。そう、いかない、のだが……。

「いや！　いや！　いや！」

「つっかまえたぁ。あー、おっぱい柔らか～い」

この男、豹の獣人というだけあってかくれんぼ、鬼ごっこはお得意らしい。どこに隠れても即座に見つかるし、簡単に背後をとられてしまう。そして走って逃げても単純に速度で負ける。体力としつこさが化け物並みでどれだけ逃げても隠れても罵っても暴れても、笑顔でどこまでも追いかけてくるのだ。もはやホラーである。そしてついに倉庫に追い詰められて後ろからしがみつかれ胸を揉まれた。

ちょっと顔がきれいで明るいだけの痴漢だ。

「あれぇ？　バーグナの服着てるの、匂い対策？」

「ひっ、ひえっ放してっ！」

「他の雄の匂いはムカつくなぁ」

バーグナ情報によると獣人というのは匂いでも追跡できるらしく、その対策としてひとえはバーグナのお古のシャツを借りて着用していた。この戦艦には女の服がないので常に誰かのお下がりを借りることにはなるのだが、ひとえの次に小柄なのがリュイなものだから当然ひとえは拒否する。そして他の団員の服を借りるとリュイが嫌がってより気合を入れ追いかけてきて、服を粉砕するという地獄のサイクルが完成してしまった。下着についてはそっとしておいて欲しい心境のひとえである。

背後から押さえられてバリバリと服を剥《は》ぎとられる。ひと息で厚い生地のズボンまで破ってしまうのだから、相変わらず異常な力だ。これのおかげでひとえの手元に服が全く残らない。あっという間に素っ裸に剥《む》かれてころりんと床に転がされた。力の差がありすぎてひとえがどんなに抵抗しても、赤子が暴れるように軽くいなされてしまう。

「ぎゃぁっ！　やめろっ！」

「いい加減慣れたら？　嫌がる姿も堪《たま》んないけど」

「わっ、いやっ、やめてっ！」

バタバタと暴れるひとえは足を思い切り持ち上げられて、尻を上に向けた格好で押さえつけられてしまう。これによって秘所はおろか後ろの蕾《つぼみ》までも丸出しになってしまい、どこを隠すこともできなくなってしまった。ひとえはもちろん力の限り抵抗を試みるがリュイの拘束はびくともせず、上から彼女を眺めるリュイは目を細めながらニヤニヤと笑って楽しそうだ。

「あははは、すごい格好」

「あ、あんたのせいでしょっ、放して！」

「やぁだ」

ふざけた口調でひとえの要求を拒否したリュイは見せつけるようにベロッと舌を出して、ひとえと目を合わせたまま晒された股間に顔を近づけた。

「いやっ！　ひっ」

「ふふふふ」

ザラザラとしたリュイの赤い舌が見せつけるようにひとえの足の間を這う。ふっくらと盛り上がった肉の上を這い回り、舐め回して少しずつ少しずつ割り開いていく。それは焦《じ》らしているようであり、いつまでも嫌がるひとえに見せつけるようでもあった。

「やめ、やめて……っ」

「うそ、好きでしょ。ここ」

「あっ」

明らかに勢いが弱くなったひとえの痴態にリュイは舌を出したまま笑い、スルスルと割れ目の間を滑らせて隠れていた突起を探り当ててしまった。そこにリュイの固く尖らせた舌の先が当たるだけで、最近の激しい情交が思い出されてひとえの腰が跳ねる。そして水音がはっきりとひとえにも自覚できる頃になると、手足の拘束が外されても逃げることすらできなくなるのだった。

太ももを支えられて足を大きく開かれたまま、ひとえはだらしなくうめくくらいしかできない。固く尖らせた舌が陰核を突くだけでなく押しつぶしたり、中に出入りしたりとあの手この手でしつこく攻めてくるのだ。もう数回軽く達してしまっている。

「背中痛いからね？」

リュイはひくひくと震えて呆《ほう》けるひとえの背中に自身の脱いだ服を敷いてやった。頭を優しく支えてそっと寝かす優しさはあるのに、強引な行為はやめてくれない。この男は脳の構造が他人と違うのだとひとえはぼんやりと考えていた。

そうのんびりできていたのもここまでで、ひとえの中に差し込まれたリュイの指が自在に動くようになったらいそいそと体を重ねてきた。先走るほど立ち上がったソレが数度擦りつけられた後、容赦なく押し込まれてくる。

「あ、あっ、やぁっ！　イッ‼」

「はぁ、はぁ～、気持ちいい……。ねぇ、気持ちいいねぇ、ひとえ」

「んんっ、いやっ」

「あはは、一回目はいつも認めないよねぇ」

未だ強く抵抗を感じる大きなリュイのものが容赦なく差し込まれては引き抜かれる。体の内側がひっくり返りそうな刺激にひとえが耐えているというのに、リュイは恥ずかしげもなく気持ちいい気持ちいいと感想を述べていた。ひとえの頭を抱えて彼女の耳を舐め回しながら、耳にその悩ましげな声を送り込んでくるのだ。

「ね、キスは？　まだだめ？」

「あっ、あぅ、やっ、嫌っ！」

「んふふ、じゃあ後でね」

ひとえの理性がひと欠片《かけら》でも残っているうちは必ずキスを嫌がることを知っているリュイは、その時は無理やりにはしない。さほど時間を置かなくてもひとえの理性が崩壊して泣きながら受け入れることになることを知っているからだ。そして後で死ぬほど嫌な顔をするまでがセットでリュイの楽しみである。

「はぁ、はぁ、一回、出すよ」

「あぁ、……やだぁっ、中、嫌!!」

「大丈夫、大丈夫、ほら一緒にイって」

ぴったりと体をくっつけて体重をかけてひとえを押さえ込んだリュイは、腰だけ揺らして彼女の奥の奥をグチャグチャとかき回した。口ではイヤイヤ言っていてもひとえの中はリュイにしがみついて絞りとろうとするし、ふたりの繋がった場所からはとめどなく潤いが流れ出している。そうしてひときわ奥をリュイが突き上げた時、ふたりして体を震わせた。死ぬほど仲が悪いとは思えないシンクロ具合である。

「ああ……、あっ、あ……」

「はぁ、はぁ、あぁ……、吸いとられる……」

ひとえの体の中の熱がビクビクと震えているのが伝わってくる。このヘラヘラと自分を蹂躙してくるクソ野郎を受け入れる気持ちなどないというのに、ひとえの体は縋《すが》るようにリュイにしがみついていた。

もうこうなれば、憎まれ口も拒絶もここまでだ。頭のネジが外れてどっかに飛んでいってしまい、ひとえはリュイが与える快感に振り回されるだけの存在になるのだ。ここまで自分を失ってしまうのは、ひとえの体質なのか獣人であるリュイの精になんらかの作用があるのかは分からない。ただもうなにもかもどうでも良くなってしまうのだ。

「ふふ、かわいいね。ひとえ。ほらキスするよ？」

「んん……」

「ほら、もっと舌出して」

「あぁん」

「あは、さっきまであんなに嫌がってたのに」

いつの間にか背後をとられたひとえは後ろからガツガツとかき回され突き上げられる。体が押されて逃げ惑って正面の棚に縋るように掴まっていた。すっかり頭から抜け落ちていたが、ここは倉庫なのである。頭がぼんやりとして今なにをしているのかすべきなのか全てに靄《もや》がかかってしまっていた。そんな時に優しげな声で指示を出されたら反射的に従ってしまった。

頬を支えられて後ろを向かされて唇が柔らかいもので包まれる。唇やら頬やらを軽く噛まれて、ザラザラの舌で舐め回される。上から下から水っぽい酷い音を立てながら繋がれば、思わずその舌を吸い返してしまった。そんな時にリュイは本当に楽しそうに笑うのだ。そして膝立ちのひとえの足の間にバタバタと白濁した液体が落ちる。これはひどく濡れたひとえのものでもあるが、リュイが数度吐き出した証《あかし》だ。この男は一度で済んだためしがない。

「イく？　またイくの？　ねぇ、俺の名前呼びながらイって」

「はっ、はっ、……ぐっ」

「あれ、今日は頑張るねっ、と」

「!?　……っ、あうっ……っ」

「あれ、イっちゃった?」

緩やかな突き上げで少し余裕が出て油断したひとえは、名前を呼べと言われて頭を横に振って逆らった。そんなことをすれば思いっきり奥を穿《うが》たれてお仕置きされるのは分かるというのに。案の定息が止まるほどの勢いで奥を叩かれて、膨れ上がった快感があっさりと破裂した。

ひとえは声もなく喉を反らして達してしまった。もうそうなるとぐんにゃりと力が抜けたひとえの体をリュイが満足するまで蹂躙するだけだ。

「はぁ、はぁ、はぁ。ひとえ、気持ちいい?」

「ん……、んん、ひもち……」

「ほんとに?　寝てない?　寝てるよね」

「ぐー」

そして最後はひとえの寝落ちで終わってしまうのだ。

目覚めたひとえはいつものようにリュイの部屋のベッドに寝かされていた。例のごとく裸である。軋《きし》む瞼《まぶた》を持ち上げて放心したひとえは己に問いかけた。

（いや、女として……、人としてどうなの。あんだけ嫌とか言っておきながら。そりゃ言われるよ。見知らぬじじいに嫌よ嫌よも好きのうちとか言われるよ）

ことが済んだ後、リュイは大体部屋にいない。風呂に行ったり食事をしたりと好きに過ごしているようだ。ひとえは体がだるくて起き上がるのも辛《つら》いというのに。

そんな軋む体をなんとか起こしてベッドに座ると、体の中からドロリと流れ出る感触がしてため息が出てしまう。シーツを引き剥がしてぐるぐるに巻きつけて、ひとえは床に足を下ろす。生まれたての子鹿的な歩行で震える足を叱咤《しった》して、いつもの薬箱の場所へとなんとか移動した。とにかくすべきことをしなければならなかった。バーグナが言っていた通り、薬箱にはいつも避妊薬が用意されていた。臭くてとても飲みたいとは思えない薬だが、あのいかれ男の子供を宿すことを考えれば軽いものだ、と思いながら。

「はぁ……」

匂いのきつい粉末を水でなんとか飲み下して、ひとえはかき集めたシーツの上に座り込んだ。

(最近……。いや、もしかして割と初めから……。その……)

ひとえは頭を抱えた。というのも、初めは本当に嫌で抵抗しているのだが、そのうち理性がなくなって喘いでいるのは気がついている。そしてその事実にリュイが死ぬほど喜んでいることも。

初めは嫌がってみせて最後はアンアン気持ちいい、とかなっちゃあそりゃぁ男はいい気になるというものだ。良くないことは分かっている。拒絶するなら徹底的にすべきだと。

「だって、だってなにアレ!? メッチャ気持ちいいんだけど。あいつ口から麻薬的な何かを出してんの!?」

ひとえは神に誓ってリュイに好意などない。しかし執拗《しつよう》に愛撫され濡らされた上にあの大きなもの(獣人的にはそうでもないらしい)でいたぶられたらもう抵抗できなくなる。そして更にあの美しい見た目もいけない。生理的嫌悪を感じるような見た目ならば、きっと正気を保つきっかけになっただろう。視覚から入る情報の大きさをひとえは痛感していた。

(自分は面食いじゃないと思ってたのに……)

どんなに嫌だごめんだと叫んでも、結局は抗《あらが》いきれずリュイに体を好きにされているのだ。情婦、愛人など嫌だと言ってもこれでは良くてセフレではないか。ひとえは混乱しすぎて無理やり犯されたのを失念している。気持ち良くたって強姦は強姦だ。

「私がこんな淫乱だとは思わなかった……。自分にガッカリだよ……」

そう呟《つぶや》いたひとえはシーツを引きずって、風呂場に向かってトボトボと歩き出した。

「今日から仕事なんだぁ」

お出かけの挨拶代わりにひとえの部屋を訪れたリュイはさんざんいたずらをして行った。寝込みを襲われたひとえは抵抗むなしく、お目覚め時にはすでにどろどろのぐちゃぐちゃにされていた。昨日の疲れも合わさって、起き上がったのはリュイが仕事に行ってから三十分も経った後だった。

(仕事ってことはどこかに寄港してる?)

震える足を叱咤しつつ、なんとか着替えたひとえは窓際まで歩いて行く。部屋の金属の壁には窓と同じサイズの扉がついていた。そこを開けるとその向こう側にガラスの窓があるのだ。ひとえも開けてみたことはあるがその時は真っ白でなにも見えなかったのだが、今は茶色い荒野が広がっていた。

曇って汚れたガラスをシーツで拭いてみるも、汚れは外についているらしく視界は良くならない。おそらく窓ガラスもかなり分厚いのだろう、少し歪《ゆが》んで見える。

「港、じゃない……」

この戦艦に乗ってからリュイとの鬼ごっこで中を走り回っていたが、この乗り物はかなり大きな船だろうとひとえは思っていた。疲れ果ててベッドにいる時間も多かったのでこれまで外の景色を確認できたことがなかったのだ。

港ではないし海らしきものもない。緑も見えない茶色い景色になにか変化を探してひとえが視線を動かすと、見慣れない光景が目に飛び込んできた。ずらりと並ぶ人影。まるで運動会か朝礼のように並んだそれは人ではないと分かる。なぜなら肌が緑だから。

「カ、カエル……?」

かなり距離があるので細かい姿は分からないが、緑の肌を持ったそれのフォルムがカエルにそっくりだった。しかしながら二足歩行である。鎧《よろい》を着込んで武装しており武器を手にした者が前列に並び、その後ろにはローブを着て杖《つえ》を持った絵に描いたような魔法使いスタイルのカエルがいた。そしてその更に後方には大砲のような形の大型兵器が配置されていた。

「え？　なにこれ戦争……?」

困惑したひとえが窓に手を置いたその瞬間、部屋全体が揺れるほどの爆音と衝撃が響き渡った。ひとえは悲鳴を上げてよろけるが部屋が破壊されたのではなく、窓の外で鎧を着たカエルが吹き飛ばされ、爆弾でも落ちたような惨状だ。地面が抉《えぐ》れて煙が立ちたくさんのカエルたちが地面に倒れている。

先程の爆音を合図に戦闘が始まったらしい。しかしその光景はひとえが映画で知る人間同士の戦争とは全く違うものだった。ある者は獣の姿になりカエルの喉に食らいつき、ある者は人の姿のまま武器を使用して戦っている。そして炎や不穏な光が飛び交っているのは噂に聞く魔法というやつだろうか。ひとえには兵器の名前すら分からなかった。

ひとえは悲鳴すら引っ込んで口を手で覆って立ちすくんでいた。目の前で凄惨な殺し合いが繰り広げられるが、窓を挟んで見ているひとえにはまるで映画のスクリーンを見ているようだ。ただそんな非現実的な光景から彼女を引き戻す要素があった。殺し合っている者たちの中の人間に近い方の服装は見覚えがあるものだったのだ。それは間違いなくこの戦艦に乗っていた団員たちが着ている服だ。

「あっ」

そして見つけてしまった。夥しい数のカエルに囲まれているのに、それを塵《ごみ》を払うような勢いで薙《な》ぎ払っている人物。陽《ひ》に当たってキラキラと輝く赤みを帯びた金髪、黒いコート状の衣装を翻《ひるがえ》して恐ろしい怪力で長い槍《やり》を振り回していた。

ひと振りで複数のカエルを肉の塊にしてしまったその人の顔は遠くて見えないが、きっと笑顔なんだろうと容易に想像できてしまう。そうだ、きっと自分を犯す時のあの心底楽しそうな、いっそ無邪気といえる笑顔であるという確信がひとえはたまらなく恐ろしかった。

しばらく窓から外の様子を見ていたひとえだったが、あまりにも恐ろしい光景のため窓から離れて椅子に座って時間を潰していた。ひょっこりと部屋を訪ねてきた相談役によると戦闘は一時的に膠着《こうちゃく》状態になり相手の出方を窺《うかが》っているということらしい。今回の依頼主はあのカエルを殲滅するだけが目的ではなく、彼らのもつ魔法や呪いも手に入れたいということなのでむやみに追い詰めればいいというものでもないようだ。

「奴らの真骨頂は今から出てくる呪いの方じゃな」

戦術や戦況を読むことなどひとえにはできるはずもないが、どうやら戦いはまだまだ終わりそうもないみたいだ。ひとえは着陸している戦艦からなんとか降りられないかと廊下をうろついてみたものの当然ながら出入り口には見張りが立っているし、甲板らしき外に面した場所にも出てみたが見渡す限り茶色い荒野が広がっていた。

駅や線路などの交通機関すら見当たらない。これでは降りたところで野垂《のた》れ死《じ》にが目に見えているとひとえが考え込んでいたら、出入り口の方から見慣れた人物が歩いてきた。

「やあ、ただいま」

「!?」

明るい調子で声をかけてきたのはリュイだったが、その上着がぐっしょりとなにかで濡れている。もともと黒っぽい上着だったのではっきりとは分からないが、彼がそれを脱いで床に落とした時、ビチャリという音とともに紫色の液体が染み出していた。そしてひとえの鼻につく生臭い匂い。思わず悪寒《おかん》を感じて後ずさってしまう。リュイの笑顔はいつもの通りなのになぜかピリピリと肌を刺すような違和感を感じた。もしもひとえが戦いを経験していたらすぐに気がついただろう、これは命の危険を肌で感じているのだと。

リュイは謎の液体が染み込んだ上着は脱いだものの、中に着ていたシャツは襟や袖にも紫の液体が付着している。ジリッと足を擦って後退するひとえの様子を気にもかけずリュイはズカズカと距離を詰めてきた。

「おいで、ひとえ」

「待て、リュイ。せめて体を洗って着替えろ」

「嫌だね」

リュイのすぐ後ろから戦艦に乗り込んできていたバーグナがリュイの腕を掴んで止めている。彼自身もリュイほどではないが泥や煤《すす》、そしてあの紫の液体で汚れていた。そしてバーグナは、床に落ちたリュイの上着を見てひとえの顔の血の気が引いているのに気がついている。

「やめとけ。血の匂いを落としてから……」

リュイの顔はいつものにこやかな笑顔だったが、雰囲気が肌を刺すように尖っていて明らかに興奮状態だった。その様子を誰よりも分かっているバーグナが珍しくしつこく止めた結果、掴んだリュイの腕から飛んだ裏拳に顔を殴られて後方に吹っ飛んでいった。その勢いは凄まじく、周囲にいた部下を数人巻き込んで背後にあった出入り口の階段から落ちていってしまった。こんな状況でなければバーグナを指さして笑うひとえだが、今は足が震えて笑うことなどできるはずもない。こんな暴力沙汰《ざた》など日常茶飯事な猫旅団なので、バーグナが殴られた事実よりもリュイの喉から鳴る小さな唸り声がなによりも恐ろしい。実際、いつもは殴られようが絡んでくる団員たちが誰ひとり近づいてこないのだ。

そんなひとえの恐怖を知ってか知らずか、笑みを深めたリュイはその生臭い手でひとえの頬をするりと撫でてきたのだった。

連れ込まれた部屋のベッドがギシギシと激しく揺れるのももはやいつものことだ。だが、今日はそこで振り回される女の威勢があまり良くない。らしくなく弱々しい抵抗しかできないのだ。

「はっ、はっ、どしたの？　おとなしいね？」

「い、いや……っ、いやぁ……っ」

「ふふふ、また嫌なの？」

服を脱ぐのも面倒なのかそれともひとえの恐怖を煽りたいのか、リュイはひとえの服だけ剥ぎとって自分はズボンの前だけくつろげて性急にひとえの中に入ってきた。

ベッドに押さえつけるようにうつ伏せに倒されるひとえの視界に、リュイの服の袖口についた紫の血が入ってくる。その生々しい恐怖に体が震えてしまった。

「あぁ、締まった……。気持ちいい」

「やだ、こ、怖い……っ！　き、気持ちわるっ」

「あぁ、血が怖いんだ？　ふふ、かわいいね」

ひとえの背後で熱に浮かされた声のリュイはくすくす笑い、自身のシャツのボタンを引きちぎってシャツを脱いだ。この男はボタンという文明を知らないのか、などの突っ込みは今日のひとえにはできそうもない。シャツを脱ぎながらもリュイはひとえにぶつける腰を止めることはない。ガチガチに膨れ上がった自身の凶器で、柔らかい女の肉を刺し貫いているところを見ては目を細めて笑った。

「ごめんねぇ。は、はぁ。血を見ると、すんごい勃起するんだぁ……」

「ひっ、ひぃ、やぁ……っ」

「でも、ひとえもグチョグチョだよ……？」

背後の息の荒さが尋常ではないし、がっしりと掴まれた尻が痛いほどだ。そしてリュイの興奮度上昇とともに肌を打つ音もだんだんと速くなってきた。

「はっ、はっ、なんだろ、あぁっ、堪んないっ。……ひとえ、ひとえ、かわいいっ！　グルルルッ」

「ひっ」

威嚇しているのか、ご機嫌なのか。喉を鳴らしたリュイはひとえを貫いた凶器を奥へ奥へと押しつけて、ベロベロと激しく彼女の耳や髪、首を舐めだした。その勢いは愛撫というよりも獣じみたマーキング行為であった。力強くてザラついた舌で匂いをつけるように舐め回して、荒い息をこぼしながら甘噛みをしてくる。ひとえの肌を味わうその目の瞳孔は縦に裂けていた。

「ああ……、出したらまた行かなきゃ……っ」

「っ……！」

奥を強く突かれて、更には乳首もつねられ耳まで噛まれる。痛みと快感の境目が不明瞭になったひとえは、体の端からリュイに食べられる想像をして声もなく果てた。もはや瀕死という体《てい》のひとえにとどめを刺すように、深くひとえを突き刺した後、体の内側にも自身の匂いを擦りつけた。

絶頂に達したのはひとえだけではなく、たった今吐き出したリュイの息も激しく乱れていてその姿はまさに野蛮な獣であった。そんな姿を見たひとえは興奮なのか恐怖なのかも分からず、ただブルリと震えていた。

「はあ、はあ、気持ちいい。……また帰ってから、ね？」

「はぁ、はぁ……」

余韻を楽しむようにリュイはかすかに腰を揺すりながら、ひとえの耳の裏や首をベロベロ舐める。しばらく未練がましくそうした後、リュイは部屋を出て行った。いつもに比べれば回数は少ない、一度で終わるなんてあり得ないことだ。しかしとてつもなく精神を削られる一発に、ひとえはベッドに崩れ落ちた。

「……おい、大丈夫か」

ぼんやりと呆けていると、いつの間にか部屋からバーグナの声がした。眠っていたわけではないのに彼が入室してベッドの側に来るのも気がつかず、体にはきれいな毛布がかけられているのも今気がついた。

「……いつもよりは元気……。体は」

「獣人は戦闘後はしばらく興奮状態になる……。リュイはそれが特に激しい」

「オジサンの方は大丈夫なの」

気遣わしげな様子のバーグナがベッドに転がるひとえを覗き込んできた。彼の鼻には大きなガーゼが貼られており、その下が酷く腫れて変色しているのが一目で分かる。先程は笑いそうになったひとえだが、その怪我を見るとさすがに痛々しい。

「はん、こんなのいつものことだぜ。すぐに治る」

「それはそれで気持ち悪い」

派手に腫れるほどの力で殴られるのが日常茶飯事だと言い放ち、更にはすぐ治るらしい。殴った方も殴られた方もひとえからしたら恐ろしい。

「別に乱暴はされなかったけど……」

強引な性交渉を「乱暴」から除外した場合に限るが、今日のリュイは興奮状態ではあったものの前戯が少なめで挿入を急いでいたくらいだろうか。酷く舐め回されて軽く噛まれたが、歯型なんかはいつものことだ。ひとえも感覚が麻痺《まひ》してきているので、バーグナのことは言えない。

「でも、すんごく怖かった……。なんか、雰囲気が」

「それは獣人の本性だな……。着替えたら甲板へ行くぞ。これからは魔法やら呪いが飛んでくる。お嬢さんにゃ効かねぇかも知らねぇが、一応相談役といてくれ」

「の、呪い……?」

呪いが飛んでくる。カエルの呪いが。なんだかしつこそうで湿っていてヌルヌルしてそうだなぁ、とひとえは思った。先程の部屋を訪れてきた相談役もカエルの呪いだとか魔法だとか言っていたことを思い出すが、ひとえにはまだそんな非現実的な存在は受け入れがたい。

自分の身長以上の槍を軽々振り回す豹男や、魔法や呪いをかけてくるカエル。そんなグロファンタジーはこの目で見たとしてもなかなか信じられないものだ。この戦艦に乗ってからしばらく経ってはいたがひとえの行動範囲は大変狭く、ほとんどの時間をリュイによって行動不能にされているのだ。

彼女はまだこの世界の現実を知らなかった。

「ビャグト族は魔法やら呪いに特化した集団じゃな」

「肉体の強さでは肉食獣に劣るが、気性の荒さはいい勝負じゃ」

「攻撃魔法の他にビャグト特有の雨やら泥魔法、そして古風な呪いを操りよる」

ひとえが着替えを済ませてバーグナの後に続いて行けば、どんよりと曇った空が見える甲板に着いた。カエルの国にふさわしく今にも雨が降りそうで湿度が高い、そして地面は湿った土のようだった。

甲板には椅子に座って待機している相談役たちと側に立つリュイがいた。窓から見た景色で認識を改めたが、やはりこの乗り物は船ではなく空を飛ぶものだとひとえは初めてこの戦艦の外観を見て思った。甲板からでは全体像は見えないが、船と宇宙船が混ざったような丸いフォルムに金属の外壁はまさにファンタジーゲームにでも出てきそうな戦艦だ。大小様々な大砲があまりにも大きくてひとえが入って発射できそうなサイズだった。

リュイは今は興奮が落ち着いているのか、ご機嫌な様子で近寄ってきてひとえの首に金属の首輪をつけた。カチンと固い音をさせて鍵をかけて、そこから伸びたリードを甲板の手すりに固定する。ご丁寧《ていねい》にこっちにも鍵がついていた。

「いい子にしててね？」

「待てコラ」

スーパー前で待たされる犬のようにひとえを拘束したリュイは、首輪の鍵をポイと自身の胸のポケットにしまい彼女の頭を撫でる。リュイは本当にひとえを犬かなにかと思っているのか。

「ほら、ビャグトに盗られたら嫌だし」

「私は戦艦のストラップか」

「すぐ帰ってくるよ～」

ひとえの抗議など聞こえない素振りでリュイは手すりを飛び越えて行ってしまった。手すりに駆け寄り下を覗いてひとえは息を呑む。着陸しているとはいえそこは足がすくむほどの高さがあるのだが、ひとえ以外は驚いてすらいない。

「落ちて死んでたら笑うんだけど」

「こんなもんで死ぬわけなかろう」

「アイツは子供の頃、戦艦に轢《ひ》かれても死なんかった」

「死の崖と呼ばれる断崖絶壁から落ちても死なんかった」

「爆薬庫で悪さして全壊させても死なんかった」

こんなものでは死なないのだろうとは思っていたひとえだが、それよりも相談役から聞かされたリュイの思い出やんちゃエピソードにゾッとしてしまった。それで死なない方が恐ろしいパターンだ。

「これはどんな仕事なんですか」

バーグナもリュイと同じように降りて行ってしまい、下が騒がしくなってきた。当然ひとえにはすることもないので側にいた相談役に話しかけてみた。相談役はどうやら作戦本部のような役割らしく、戦場全体を見下ろして魔法かなんらかの方法で指示をしているようだ。

「ビャグト族はこの国の王と仲が悪くてのう、長い間小競り合いを繰り返しながら争ってきたんじゃ」

相談役が言うにはおとぎ話になるくらいの昔々、ビャグトの秘伝を欲しがった王様が騙して奪いとろうとしたのが始まりで、仕返しにビャグトが人間の姫をさらったり人間が土地を奪ったり人間の王族に短命の呪いをかけたりと、やってはやり返しての争いをウン百年続けてきたそうだ。なんと不毛な争いだろう。

「今の王は短気じゃからの」

「決着をつけに乗り出したんですか。でもなんで自分の国の軍隊でやんないんですかね」

「ここの国民はビャグトの呪いを数代前に受けているから、抵抗力を失っているんじゃ。ビャグトもなかなか賢いな」

「この国の人間はビャグト族の呪いなるものがよく効くんですね」

相談役はひとえにも分かるように親切に説明してくれた。もしかしなくてもじじいたちも暇なのか。

そして人間の国の王様は獣人傭兵軍を雇ったと。お金を出して雇っているのだけどもともと王族とビャグトの因縁なのに、他所《よそ》から戦力を調達するなんてなんか卑怯《ひきょう》っぽいなぁ、とひとえの好感度は下がってしまった。王様には痛くも痒《かゆ》くもないだろうが。

「最近、辺境で手に入れた呪い返しを使ってみたんじゃがよく効いとる」

「呪い返し？」

「ほれ、あちこちに飾っとる護符じゃ。眉唾かと思ったがビャグトの呪いを跳ね返しとる」

相談役の言葉でひとえは甲板が薄い膜で覆われているのに初めて気がついた。甲板のあちこちに吊るされた謎のオーナメントから発せられているものらしい。それは金属やら木製やら色々あるが見たこともない図形をかたどっており、いかにも不思議な力を秘めた呪物のようだ。ひと言でいうと気持ちが悪い。そしてその護符で張られた膜は外から飛んできたこれまた半透明のなにかを弾き返している。そのもじゃもじゃした半透明の陰毛のような存在は弾き返されて汚い悲鳴を上げているのだが、あれが呪いなのかとひとえは驚いた。

もちろん呪いを見ることなど初めての経験である。護符のおかげで団員たちも精神攻撃や状態異常などの呪いを回避できているらしい。ならば後は猫獣人お得意の肉弾戦だ。ひとえが手すりの側から見たところ猫獣人が押しているように見えるが、相談役の余裕な態度からしても間違いはないのだろう。

その集団から少し離れた場所で長物を振り回す赤みの金髪を発見した。周囲を巻き込んで蹴散らす戦い方から彼は単騎で敵の中に飛び込んでおり、周囲には味方はいない。旅団長のくせに好き勝手暴れまわっているように見えた。

「……あっ、惜しい……！」

ひとえは思わず手すりを握りしめて声を上げてしまった。夢中で戦場を見るその後ろ姿は、愛《いと》おしい男の無事を祈る女そのものであった。そして相談役たちはその姿を微笑ましげに眺めている。

「ほっほ、相方を心配するとは愛らしいの」

「まるで番《つがい》のようじゃ」

「あのクソガキもやりおるの」

相談役たちはひとえがリュイの無事を祈って心を乱しているとでも思ったのだろうが、ひとえの口から飛び出た言葉は全く違うものだ。確かに視線はリュイに固定されて、動くたびに追いかけている。

「カエル、カエルがんばれ。ほら後ろだ、くそっ、がんばれカエル。股間を、股間を狙ってくれ……！　あのきかん棒をどうか再起不能に……！」

連日連夜ひとえを苛《さいな》むあの凶悪な棒をなんとか不能に……。それが無理でも機動力を落としてくれないかと、ひとえは手まで組んでカエルを応援していた。その必死な願いが届いてしまったのか、遠い戦場にいるリュイがふと顔を上げた。これほど距離が離れていてはそんなはずはないのに、ひとえはリュイと目が合った気がした。

「お嬢ちゃん、変異種はのう……。筋力だけでなく聴覚も異常でのぅ。まぁ魔法の一種らしいが、あやつは恐ろしいほど地獄耳じゃ」

その意味を聞く前にひとえの目の前にはリュイの笑顔が飛び込んできて、あっと思う間に首輪の鎖を引きちぎられ体を引かれた。息を一回飲み込む間に体は反転し手すりを乗り越え、頭から地面に向かって落下していた。

「おいで！　魔法が効かないか試してあげる！」

戦場に女の断末魔の叫びとリュイの爆笑が響き渡っていた。

戦場を走り抜けるその姿はまさに嵐そのものだ。リュイの美しい容姿からは想像もつかない怪力と素早さでほとんどの敵は素手で掴み振り回し、引きちぎってバラバラにしてしまう。赤みを帯びた金髪は敵の血に染まり、常に浮かべている美しい微笑みは地に倒れて生き残った者へ悪夢を植えつけた。

獣人傭兵軍猫《ナオ》旅団、旅団長のリュイはそんな風に噂されていた。

「ビャグト族に素手で触るとかぶれるって噂があってさぁっ！」

「……っ！　っひ、ひっ……っ」

「だから槍を借りたんだけど長すぎるよね？　獣人は馬鹿でかい奴ばかりだから困ったよ！」

「〜〜〜っ!!」

そんな軽口を叩きながら、身長より長い槍を片手でビュンビュン音が鳴る勢いで振り回すリュイ。反対の手でしっかりとひとえを抱えながら、群がるビャグトの戦闘員を薙ぎ払っていた。

ひとえは戦艦の甲板から引きずり落とされて、下にいるリュイに受け止められてここにいる。一応怪我をしないように丁寧に受け止めてくれたらしいが、そもそも気を使うならば甲板から落とさないで欲しいものだ。そしてリュイの片腕に抱かれて、戦闘中の戦場を連れ回されているのだ。焦げた匂いと嗅いだことのない生臭い匂い、リュイによって作り出される先程まで生きていた死体たち。ほんの数秒前まで意思を持って動いていた生命体が、瞬《まばた》きの間に肉の塊になる瞬間、それを見てしまったひとえは必死に吐き気を堪えていた。

「あ、ほんとに呪い効いてないね。今飛んできたの分かる？　錯乱の呪い」

「おぇ、分かんな……、うっ」

「俺はもともと魔法が効きにくいから護符は持ってないんだ。ならこれはひとえの力だね」

「し、る、か……」

周囲にいるカエルをほぼ蹴散らしたリュイは、青ざめたひとえを抱え直して上機嫌だ。そしてひとえは嘔吐《おうと》を堪えているので、背中を撫でるのをやめて欲しかった。相手はリュイなので慰めているのか煽っているのか分からない。

「お、凄いのがくるね。規模からいって最後の手段かな」

リュイが眉の辺りに手をかざし遠くにある敵の陣地を見ながらそう言うと、次の瞬間にはその方向から激しい砲撃音が響き渡った。あのカエルの後ろに並べられていた大砲なのだろうか。地面をも震わせる轟音にひとえの体がビクリと反応した。

実際に大砲が放たれた音なのだが、中身は砲弾ではなくビャグト特性の呪いであった。対面の戦闘ではその本来の威力を発揮できない呪いであるが、飛距離を伸ばして後方の敵に撃てるように開発された呪い大砲だがもちろんひとえが知るはずもない。着弾はふたりがいる場所のほんの数メートル先で、衝撃で撥《は》ね飛ばされたリュイは特に慌てた様子もなく、ひとえを抱えたまま空中で体勢を整えて着地した。そして足が立たずにふらつく彼女を地面におろした。嘔吐すると分かったからだ。ひとえは地面に膝と両手をつき、物陰に隠れる暇もなくその場に吐き戻した。

「うえぇっ！　げぇっ、うえっ……！」

「これは、致死呪いかな？　俺でも少し気分が悪いかも」

とてもそんな様子には見えないが、リュイも少しは呪いの影響を受けたようだ。吐いているひとえを眺めながらのんきに頰を掻いている。

「どぉ、ビャグト渾身の致死呪い効きそう？　これは新製品みたいだね。俺も初めて見た」

「はぁっ、はぁっ」

胃が空になるまで吐き続けたひとえになにごともなかったように話しかけるリュイにとっては、ビャグトの運命をかけた大規模な呪いも二日酔い程度の不快感を与えるに留まった。無防備に食らえば並の獣人ならば即死の呪いだが、団員たちは護符を持っているので呪いで死に至る者はいなかった。

ひとえはとりあえずの吐き気が治まったが、体が動かず吐瀉物《としゃ》を避けて倒れることしかできなかった。ぼんやりと曇った空を見上げていたら視界にひょっこりとリュイが入り込んでくる。

「あれ、効いちゃった？　期待外れだな」

「……はぁ……」

「稀人ならどんな呪いでも死なないと思ったのに」

（呪い、か。このまま死ぬのだろうか）

ひとえの視界が端の方からジワジワと白んでくる。黒目がフラフラと揺れているひとえをリュイは無表情で観察するように眺めていた。その目はまるで無機物を見る目のようでこちらに興味などなさそうだ。

ひとえは今際《いまわ》の際《きわ》のような気がしてきて自分の死について思いを馳《は》せた。どうせここで生きていても、この非人道的な男におもちゃのように弄ばれて、飽きたら捨てられるか殺される。ならばここで死んだとしても大差ないのではないか、それにもしかして死んだらあのエロ親父のお気に入りのジャグジーに戻っているかも知れない。ひとえは全身の力を抜いて全てにおいて抵抗をやめた。

（……孤独だなぁ）

今から死ぬかもと思うと急に寂しくなってきた。見知らぬ場所で親しい人もおらず、しかもカエルの呪いで死ぬとか。なんとも滑稽で孤独だ。白くなる視界に身を任せているとひとえの顔の側にリュイがしゃがみこんできた。ダラダラ長い金髪が顔にかかってきて大変不快である。

（まあ、こんなゲスカス男でも一応看取《みと》ってもらえて良かったか）

人知れず死んでこんな荒野で死体も朽ち果てることを考えれば、死に際だけでも知り合いに見守ってもらえて少しだけひとえの心が慰められた。たとえそれが人でなしでひとえを凌辱《りょうじょく》した最低男だとしても、まあ、顔がきれいなので最後の目の保養ということにはなったのかも知れない。なにか最期の言葉でも残そうかと思ったが、喉の奥が詰まったように言葉が出なかった。

（まあ、こいつに伝えたいこともないな……）

そう思ってひとえの意識はブラックアウトした。

「ボケかこの野郎!!　あんなグロい戦場に連れて行ったら、新兵でも吐いて気絶するわ!!」

「えー、だってひとえは気が強いから大丈夫かなって」

「大丈夫なわけあるか！　非戦闘員だって知ってたろっ！　鬼畜かてめぇ！」

「いやぁ～、それにしてはがんばったよねぇ」

……あれ、私天国へ行く予定だったのに。また強姦魔の声がする。あと人のいい（虎の）オッサンの声も。おっかしいなぁ～、悪くてもブラック待遇なエロ社長のところに帰れるはずだったのに。まだ悪夢の中にいるのかなぁ。

ひとえが夢うつつに悪夢とブラック企業について考えてからふと目を開けると、金属のパイプが数本通る天井があった。最近とても見慣れた光景だ。受け入れたくない状況にうんざりして、思い切りそれを顔に出していると戦艦医が覗き込んできた。彼がいるということは戦艦の医務室であろう。

「気分はどうだ」

体は細いがとても背が高いその男は戦艦医のスナドリネコの獣人で非戦闘員だ。歳はおそらくひとえの父と同じくらいに見える。神経質が服を着ているような顔をして、戦艦医はテキパキとひとえの体の状態を調べていった。そしてその戦艦医の後ろにはヘラヘラ笑ってひとえに手を振るリュイと、リュイの襟首を掴むバーグナがいた。

「血中からも呪いは検出されていない。今のところおかしな症状は見受けられない」

「……あれ、呪い効かなかったんですか」

てっきり最後の爆音の呪いで死んだものと思っていたのに、ひとえの倒れた原因は呪いではないらしい。

「ああ。極度のストレスによる嘔吐と失神だな。端的に言うと、とてつもなくショッキングなものを見せられて吐いて気絶した、と」

「ああ……」

「あははは、意外とナイーブなんだね」

「アホか、お前っ、普通どころか男でも気絶するわ！」

戦艦医にショッキングなもの、と指摘されてひとえはカエルのバラバラ死体を思い出してまた吐き気が込みあげてくる。そしてそんなものを見せてくれた元凶が、ヘラヘラと笑いながらひとえの寝ているベッドに座ってきた。バーグナだけは珍しく抗議してくれている。基本リュイに逆らわない彼にしては珍しい。

「ほんとに頑丈だねぇ。体の強度は紙くずみたいなのにさ」

「ちょっと、やめて、頭を握らないで」

「俺でも具合悪くなった呪いが効かないとか凄いね」

なにがそんなに嬉しいのか、ニヤニヤヘラヘラご機嫌に笑ったリュイは、ひとえの頭頂部に手を置いて激しく揺すってくる。

「旅団長、揺らすと患者の気分が悪くなるからやめてください」

「そう？　ならおっぱい揉んでいい？」

「今日はだめです」

スナドリネコ医師がクールにリュイを止めてくれる。暴力でリュイを止めることは不可能だろうが、彼は旅団長にもはっきりともの申す人物らしかった。更にはなんとおっぱい禁止令まで出してくれて、ひとえは確かにありがたいのになんともいたたまれない気持ちにもなる。

「あの、仕事は？」

言外にどっか行けという意図を込めて、ひとえは進行中だろう戦闘について聞いてみた。先程まで数え切れない数のカエルと戦闘をしていたのだ、旅団長がこんなところでヘラヘラしていていいわけがない。ひとえなど放っておいてお似合いの戦場に戻ればいいと思っていた。

「ああ、もう済んだよ。依頼の魔法も手に入れたしね」

「お前は殺しまくってただけだろ」

「あはは。安静にするだけなら俺の部屋でもいいんだよね？　連れてくよ」

相談役が言っていた依頼の一部でもあるビャグトの魔法や呪いは、リュイがひたすら暴れて楽しんでいるうちに部下たちが手に入れたらしい。バーグナの声には疲労が滲んでいる。

「アホか。お前とふたりきりでお嬢さんが休めるかよ」

「旅団長、今日は安静に」

「分かってるよ～。しないしない、本番は」

「いや、私はここで……」

バーグナや戦艦医、そして当人であるひとえも医務室で安静に寝るべきだという意見であったのに、リュイはすでにかけ布団を剥ぎとってひとえを抱き上げていた。

「ちょっと、おろしてよ」

「ん～、ちょっとだけだから。あれぇ、ひとえいい匂いだねぇ」

ひとえは風呂にも入っていないし香水の類はつけていない。おそらくリュイの戦闘後の興奮がまだ残っているのだろう。横抱きにしたひとえの頭や首に鼻を擦りつけながら医務室の出口へと歩いて行った。こうなれば止められる者などひとりもいない。今は本調子ではなく満足に体が動かないひとえは、仕方がないので大人しく身を任せた。今だけだ、今日だけだと心の中で言いながら。部屋に着いて足でドアを開けたリュイは意外にも優しい手つきでひとえをベッドに寝かせた。

(今気がついたけど服が変わってる。誰が？　あの戦艦医さん？　まあ、お医者さんなら……)

「よっこいしょ、と」

ひとえにかけた毛布を引き上げてくれるのかと思いきや、リュイが当たり前のように隣に添い寝をしてきた。服の着替えについて気をとられていたひとえは、反応が遅れてしまう。

「ちょ、私、要安静なんだけど。心身ともに」

「うん。だから俺が側で癒やしてあげる。フガフガ」

「匂い嗅がないで。ひと欠片も落ち着かない」

「んん〜、勃起が治まらないんだよねぇ」

「知らないし。ちょっと、押すな刺すな」

「本番しないからネタちょうだい」

　自分の所業で吐いて失神した女を捕まえて今度はネタをよこせとは。ひとえは今までも分からなかったリュイの神経がより分からなくなった。改めて外道《げどう》を見る目で見てやることにする。しかしそんな視線を気にする神経などあるわけもない男は、ひとえの耳の後ろの匂いを嗅ぎながら首を舐めてくる。さっき戦艦医に禁止されたはずの胸まで揉みながら。

「はぁ、はぁ、はぁ、こぉんなに柔らかくて脆いのに、あんな強烈な魔法が効かないとか……。興奮するぅ……」

「もう、やめてよっ！　具合悪いっつってんのにっ。何フェチだよっ」

「んん、大丈夫。自分でするから」

「別室でしてよ」

「じゃあひとえがビャグトに輪姦される妄想で抜く」

「妄想まで人でなしとか。キモい!!」

　どうしてこの男はひとえが嫌がることを的確にしてくるのか。だるい体に鞭を打ってひとえが体を捩ってても当然拘束は外れないしリュイが諦めるわけもないし。絡みつく手はわさわさとひとえの体を弄《まさぐ》りまくっている。

「こっち向いてよ。おっぱい見せて」

「嫌だって言ってんの」

「じゃあ穴貸せ」

「いぎゃー!! 誰かー! スナドリ医者さーん!」

強姦魔がこの戦艦のトップなのだから、誰も助けに来ないのは当たり前である。それでもひとえは助けを求めずにはいられなかった。そしてひとえの叫びの直後に扉の向こうからバーグナの「すまん……」という声がしていたが、残念ながらひとえの耳には届かなかったので、なかったことと同じである。

チュッ、チュッ、チュッと部屋に響くかわいらしい音。

横を向いて寝転がるひとえの胸元にリュイが顔を埋《うず》めて、赤子の添い寝のように乳を吸い舐め乳首を舌で弄んでいる。そしてリュイの左手は空いている方の胸を揉み、右手で自身を慰めていた。さっさと済ませればいいのに快感を楽しんで緩急をつけているらしくなかなか終わらない。そのうちにリュイの熱い吐息とザラザラした舌の感触や、ベッドから伝わってくる振動にひとえの腹の奥も切なくなってしまう。

(くっ、これは普段の条件反射だ。決してムラムラなんかしてないっ)

「あー、駄目だ。我慢できない」

「!?」

出さねば落ち着かないのは経験上分かっていたひとえは、とりあえず黙ってリュイの自慰につき合っていた。

医務室で着せられたワンピース状の患者着を素早くまくりあげられ、腰を掴まれたと思えば太もものつけ根辺りに熱いものが差し込まれた。ひとえの下着事情はお察しのとおりなので、無防備なそこにパンパンに腫れて滑ったリュイの雄が擦りつけられた。実は下半身が疼《うず》いていたひとえの割れ目もしっとりと湿っており、あてがわれたリュイの陽物の滑りを助けていた。激しく腰を振られてはヌルヌルクチャクチャといいやらしい音を立ててしまう。

「あっ、やだ、なにしてんのっ、あぁっ……！」

「ん？　素股」

「じ、自分でするって……」

「これならすぐイきそうかなって」

「あっ……」

ヌチャヌチャと音を立てるのはもはやどちらの体液か分からないが、リュイの陽物の段差が腫れたひとえの陰核をひっかけて擦るものだからどんどん敏感になってくる。こうなってしまってはひとえも憎まれ口は引っ込んで、かわりに熱く悩ましげな声がこぼれだしていた。

「ああ、気持ちいい……、ひとえトロトロだね」

「や、や、あ、い、い……く……っ！」

「ん……。俺も、出すのだけ中で出させてね？」

「えっ、やだっ！」

バチバチと激しく肌がぶつかり合いリュイのものが一層膨らんだ瞬間、その勢いのままぬかるんだひとえの中に侵入された。ひと息で奥まで入り込まれた衝撃でひとえは足先まで伸ばしてビクビクとして達してしまう。そして同時にリュイも絶頂に達したようで、ひとえの尻を握って食い込むほど腰を押しつけてビクビクと震えていた。

「あぁ、ひとえ気持ちいい……」

「はぁ……、はぁ……」

ドキドキと激しく脈打つ心臓が落ち着くにつれてひとえの体はさらに重くなり、瞼が徐々に下りてくる。もう体力の限界だというのに火がついたリュイが止まるはずもなく、そのまましばらくベッドの上で揺さぶられることになる。リュイいわく「騎乗位はしていないから、ひとえの体力は考慮した」ということらしい。

【4】

「解《げ》せぬ」

遅ればせながら、ひとえは気がついた。解せぬ、と。ここは獣人傭兵軍の猫旅団《ナオ》の戦艦で、ここに所属するのは猫科の特徴を持つ獣人ばかりだ。そしてその猫ちゃんたちはこの前二足歩行のカエルと戦っていた。ひとえはある日突然ここに放り出されて、見知らぬ人でなし金髪に鬼畜外道《げどう》の行いをされた。改めて思う、なぜ私がこんな目に？　と。

（いやいやいや。獣人ってなに、カエルとの戦争を見ておいて今更だけど）

彼女がここに現れてから三ヶ月近く経過したわけだが、我に返るまでに時間がかかりすぎている。というのも件《くだん》の鬼畜外道のせいで、その日を乗り切るのに精一杯になってしまったせいなのだが。

この戦艦で生活するガチムチの男たちの耳は尖っていて、尻には尻尾が生えている。初めはここで流行《はや》っているのかと冷めた目で見ていたひとえだったが、リュイの生ケツやその他の風呂上がりに全裸でうろつく奴らを数度目撃したところ、間違いなく生えているし動いている。

こんな時は面構えと人の良さが反比例している男、副旅団長バーグナに聞くべきだ。間違っても鬼畜ゲス道を信条とする旅団長に聞いてはいけない。「前の方に生えているモノも確認してごらん」とか言われてろくな目に遭わないことうけ合いである。

「あ？　獣人？　そういう種族だ」

バーグナは人はいいが説明は大変大雑把《おおざっぱ》だった。失望したひとえは首を傾げるバーグナに舌打ちをお見舞いしてから、医務室へと移動した。性格が良くても脳筋はだめだと悟ったひとえはこの戦艦唯一のインテリ、スナドリネコ医師ことタンブリに質問することにした。タンブリの説明はとても丁寧で詳細、バーグナとは大違いである。

「人と獣の両方の特性を持つ種族だ。混血という意味ではなく、獣の姿と人の姿を操れて、人に比べると身体能力が高い者が多い。生まれながらに魔力を保持しており、魔法や獣人特有の変身に使うことができる」

ひとえにとってはこの説明でも受け入れがたいが、現物が目の前にいるのだ。ひとえは目の前の眼鏡をかけた長身、細身の耳の尖ったナイスミドルをじっと見る。

彼もサバトラかキジトラの猫のような模様が目元に入っており、そして尻尾はお行儀よくじっと体に添えている。常にパタパタ動いているリュイとは落ち着きが違う。とりあえず話を進めるために、獣人という存在は受け入れるしかないようだ。この世界には獣人がいる。事実は事実と認めよう。

……そう「この世界」だ。

（……ですよね、日本には獣人いないよね。尻尾の生えたリーマンやら医者やらいないよね……）

獣人という存在を認めるならば、それならここはどこだという話になる。山奥にこっそりと生息しているイエティ的な獣人ならば、もしかしたら日本にもいたかも知れない。しかし四足歩行と二足歩行を使いこなし、見慣れない民族衣装を着て個体によっては武器を使用する獣人の集団はいない。これは断言できる。人種の坩堝《るつぼ》と化している海外の国にもいないだろう。

そしてひとえは両手で抱えなければならないほどの大きさの地図本を持ち出して、目を皿のようにしてひとつひとつの地名を確認することになるのだ。極めて低い確率に賭けて。

幸い地図本の字は理解することができたので、真面目に帰る方法を探してきたというのに。

この戦艦には大した理由もなく人の邪魔をする愉快犯がいるのだ。乱雑に本が押し込まれた倉庫の一室、この戦艦に本を読むという変態（団員談）はいないらしい。乾燥して埃《ほこり》っぽい空気の中に湿った音が響いていた。グチュグチュ、パンパンといかがわしい音に混じって、嬉しそうな男の声と押し出された女のくぐもった声がする。

「で、故郷は見つかった？」

「あっ、やっ、っああ……っ」

「探さなくていいの？　ふふふ、帰りたいんでしょ」

すでに何度も確認した地図を、またも確認しているひとえの背後から忍び寄ってきたリュイにしがみつかれたのだ。大きな本を開いた上に上半身を押しつけるようにのしかかられて、異様に手際よく愛撫をされた。最近これまでにない頻度で行為をしているせいか、リュイに耳元で囁かれて肌の温かさを感じるだけでじんわりと潤ってくるのが分かってしまう。すぐに濡れてしまうひとえに気がついたリュイはにっこりと花の咲いたような笑みを浮かべて、いそいそと挿入してきた。

こんな時は本当に嬉しそうでひとえは思わず舌打ちをしてしまった。そして小さな作業テーブルに上半身を乗せて背後から肌をぶつけられる。後ろから激しく突いてくる癖に、やけに冷静にひとえの下にある地図の地名を教えたりするのだ。

「ここは人間の国だよ。政府が人間ってことね。獣人もいるけど他の国に比べたら少ないね」

「あっ、あっ、はぁっ……っ」

「獣人がいるならひとえの故郷じゃないねぇ」

「うっ、うぁっ……！」

こんな時に地理の授業をされたって頭に入るわけもない。リュイは分かってそうしているようで、声に隠しきれない笑いが混ざっていた。

こんなゲス野郎に心を許したくないと、どれだけひとえが頑張ってもこんなふうに強引に体を開かれたらもう抵抗ができなくなってしまう。この三ヶ月ほど、数え切れないくらいリュイに抱かれたが、慣れて冷静になるどころか快感が増している気がしていた。ひとえの中のいいところを知り尽くしたリュイは、いつでも手加減なしで攻めてきてひとえの理性も体力も奪い尽くしてしまう。もう、こうなってはひとえも否定できなくなってしまうのだ。

（くそっ……、結局はセフレに成り下がってしまった。しょせん、きれいな顔と快楽に負けただらしない股ゆる女と笑いたければ笑えばいい……！　だけど、こ、心だけは渡すもんか……っ！）

リュイのもたらす強烈な快感のせいで、大和撫子《やまとなでしこ》（笑）としてあるまじき貞操観念になってしまったが、心だけは渡さないと一応抵抗と嫌がる意思表示はなんとかがんばって常に表明している。

「ん……、今日もひとえの中、気持ちいい」

「……さ、さいてい……」

テーブルにうつ伏せるひとえの上に重なってその頬に頬ずりしながら、リュイはうっとりとした声を出した。そして彼の腰はブルブル震え、ひとえの中に居座る陽物からビュルビュルと奥に吐き出されている。ひとえにとっては屈辱的な言葉であるが、リュイにとっては褒めているつもりなのだ。

「すぐ飽きるって言ったじゃない！」

地団駄《じだんだ》を踏んで怒鳴るひとえの声に、バーグナは気まずそうに目をそらした。自室で短剣の手入れをしていたらブチギレるひとえが飛び込んできてリュイの悪口を叫びだしたのだ。やれしつこいだ、ゲスいだ、やりすぎだ、と。バーグナが無体を働いたわけではないが、バツが悪いらしく縞《しま》の尻尾が怯《おび》えたように体にくっついてしまっている。

「いつもは、な……。長くて二週間くらいで興味をなくしてたんだが……」

「もうすぐ三ヶ月ですけど？」

「……長ぇな」

「毎日のようにヤり倒されてますけど？」

「……元気だな」

リュイに気に入られてしまっては何をどう頑張っても逃げられないため、バーグナは当初「リュイは女に対して興味が長続きしない」と言って宥《なだ》めていた。リュイさえ飽きてしまえば、バーグナがこっそりとひとえを逃がすことも可能なのだ。だから不本意なのは分かっているが、下手に抵抗すると拘束される可能性もあると言い含めていた。それがどうだろう、かれこれ三ヶ月、まさに夜討ち朝駆け、時間や回数関係なくこの世のあらゆる体位を試される勢いでズッコンバッコンいかれてるのだ。そしてその勢いをつい先程も体験してきた。

「よっぽど具合がいいんだな……」

「はい、セクハラー。獣人傭兵軍女性の人権団体へ訴えます」

「なんだ、その謎の団体」

「それより、あのイカれ野郎を飽きさせるにはどうしたら!?」

研いでいた短剣を布で拭いた後、鞘《さや》にしまって、バーグナは気怠《けだる》げにソファーにもたれた。なぜ上司の下事《しも》情を考えなければならないのかと少し思いながら。

「うーむ。嫌がるから喜んでんじゃねえか？　アレは変態だし」

「今まで関係あった女《ひと》ってどんなの？」

「そりゃあ、隙あらば自分から股開くような……」

バーグナいわく、リュイが相手をするのは基本的に言い寄ってくる女なので、女の方が大変積極的なのだとか。大胆に誘い、足を開きあらゆる奉仕も厭《いと》わない、妖艶《ようえん》な色気を放つ女がほとんどだと。

「てっきりあんなんが好みだと思っていたんだがなぁ」

「なによ」

「お前も積極的になってみれば飽きるかも知れねぇぞ」

「はあ？　冗談やめてよ」

適当なアドバイスに更に気を悪くしたひとえは、バーグナの部屋を飛び出した。とはいってもひとえ自身に妙案があるわけでもなく、トボトボと戦艦の廊下を歩く。流されて抱かれて覚えさせられた快感はすでに手遅れな気がしなくもないが、リュイに構われすぎて今後のことを落ち着いて考えることもできない。すぐに家に帰ることはできなくても、現状把握と今後の予定くらいはじっくりと考えたいものだ。

（……もしも、あいつが嫌がる女を抱くのが大好きな種類のゲス野郎だったら……？）

ひとえはひとり顔を顰めながらも小さく決心を固め、厨房《ちゅうぼう》へ向かって強い酒を所望した。

「あれ、飲んでるの？　珍しい」

今回は普通にドアを開けて部屋に入ってきたリュイは、ひとえの様子にすぐ気がついたようだ。鼻をひくつかせているから匂いで感じとったのかも知れない。ひとえが厨房からもらってきた酒は果物の蒸留酒らしいがアルコール度数が強く、瓶の三分の二ほど飲んだひとえの目はすでに据わっている。

「素面《しらふ》でやってられるか」

「なに生活に疲れたみたいなこと言ってんの？」

残業続きの上、妻にも冷たくされたオッサンのようなひとえの発言に、リュイが不思議そうに首を傾げた。その動きに合わせて長い金髪がサラリと揺れる。赤みを帯びた金色はひとえには馴染みがない色で、いつも無造作に纏められていて石鹸で乱暴に洗われても痛まないほど頑丈だった。サラサラとはちみつが流れるようにリュイの肩から滑る髪を眺めて、ひとえはポツリと呟いた。

「……きれい」

「ん？」

だらりとソファーに座るひとえの視線は明らかにいつもとは違う。酒によって緩んだ精神が視線にも表れているようで少しだけぼんやりとした目つきで、ひとえは改めてリュイの外見を観察した。

本当に美しい男だと改めて思う。なんの手入れもされていないだろうに傷ひとつ、シミひとつない肌、優雅で涼しげな眉と大きくて印象的な目を縁どるまつ毛も髪と同色で音がなりそうなほど長い。瞳の色も明るく華やかで、茶色からジワジワと緑が溶け込んだような不思議な色だ。日本人には見られない色彩に、ひとえは思わずうっとりと見惚れてしまった。

「あはは、だいぶ酔ってるね」

いつものように隣に座ってきたリュイの瞳を覗《のぞ》き込むと、珍しいひとえの反応に笑われてしまった。

彼はひとえがどんな反応をしても楽しそうだ。

リュイの細くまっすぐな鼻にひとえの指が触れ、シャープな頬を滑ってこれまた美しい造形の唇を撫でる。リュイは全てが作り物のようで現実感がない。

「リュイ」

「へ……？」

「きれいね。リュイ」

ひとえがリュイを名で呼ぶことなどこれまで一度もなかった。大体は「あんた」「お前」「変態」「イカれ野郎」などだ。それが今はソファーに並んで座っても嫌がる素振りもなく、彼を見つめて唇に指を這わせている。

甘く優しく名前を呼ばれて間抜けな声を出したリュイの唇にひとえの熱く火照った唇が重ねられた。

酒の香りが強くひとえの息と一緒に、リュイの口へと流れ込んでくる。珍しいひとえの行動に驚いたものの、据え膳でなくとも食う男は素早くひとえを膝の上に確保した。

「ん、んん、はぁ……リュイ……」

「な、なに……？　はぁ……」

「唇、……柔らかいね……」

「!?」

ひとえが理性が残る挿入前にこんなことを言うことなどまずない。不覚にも驚いて硬直してしまったリュイはあんぐりと口を開いたまま、舌をひとえに空け渡してしまった。スルリとリュイの口に入り込んできた小さな舌に口内をかきまわされながら、うっとりとしたひとえの顔に目が釘づけになる。

「ひ、ひとえ……？」

「ん……。んっんっ」

ひとえがあまりにもリュイの口の中を舐め回すものだから、触れ合うふたりの唇の間からつう、と唾液が溢れた。それを舌で追うように下へ下へ移動したひとえはリュイの首筋に唇を這わせながら、その衣装に手を滑り込ませてボタンをひとつ、ひとつ外した。

この男は体も美しい。こめかみにある豹の獣人の模様と同じものが体にもある。そしてそれらに彩られたしなやかで美しい筋肉を纏っている。リュイが呼吸するたびに割れた腹筋が動いて、ひとえはつい見惚れて指を滑らせてしまった。

「……くすぐったいよ」

「きれいな体」

珍しく大人しいリュイはそう言いながらもひとえの動きを咎めることはない。それをいいことにひとえの唇は首筋から鎖骨、胸元とスルスルと移動していく。

「ひとえは酔っ払うとこうなるわけ？」

「……ふふ」

戸惑ったようなことを言いながらも面白そうにひとえを観察するリュイだが、その手がその小さな胸の飾りに触れるとピクッと反応する。ひとえはそれに口の中だけで笑いながら反対側の手は自然な動きでリュイの足の間へと向かっていった。

「大っきい……」

「これだけはいつもお気に入りだね」

優しい手つきでそのすでに膨らんだ部分を撫でたひとえは、なぜか愉快な気持ちになっていた。普段あれだけ好き勝手してくるたちの悪い猫が、今は大人しくひとえに撫でられている。酒のおかげか主導権を握ったせいかひとえはいつもは見せない笑みまで浮かべて、リュイのベルトを緩めだした。

「えっ、舐めてくれるの?」

「うふふふ」

「……はぁ、はぁ、ヤバ……」

その行動にリュイが驚いている間にも、ひとえはくつろげたズボンから見える膨らみを下着ごとあむっと咥《くわ》えてみせた。じわじわと伝わるひとえの熱に、もうリュイが悩ましげにため息をついている。布越しに刺激を与えながらも焦《じ》らしてゆっくりとリュイのズボンと下着を下ろすと、すでに反り返った陽物が飛び出てきてさらには期待で先端がテラテラと光っていた。

普段アレだけヤり倒しているのにどうしてこれほど先走るのか。思春期なのだろうか。

「ひとえにもそんな芸があったんだね」

「……んふぅ」

ひとえは怒ったように反り返り血管が浮く陽物の側面を舐めあげて、ヒクヒクとよだれを垂らす先端を口に含んだ。口の中全体で彼を包み込むように吸いつき、ゆっくりと上下するとリュイの腰がピクリと跳ねる。

「あ……、やばいね。すごく気持ちいい……。もう出そう」

ひとえが口いっぱいに頬張りながらリュイを見上げると、目が潰れそうな美貌がこちらを見ている。潤んだ目を細めて目元と頬を染めて切なそうな表情。普段の傍若無人《ぼうじゃくぶじん》の振る舞いを思えばなんともギャップのある様子だ。

彼は舐められるのがとても好きなようで、その姿に大変気を良くした酔っぱらい女は、当初の目的も忘れて、口の刺激と合わせて根本に添えた手を上下に動かし、すでにはちきれそうなものを激しく扱《しご》きだした。

「あ……。ひとえ、それ出ちゃうよ、はぁ、あっ……っ」

ひとえの頭を撫でるリュイの手に力がこもりグッと腰を押しつけられ、口の中のものがひときわ大きく膨らんだ。そのタイミングに合わせてひとえが口内を締めあげれば、リュイは腰を浮かせて震えながら果てた。

こんな奴のこんなものを飲むなんて、素面のひとえならば絶対拒否していたかも知れない。しかし今は泣きそうによがっているこの男が面白くて、更にはそうさせているのが自分ということに愉悦を感じる。口の中に吐き出された液体を勢いに任せて飲み込むと、その光景を見たリュイが悩ましげなため息とともにひとえの頭を撫でた。

「はあ、はあ……。の、飲んでるの？　ああ……、かわいい、ひとえ」

「んー」

「ああっ、吸わないで……、まだ出てるっ……！」

ひとえが残りを全て出すようにリュイのものに吸いつくと、リュイが体を丸めてひとえの頭を抱え込んだ。その縋りつく様はいつもの明るい強姦魔とは思えない姿だ。

「ひとえ……、も、かい。もっかい飲んで」

「んぶっ」

未だリュイのものに吸いついているひとえの頬に両手を当てた彼がそう言った途端、口の中のものがグン！　と熱を取り戻した。グチャグチャと音を立てそうに潤った口の中の肉と舌を絡めて、唾液を絡めてリュイの陽物を包み込んでやる。先端の段差に吸いついては喉の奥の苦しいところまで飲み込む動きを数度すると、リュイの息があっという間にあがってしまった。

「ああ……。ひとえは口も、最高……！　俺の飲んでくれるなんて……っ」

うっとりしたリュイが何か言っているが、作業に熱中しているひとえは気にしていなかった。リュイの腰の服を掴んで、頭を激しく動かすことについつい集中してしまっている。

ひとえは夢中になると周りが見えなくなるたちだった。リュイはリュイでひとえの頭を撫で回したり、髪に指を差し込んでかき回したりとこちらも夢中なようだ。

「ああ……。出るよ……、飲んでっ」

「ん」

またもや恍惚とした表情を浮かべたリュイは、二度目とは思えないほどの量をひとえの口に吐き出した。「仕事は終わりまできっちりと」がモットーのひとえが、陽物の根本から一滴残らず扱きだしているのもうっとりと眺めていた。

「エッロ……」

すべての作業を終えたひとえが（あれ？　予定と違くない？）と気がついたところで全ては後の祭りである。

床に固定されているはずのソファーがギシギシガタガタ悲鳴のような音を立てている。一応、獣人仕様で頑丈なソファーだが、リュイが手加減なくひとえを揺さぶるとさすがに耐えられないようだ。そしてひとえもたまらず背もたれに縋りついているが、そこをのしかかられてもっと深く抉られてしまった。

「あうっ」

「ねえ、俺のおいしかった？」

「はぁ、はあ」

ひとえは上半身をソファーの背もたれに押しつけられて、突き出す形になった下半身にガチガチに膨らんだリュイのモノが差し込まれていた。先程ひとえの口に二回出したのは勘違いだったのかも知れない。そして下と同じく上の口にはリュイの指が二本差し込まれているのだった。

「ふふ、かわいい。下の口でも俺の飲みたい？」

「……くっ、こ、この……、変態野郎っ！」

「じゃあ出すね」

ひとえはこのど腐れゲス野郎！　と言おうとしたがその前に息が詰まるほど奥を突かれて悶絶《もんぜつ》した。リュイはその隙に耳やら首やらを好き勝手舐め回して、最後はキスで口を塞ぎながらまたもやひとえの中に熱い欲を吐き出してくる。その注ぎ込まれる刺激にひとえが達してしまえば、いつものようになにも考えられなくなるのだった。

ひとえは絶望していた。酒に酔うと調子に乗る自身についてではなく。

「嘘つき虎」

「……俺のせいか？」

ここは戦艦の食堂だ。リュイのものであると周知されているひとえは戦艦内であれば比較的安全に移動できる。ただ、とち狂ったバカもいるかもしれないのでもっぱら食事はバーグナと一緒にしていた。もちろん彼に仕事がない時には、だが。その他の時は部屋で食べたり、比較的安全なコックや戦艦医の側にいたりしている。リュイは安全ではない、ひとえにとっては。

食事時の食堂はいつも大騒ぎで、テンションの高いムキムキの戦争屋の男どもが詰め込まれている。野次や怒号、喧嘩は日常茶飯事で、今なんかは旅団長自ら生意気な新人を躾《しつ》けている。それを食堂の端の席から眺めながらバーグナはゆうゆうとコーヒーを飲んでいた。ひとえはテーブルに突っ伏し下から恨めしげな視線をバーグナに投げかけている。

「積極的に迫ってみれば、飽きるかもって言ったじゃない！」

「……言ったか……？」

「やけに喜ばれてハッスルされたんだけど」

「嬉しかったんだな……」

「嫌がっても、積極的にしても興奮されたらどうしたら」

「なにしても興奮するんだろうな」

バーグナがひとえに持ってきてくれた食事は「バランス？　なにそれ」とでも言いたそうな肉定食だった。煮た肉、焼いた肉、和《あ》えた肉とふんだんに肉が盛られている。雑食であるヒトのひとえとしては見ただけで胸焼けがする代物だ。それを親の敵《かたき》のように睨みつけながらひとえは恨み言を続けた。

「このままではダメになる……。今は着陸してるんでしょ？」

「……やめておけ。ここは交通機関も国が厳しく制限している国だ。ヒトとはいえ他国人がひとりで降りて無事ではすまねえな。売り飛ばされて終わりだな」

「……くそっ」

解決策を見失ったひとえは着陸している今のうちに逃げ出せないかと考えるが、どうやら場所が悪く国の治安が悪いらしい。大体、傭兵を必要としている国の治安が落ち着いているわけもないのだ。

（このままではダメになる）

最近ひとえを追い詰めていく考えだ。毎日毎日思考が鈍るほどリュイに抱き潰されて、その時は全てを忘れて投げやりになりがちだが正気に戻ると不安でたまらなくなる。

（このまま元の世界に戻れなかったら？　この男が自分に飽きたら？）

食堂で大騒ぎをする荒々しい男たちを見てひとえはゾッとした。今はまだいいのだ。旅団長のお手つきということで、大っぴらにちょっかいをかけられることもないし守ってくれる者もいる。しかしその旅団長、リュイがひとえに飽きたら一体どうなる？　良くて解放、悪くすれば部下に下げ渡されたり最悪殺されるかも知れない。

あのカエルに似た種族との戦闘で血に塗《まみ》れた姿。あれこそがリュイの本質だとひとえは理解している。猫のように残酷で気まぐれな気質の男は飽きたおもちゃを簡単に捨てるに違いない。そしてその時おもちゃをただ捨てるか壊して捨てるか、他者に譲るかはその猫の性格によるだろう。

（この状態で現状に甘んじるのは危険すぎる……）

たとえ今すぐは逃げられないにしてもリュイに飽きられた時に素早く離脱できる準備と、他の団員に侮られない立場を手にしておく必要があるとひとえは考えた。ただの情婦（不本意）でいると、いざという時の扱いが悪くなることは確実だ。

「バーグナさん……。仕事、くれませんか」

新人の首を掴んで振り回すあのイカれた男に飼われて好き勝手されている現状を少しでもなんとかしたいという結論にひとまずはたどり着いた。

【旅団長の起床係についての報告】

被害その①　出動前、旅団長を起こしに行った新入りが殴られて負傷。鼻骨骨折、寝室のドア破損。

被害その②　起こしに行く新入りが朝になると行方不明になるため副団長がコックに頼み込み、代わりに起こしに行ってもらう。乱闘後寝室全壊。

被害その③　コックが激怒して起こしに行ってくれないため、戦艦医に依頼。寝室に閃光弾《せんこう》と気つけ薬が散布される。旅団長が激怒するも戦艦医の結界を破れず新人に八つ当たり。三人全治一週間の怪我。

被害その④　皆に押しつけられた副旅団長が渋々行くも普通に殴られる。頬打撲、首を痛める。

「オジサンは私を殺したいの？」

「……」

バーグナに依頼された仕事は朝リュイを起こすことだった。彼は異様に寝起きが悪いらしく仕事がある時だけ持ち回り、もとい押しつけ合って起こしに行っているが、その度被害が出ている。嫌気がさした部下の嫌がらせっぽい報告書を見つけたひとえは、無表情でバーグナを見つめた。頑丈で怪我の治りも早い獣人でこれだけの被害が出ている。ひとえが一発でも殴られたらご臨終である。

「……お嬢さんなら大丈夫だと思うんだが……」

「オジサンだけはいい虎《ひと》だと思ってた……」

白々しく悲しい顔をしてバーグナを責めてくるひとえの視線から逃げた卑怯《ひきょう》な密林の王者虎は、明後日の方を見ながら頭を掻《か》いていた。

「まあ、一回起こしてみてくれ」

「ちっ」

リュイの寝起きには団員全員が困り果てているようで、お目覚め係が撤回されることはなかった。

仕事をすると言いだしたのはひとえなので、あまりしつこく文句も言えず渋々リュイの寝室へと向かった。

ひとえはこれまでリュイと同室だったが目が覚めるとひとえはベッドでひとりだった。リュイはどうやら隣室にある別の寝室で寝ているらしい。ひとえの方が早く目覚めてもわざわざ起こしたことはなかったので、そこまで寝起きが悪いとは知らなかったのだ。

部屋に入ってすぐに目に入る大きなベッドはリュイがひとえを抱く時に使い、そのまま意識を失ったひとえが眠る場所でもある。そして同じ部屋の中に隣の部屋と繋がっているドアがある。廊下からもリュイの部屋からも入れるその部屋はもうひとつのリュイの寝室だった。

ドアの前にたどり着いたら、ひとえはドアに耳をつけて様子を窺ってみた。静まり返っていてなにも聞こえないので、とりあえずノックをするが返答はない。まあ、こんなもので起きるくらいなら旅団総出で押しつけ合ったりしないだろう。

「ちょっと、あの、すみません。えーっと、ク……、ゲス……、旅団長？」

いつもの調子で罵りそうになり一応仕事だったと思い出して呼び直すが、まあ返事はない。想定内だ。

ひとえはため息をついてそっとドアを開くと、窓が閉めきられているので室内は暗かった。部屋の中央にセミダブルほどのベッドが置いてあり、室内は脱ぎ散らかした服などで雑然としていた。とりあえず室内照明をつけてひとえはドアの陰に身を隠した。部屋が明るくなってあまり家具もないその部屋の全貌が分かったが、何か飛んでくる様子はない。

「えーと、金髪イカれ野郎……？」

どうやらリュイがまだ目覚めていないらしいのをいいことに、ひとえはここぞとばかりに罵ってやった。そしていつ拳が飛んでくるか分からないので、警戒しながらそろそろとベッドに近づくと、シーツに広がる美しい金髪が見えた。とりあえず窓を開けて明るい日差しを部屋にいれるがリュイは全く反応しない。その寝汚《ねぎたな》さにひとえはなぜか親戚兼雇い主の狸オヤジを思い出した。

子供っぽくて寝起きが悪いわがままな奴は、脅かしたりして無理に起こすと機嫌が悪くなる。今回のターゲットは人外の怪力を持つ獣人とかいう生き物なのだ、下手に機嫌を損ねると命すら危ない。ひとえは仕事をスムーズに進めるために狸オヤジの機嫌をとった起こし方を思い出していた。

ひとえは寝室へと戻りコップに水を注いで戻ってきた。そしてそれをリュイのベッドの側のテーブルに置き、ひとえはベッドの端に腰かけた。

「リュイ」

まずは部屋を明るくして、適度なボディタッチで体に触って耳元で名前を呼ぶ。それを優しく根気よく繰り返せば、寝起きの悪いエロ狸オヤジもスムーズに起きて起床後の機嫌もいいのだ。大きな声をかけたり体を激しく揺すると、起きたとしても機嫌が治らず後の支度に時間がかかってしまう。それを思い出してひとえは努めて優しい声を出した。彼女は基本的に仕事には真面目である。

「リュイ、起きて」

顔にかかった長い髪をよけてやり、頬や獣人の模様の入った肩を擦る。肌はてつるつる、伏せられたまつ毛は黄金の糸のよう。今は眉も口元も力が抜けており穏やかな表情をしていた。

（こうして寝てるときれいで優しそうなのになぁ。残念な男）

「リュイ」

「ん……」

恋人のように抱きついてキスして起こす、などはごめんなのですりすりと肩や背中を擦ってひたすら声をかけた。しばらくそうしていると、寝返りをうってひとえの方に体を向けたリュイの目がうっすらと開いた。

「……ん？　ひとえ？」

「もう起きる時間らしいよ」

「……？　なんでひとえが？　……危ないよ？」

「自覚ありか」

彼は己の寝起きの危険度を自覚していたらしい。散々部下を泣かせておいて直すつもりはないということか。そして話しながらもまたリュイの瞼が閉じようと下がっていっている。寝かせてなるかとひとえは少しだけ強い力で彼の髪を撫でつけた。

「起きて」

「んー」

「ほら」

「んー」

「リュイ」

リュイの体に巻きついていた布団を捲ると下は穿《は》いていたようでひとえはほっと安心した。寝起きまでそんなモン見たくないのである。グニャグニャと力が入らないリュイをなんとか座らせようと、体を支えて起き上がらせる。細身に見える癖に重くてひとえは体にもたれかからせる体勢でしか起こせなかった。

「んぁ～、おっぱぃ」

「ちっ、ほら水飲んで」

「おっぱぃ……、おっぱぃ……」

「うわっ！」

リュイは目を閉じたままグラグラと頭を揺らして、ひとえの胸にボスンと顔を埋めてきた。結構な勢いで胸元を押されたひとえはそのまま後ろに倒れて、ベッドヘッドとリュイにはさまってしまう。

「ちょっと、旅団長。水飲んで」

「口移しで飲ませてぇ」

「キモい（セクハラ狸オヤジと同じこと言ってる）」

「ん。じゃあチューしてくれたら起きる～」

「もう起きてんでしょ」

なんとか手を伸ばして水の入ったコップを取ったひとえは、容赦なくリュイの頬に押しつける。起きたらもう優しくする必要はないだろう。しかしまだ起きたくないリュイは、ここぞとばかりにキスを要求し執拗にひとえの胸に顔を押しつけていた。

もう起きたし水をかけてもいいかな？　とひとえは思ったが、そのあとベッドを掃除するのも面倒なのでかわりにいつまでもグズグズ言っているいい歳の男の頬に狙いを定めて口を開けた。

「甘えんな！」

「わぁ！」

いつもより早い時間に起床したリュイは見るからにご機嫌な様子で食堂に現れたが、起こしに行ったひとえの姿は見えない。リュイの頬にはうっすらと歯型がついており、それを見て全てを察したバーグナは生温い目をしてリュイに朝の挨拶をした。

「よお、今日は早いな」

「あはっ、ひとえが優しく起こしてくれたからねぇ」

「噛まれてんぞ」

「かわいいよね」

なにはともあれ、本日は戦艦への損害も怪我人も出ることなくリュイが早起きをすることができた。リュイの様子からしてひとえが怪我をしたことはないだろう。しかしベッドから離れられないほど体力は持っていかれたかも知れないが。

朝食を済ませたバーグナは医薬品の相談をしようと戦艦医の元へと向かっていた。医務室の扉を開けると湿布を処方されているひとえがおり、まさかとは思うがリュイに殴られたのかとバーグナが慌てて駆け寄った。

「怪我かっ!?」

見えるところは怪我らしきものはないし、大体リュイに殴られて湿布で済むわけはない。バーグナが問いかけるとひとえはげっそりした様子で答えてくれた。

「……腰とお尻周辺が痛いだけ」

側に立ってカルテに書き込んでいたタンブリ医師がバーグナを見て簡潔に説明してくれる。この医師は無駄口を叩かず淡々と対処してくれるので、ひとえとしても安心して腰や尻を見せられるというものだ。

「腰はたび重なる疲労の蓄積だな、筋肉を鍛えた方がいい。臀部《でんぶ》及びももは内出血が見られる。それほど重傷ではないが、同じ所に何度も負担をかけたからだ」

「……それって」

「旅団長《バカ》が私の腰を酷使してばか力で私のお尻を圧迫するから痣《あざ》みたいになった……」

ひとえは疲労のあまり恥も外聞もなくなったようだ。肩を落として語る姿には悲壮感すら漂っている。それを聞かされたバーグナは思わず言葉を失って黙り込んでしまった。人生経験豊富な歴戦の戦士も、目の前の女に同情の視線を隠しきれずかける言葉も見当たらない。

「同情するなら代わってよ」

「……いや、無理だろ」

「三日でいいから」

「無茶言うな」

ひとえも本気で言っているわけではないだろうが、冗談にしてもゾッとしてしまう。バーグナは意図せず尻に力が入った。

「今日は早く旅団長を起こしてくれてありがとな」

「ああ、まあ面倒だったけど、殴られることはなかったかな」

「あの寝起きの悪い男を穏やかに起こせるとは驚きだ」

よほど被害が出ていたのか、ひとえの言葉にタンブリ医師は驚いていた。報告書によると彼もリュイを起こすのにひと役買っていたらしいので、思うところがあるのだろう。医師は被害を被っていないが。

「寝起きの悪いわがままな人を起こすのは慣れてるんですよね。部屋を明るくして名前を呼びながら、優しく体を擦って反応があったら素早く体を起こす。そして水を飲ませれば大体機嫌は損ねません」

「なるほど。確かにそれは理にかなっているかも知れないが、正直男にする気にはならんな」

タンブリ医師は大変自分に素直な人物らしく、ひとえのアドバイスを実践してリュイを起こしてくれる気はなさそうだ。驚くほど他人《ひと》ごとである。

「そうすれば他の人でも、安全に起こせるのでは？」

「いや……、別の意味で殴られるだろ」

今朝起こしに行った後、リュイを無事に起こせたのはいいが「朝立ちしちゃった」という言葉でベッドに引きずり込まれたひとえとしては、この任務はぜひ誰かに代わって欲しいところであった。


【5】

朝になるとバーグナから本日の予定一覧を渡される。そして予定をざっとチェックし、起床時間にリュイを起こしに行くことからひとえの仕事は始まる。先日、無傷でリュイを起こすことに成功したひとえは、どうやら団員から一目置かれる存在になったようだ。今までは話もしなかった者から「すげえな、アンタ」「助かったよ」などと声をかけられるようになったのだ。ここ最近、体以外の承認欲求を求めていたひとえは俄然《がぜん》やる気になった。

「そうだ！　私はわがままオヤジの秘書でがんばってたんだ！　こんなところでイカれ野郎のオナホに甘んじている人間ではないんだ！」

と、折れかけていた自尊心を取り戻そうと決意していた。しかし決意したところでリュイに襲われることは変わりなく、毎日のようにのしかかられていた。毎朝起こす時にしがみつかれて、やれキスしろ撫でろ舐めろ添い寝しろ。さらにはベッドに引きずり込まれてしばらく出られなくなる。そのうちにひとえはそんな異常事態の対処も覚えてしまった。

「待って、作戦会議だって相談役が言ってたでしょ！」

「ええ～、だってもう立っちゃったもん」

「……ちゃんと仕事したら舐めてあげる」

「行ってきます」

ひとえの提案にリュイはあっさりとベッドから起き上がった。おやつをもらった子供のように目を輝かせ、ひとえの額にキスなんかして相談役の部屋へと向かって行った。ひとえはひとりになった部屋でため息をつく。

（……分かってる。自分でもどうかとは思っているんだ。こんなの体を差し出して働かせているのと同じじゃない）

誰ともなく現状の言い訳をしてしまう。こんな時には故郷にいる両親を思い出してなんともいえない気持ちになる。娘がこんなわけのわからん場所でわけのわからん男相手に体を使って仕事をさせている。しかも出会いは無理やり犯された相手で給料までもらっているのだ。体を売っているようなものだというのも、ひとえは分かっていた。

（でも、他にどうしろってのよ⁉）

リュイの目を盗んで地図を探しまくっても日本は見つからないし、それどころか知っている国名や地名も見つからない。地図の大陸の配置すらひとえの知っているものではなかった。さすがにもうただの迷子ではないことは理解している、そしてきっとそう簡単に帰れないことも。行くあてもなく逃走しても戦艦が着陸するのは治安の悪い土地ばかり。逃げることすら安易にできない。

（少しでもお金と情報を手に入れて、チャンスがくるまで我慢しよう）

そう開き直って無理やりにでも前向きにならないと、不安で心が折れそうになる。とひとえが真面目に悩んでいるというのに、元凶のバカが交換条件を楽しみに仕事を終えてキラキラした顔で部屋に帰ってくるのだ。なんだか全てがバカらしくなって脱力してしまう。これもリュイの懐柔作戦なのだろうか。

そうこうしているうちに、ひとえがこの戦艦に現れてから一年半の月日が経とうとしていた。帰る目処は全く立っていない。

「……ん、んん」
「ひとえ、上手だね。どこのエロオヤジに仕込まれたの？」
「……」
「あ、嘘。ごめん噛まないで」

ひとえの体を張った約束の通り、真面目に仕事を終えてきたリュイは予想通りの満面の笑みだった。嬉しそうに揺れる彼の尻尾を見るとなんだか、少しだけかわいいと思ってしまうのは危険な兆候だ。リュイをベッドに座らせてひとえはすでに立ち上がっているものを舐めてやる。最近は酒を飲まずともこうするのにすっかり慣れてしまった。恐るべきはヒトの適応力であった。

（やっぱり見た目がいい、ってのは大きいんだろうなぁ）

ひとえは陽物を咥えながらリュイを見上げてみた。普段はニヤニヤと意地悪な笑みを浮かべてひとえを攻めるリュイも、この時ばかりは借りてきたエロ猫である。長いまつ毛に涙が溜まりそうなほど目を潤ませて、目尻と頬を染めている。薄くて美しい口からちらりと覗く赤い舌が物欲しそうに唇を舐めていた。そして隠しもせずに喘ぐ男。

（よっぽど舐められるのが好きなのね）

「あん……、きもちい……」

美術品のように美しい男の「あん」が聞けるとなんだか達成感を感じてしまうひとえだった。……

絆《ほだ》されていると分かってはいるが、一線を越えて彼に心を寄せることなどできるわけがない。

（そんなこと、してはいけない。できるわけがない。……惚れたら終わりだ）

さっきまで女の子のような愛らしさで悶えていた男は今はもう戦場を駆け回っている。それはそれは楽しそうに。着陸した戦艦から戦場を見下ろすひとえは、唇を噛みしめながら目をそらさないように踏ん張っていた。

ひとえには魔法が効かないと知っているはずなのに、リュイは未だひとえに護符のついた首輪をはめる。いつかのように戦艦の手すりには繋がれていないからただの首輪なのだが、こういう物はなかなか精神的にクるものがある。首輪をはめる時リュイがそれはそれは嬉しそうに笑うからだ。そして同じ微笑みでリュイは敵を引きちぎっている。リュイが駆けるたびに揺れる金髪はさっきひとえが三つ編みに結ってやったやつだ。すでに赤みを増してずっしりとした質感になっている。髪ですらその始末なのだ、リュイは全身を赤い液体で染めていた。そしてその中に彼の血は一滴も含まれてはおらず、素手で敵を引き裂くその姿は悪魔としかいいようがなかった。

「大丈夫かの」

甲板の手すりを掴んで硬直するひとえに、相談役が心配そうに話しかけてきた。手すりを握るひとえの手も顔も、血の気が引いて真っ白だったからだ。ひとえはそれでも戦場から目を離さない。

「……目をそらすのは卑怯だと思って」

現在のひとえの立場は大変微妙で不思議なものだった。監禁被害者のようでいて、積極的に傭兵軍の業務を助けている部分があるのだ。例えば、今一番敵を屠《ほふ》っている男の世話役だとか。ならば自分が手を出した仕事の結果を見ないで目をそらすのは卑怯だと考えるに至ったのだ。この世界はきっとひとえの知るものではないし世界の情勢など分からないが、自分が身を置く組織が何をしているかは正しく知っておくべきとひとえは考えていた。

「稀人は真面目じゃの」

「リュイの小僧に見習わせたいわ」

「無理はせんことだ」

相談役が口々にそう言った後、三人のじじいのうちのひとり、戦況を分析するじじいが通信を行うじじいを呼んだ。このように相談役はそれぞれ担当が異なっているらしい。

「術者を見つけたぞぃ。リュイに通信しろ」

「はいよ」

相談役の通信方法はおそらく魔法なのだろう。ひとえがイメージするような杖を振ったり、光が迸ったりはなかったが相談役が口の中でなにかを呟くとすぐに戦場のリュイが反応した。

「グォォォン!!」

きっと側で聞いていたら身がすくみ上がるような咆哮なのだろう、実際リュイの周囲にいた敵対組織と思われる者たちが足を止めて距離を測っていた。相談役が探してきたのは先程から戦場全体に魔法をかけている術者だ。獣人だけに効くように、幻覚幻聴重力操作などの地味な状態異常事態効果の魔法をかけてくるのだ。もちろんひとえやリュイには効かないが、それ以外の団員たちには影響が出ていた。それを戦艦の上から見張っていた相談役が見つけリュイに伝達すると、リュイの体が一瞬丸まった。そして弾けるように前方に移動して、ひとえの視線が追いついた頃には進行方向で一頭の豹が敵の喉元を食いちぎっているところだった。魔法でなんとかしているのか豹の体にはリュイの服は引っかかってなどいなかったが、その赤みを帯びた毛皮はまさしくあの悪魔のような男だ。そして咥えた敵を振り回しては更に赤の色彩を追加している。狙われた術者らしき人物は逃げる間もなく飛びかかられて首を噛みちぎられている。辺りの者たちは恐怖に支配されたようで、戦いもせず敵に背中を向ける始末だ。この時点でこの戦場はリュイの狩り場になってしまった。

(これだけは忘れちゃいけない。奴は獣だ)

ひとえは唇を噛みしめてその姿を目に焼きつけるように見つめていた。きっとこの姿を忘れてしまった時、その時がひとえが引き裂かれる番のような気がして。

「待て!!　旅団長!!」

ひとえは少し意識が飛んでいたようで、突然聞こえたバーグナの声でハッと我に返った。声のした手すりの方へ視線を向ければ、大きな影が手すりを乗り越えて飛び込んできて軽い音を立てて甲板に着地した。

「グルルルッ」

「……」

おそらく全長は二メートル近く。長くて力強い尾を入れるともっと大きく見える、血に塗れたそれはそれは美しい豹であった。

「こらっ、獣化したまま帰ってくる奴があるか!?」

「女性に対して失礼じゃぞ」

「風呂入ってこい！」

ついさっきまで戦場で敵を引き裂いていた血まみれの豹が目の前にいることは、獣人的には「失礼」で済むことらしい。大きい癖に滑るように動いた豹はひとえの腰や尻に頭突きをしてきて、その衝撃に耐えきれずふらついてしまう。そして仕草はやけにかわいいが、至近距離で初めて見る猛獣にひとえは腰が抜けそうになる。それでもなぜか同じ血まみれでも人型のリュイよりも、豹の方が嫌悪感が薄いのは不思議であった。

「……お風呂、入れば……」

「グルッ」

理性も知性も感じられない姿ではあるが、ひとえの話にはタイミング良く反応してきた。どうやら言葉は通じているらしい。それに人型でも理性や知性やモラルは装備されてなかったことをひとえは思い出した。ひとえに膝カックン及び体当たりをして倒したリュイは、器用に彼女を背中に乗せて歩き出した。戦艦に駆け込んで行ったリュイを見送りながら相談役たちは気をとり直して戦場の確認をした。厄介な術師を倒せばバーグナと団員たちで制圧に問題はなさそうである。

「それにしても稀人は肝が据わっとるの」

「おお、おお、こりゃ後始末が大変そうじゃ。よその国だからいいが」

「獣化で風呂とはやりおるのぉ」

じじいたちは、ひとえの気も知らずキャッキャと盛り上がって楽しそうである。

戦艦の風呂には現在使用禁止の札がかけられていた。豹の姿のリュイとその背に掴まるひとえが浴室へ入って行った後、居残りの団員がそっとかけていたのだ。

「グルルル」

「ちょっと破らないで、爪が怖いし」

とにかく全身を汚している血を流そうと、ひとえはシャワーを勢いよくリュイにぶっかけた。おそらく鼻にも入っているが気にしない。そんなシャワーの勢いにも負けず、リュイはひとえの服のボタンに鋭い爪を引っかけている。ひとえより大きな猛獣にそんなことをされれば、あっさりとボタンが飛んでブチブチと布が引き裂かれ更には破れたところを引っ張られあっさりと脱げてしまった。

「もう、エロい猫だな」

豹の姿になっても相変わらずなリュイにため息をついたひとえは、文句を言いながらシャンプーをぶちまけてやった。リュイが床に倒れて悶え苦しんでいるが、ひとえはお構いなしにガシガシとその毛皮を洗う。

「豹はブルブルしないの？」

「……」

シャワーで泡を流し終えると現れたのは赤味を帯びた美しい豹の毛皮だった。完全に獣の姿をとっている今はひとえが動物園で見た豹と同じだ。色はちょっとピンクだが。実はひとえは猫ちゃんが大好きである。しかもこんな大きな猫で触っても怒らないのだ。この貴重な機会に興奮したひとえはその毛皮を撫で回してかき回した。そんな警戒心がゆるゆるなひとえの様子を窺ったリュイは、シャツを脱いでしまって下着姿のひとえのブラジャーのカップを繋ぐ真ん中に爪を引っかけた。

「あっ！」

旅団が仕事をするようになりあちこちに着陸するようになった頃、バーグナが真顔で差し出してきた袋に入っていたソレ。長い間ひとえが熱望し、機会があれば手に入れてくれとサイズまで伝えて頼んでいたもの、ブラジャー。それがエロ豹にプッツリと切られてしまったのだ。

「ようやく手に入れたのに!!」

「グルルルッ」

ブラジャー破損に愕然とするひとえは反応が遅れて、むっちりとした太い前足に肩を押されて倒された。

爪を器用に出し入れしているのか、今ひとえの肩にある足には爪が出ていない。その固い肉球の感触に不覚にもキュンとしてしまう。肉食獣に押し倒されるなど命を諦める状況ではあるが、下から見上げるその美しい獣はなんだか笑っているようにも見える。そっと手を伸ばして猫よりは丸みのある耳を撫でてみた。薄い耳を指で擦るように掻いてつけ根へと指を滑らせると、頭を擦りつけるようにしながら喉を鳴らす音が聞こえる。その甘える姿が猫好きにはたまらなく、もうこれがあのリュイだということとは失念してかわいがってしまう。

「いつもこの姿ならかわいいのに」

「グルルル」

「余計なこと言わないし」

「グル……（あー、入れたい～、このまま入れたら怒るかな～。怒るだろうな～。びっくりした顔見たいなぁ）」

実は結構余計なことは言ってはいたが、獣の姿の時にはヒトには伝わらない。猫のような甘える仕草をすればひとえが無抵抗になるのをいいことに、頭を擦りつけまくって匂いを擦りつけていた。

「ん、ん？　あ、ちょっと、そこは……」

頭を擦りつけながらリュイはさり気なく乳房を舐め上げた。下から乳房を持ち上げるように舐め上げれば、くすぐったいのかひとえは身を捩《よじ》って逃げる。人型の時より舌がザラザラしているせいかも知れない。

「あっ、ちょっと、やだこのエロ猫！」

完全に油断していたひとえはリュイの頭を押して体を捻り膝をついて逃げた。湿度の高い浴室を這って逃げようとするも、すぐ後ろから今度はズボンが爪に引っかけられて破れた。柔らかい部屋着のような生地とはいえ刃物のような切れ味である。そして腰をかける段差まで逃げるとショーツが引っ張られる感触。振り返るとリュイがショーツに噛みついて引っぱっている。

「……待って。脱ぐから破らないで」

ブラジャーを切られてしまったのだ、ショーツは死守したい。貴重な下着を失うわけにはいかずひとえがそう言うとリュイはあっさりと離れてお行儀よく座った。まるで猛獣使いにでもなったような気持ちである。ひとえがスルリとショーツを脱ぐとフンフン鼻を鳴らしたリュイが近づいてきて、背後からベロリと足の間を舐められた。

「わぁ！　ザラザラッ」

「グルル」

「あぁ、待って……」

ザラザラの力強い舌で膣口を舐められて、尻には重たい前足がかけられた。獣に内臓に近い部分を舐められるなんて、ひとえの背中には確かに嫌悪感と恐怖が駆け上がっているのに、出た声はずいぶん情けないものだった。

「この、エロ……豹……あっ」

舌を中に突っ込まれてニュルニュル出し入れされれば明らかな快感がひとえの膝を震わせる。人型の時のリュイとは違う形態なのに、愛撫はいつものリュイのものでひとえの体はすぐさま反応してしまった。思わず前方に逃げるように進むと、腰を上から押さえられて尻を突き出した格好になってしまい、そこにすかさず毛皮の感触が重なってきた。太ももを撫でる尻尾の感触と、膣口に当たるヌルリとした感触。

「えっ⁉　マジでっ、ちょっと、それはまずいって！」

「グルルル、グルグル」

「嫌、それはダメっ！　トゲ、トゲが！」

豹の姿のままのリュイにのしかかられてひとえは焦って逃げようとした。獣の姿と交わるのも無理だが、猫科の動物の性器に棘があるのはあまりにも有名だからだ。ただそれは間に合わず、ひとえのなかにニュルッと熱いものが入り込んできた。抵抗感はいつものリュイのものよりはない。あの下から内臓が押される感覚はないものの、今はなにか長くて尖ったものがズルズルと奥に進んでいくような感じがするのだ。これはこれで怖い。ひとえは不安にかられて体を揺するが完全に、背後に覆いかぶさられて動けない。

「ああっ！」

「フッ、フッ、フッ」

「いや、ぬ、抜いて……っ」

リュイはひとえに挿入したものを引き抜く動きはせずに、奥に奥に突き刺すように動いた。ひとえが予想していた棘による痛みはなく、いつもより鋭くピンポイントで奥を突かれているような気がした。リュイに知られてしまっているひとえの感じるところを的確に強く押されて、あっという間に体が絶頂に向かってしまう。

「あぁっ、やだ、ダメ、イっちゃう……っ、やだぁ……っ」

容赦なく奥を突かれてひとえが嫌がりながらも達すると、リュイは喉を鳴らしてひとえのうなじや首を甘噛みした。そしてひとえが獣と交わった背徳感やら達した余韻などで唖然としていると、彼女の中に入ったものがグンと大きくなった。

「ああ……！」

「……トゲはね、抜く時に痛むから抜かなければ痛くないんだよ」

耳元でうっとりとしたリュイの声がする。そして背中に当たるのは固くてツルツルしたいつもの感触。回された手がひとえを抱きしめて乳房を掴んでいた。

「ねえ、さっきのちんことどっちが気持ちいい？」

「あっ、あっ、あぁっ！」

「さっきすぐイっちゃったもんねぇ。獣とするの好きなんだ？」

「ち、違うっ！　ちがっ……っ」

必死で反論しようとするひとえだったが、言い終わる前に腰を掴まれてパンパンと肌をぶつけられて崩れ落ちてしまった。結局いつものように蒸気が満ちる浴室で、ひとえがのぼせるまでリュイに貪られてしまった。

「ふふふ、ひとえは獣の俺とも交わってくれるんだ。飽きなくていいなぁ」

「……違う……」

そしてリュイがそれだけで治まるわけもなく、部屋まで抱いて運ばれたひとえはしばらく解放されそうもなかった。

ヒト型のリュイはかわいくないが、獣型のリュイは大変かわいい。ある朝、ひとえがいつものようにリュイを起こしにきて布団を捲ると、豹が仰向けで寝ていた。そして激しく酒臭い。

「飲みすぎると獣化するってオジサンが言ってたなぁ」

真上を向いてだらしなくベッドで寝る豹。スピスピと鼻を鳴らして、時折前足で掻いている。

「騙されるな、これはセクハラ強姦痴漢ゲス豹だ……。くそぅ」

ブツブツ言いながらもひとえはベッドに膝までついて両手でリュイを撫でくりまわしてしまった。

そしてそのうちに目を覚ましたリュイがひとえの太ももに頭を擦りつけるものだから、鼻の穴を膨らませて撫でてしまった。どうも最近ひとえは豹の姿のリュイには抗えなくなっているようだ。

「あー。太ももに挟まれて起きるなんていい目覚めだなぁ～」

「あ、かわいくなくなった」

完全に目覚めてしまったリュイがかわいくなくなったので、ひとえは通常業務に戻った。ベッドに引きずり込まれる前に離れなければ。クローゼットからリュイの服をとり出したひとえは、まだベッドにいるリュイにぶつけるようにポイポイ投げた。こうしてリュイを仕事にせかしていると、ふと日本で働いていた時のことを思い出して、寂しくなることがある。日本でもこうしてわがままなオッサンの世話を焼いていたなぁ、と。

「ねえ、なに考えてるの？」

部屋に脱ぎ捨てられたリュイの服を集めながら、うっかり物思いに耽っていると、着替え終わったリュイがすぐ側に立っていた。

「……故郷のこと」

「ふぅん。髪編んでよ」

リュイは帰りたいのか、などひとえの気持ちを尋ねたり絶対にしない。まあ、聞かれても帰れないし、解放する気がないなら放っておいてくれる方が楽なのかも知れないが。髪を編むために横に座るとすかさずリュイの手が腰に回ってくる。エロオヤジのように腰を撫でられるのも、美しい髪を編むのも日課になってしまっていちいち抵抗もしなくなった。流されている、絆されている自覚はあるひとえだが、その自覚を持つことを最後の砦にして崖っぷちで踏ん張っている。

（ここで惚れたら人生終わりだ）

気まぐれで残忍、命を奪うことに戸惑いがない男に惚れる。他に頼れる者もいないし行く場所もないのにそれがどんなにか危険なことか。日本で彼氏に振られるレベルの不幸では済まないのだ。リュイの変化を見逃さず常に注意を向けて、危険を感じたら即座に逃げないと命を失うことになるだろう。ひとえはリュイの血に塗れた姿を忘れていない。


「今日は戦闘じゃないんですか」

本日のひとえは食堂待機だ。というかリュイもバーグナも仕事に行ってしまったのでひとりで部屋にいても暇だったのだ。

食堂を牛耳るのはザ・歴戦の戦士、といった風貌のコックである。実際、リュイとバーグナが外に出ている時、戦艦内に侵入者があれば真っ先に対応する男だ。そんな彼はクロジャガーのいかついオッサンで、コックコートが発達した筋肉ではち切れそうである。その傷だらけの腕で扱う包丁は敵の肉を削ぎ落とすのではなく、今は芋の皮を剥いている。

「今日は打ち合わせだとよ。ロー旅団と合同任務だからさ」

「ロー？」

「有鱗《ロー》旅団、トカゲやら蛇やら鱗がある連中だ」

「へえ、そんな旅団もあるんですね」

「あそこにゃ暗殺部隊っつー恐ろしいもんがあるからな。ぶち壊すバカばかりの猫《ウチ》とは大違いだな」

猫科の動物にはかなりクールなイメージを持っていたひとえだったが、この旅団で過ごしてみてそれはすっかり変わってしまった。トップからしてクールとはほど遠いバカエロ破壊神なのだ。

コックが教えてくれた有鱗旅団の旅団長と暗殺部隊の者が、今この戦艦に来て仕事の話し合いをしているとか。有鱗旅団とは過去にも任務をともにしたので緊張感はそれほどないらしい。

「私、今日暇なんですが、お手伝いしましょうか？」

「本当かい？　なら食糧庫から胡椒《こしょう》とってきてくれねぇか。ひと袋でいいからそんなに重くねぇと思うが」

「分かりました」

手持ち無沙汰《ぶさた》だったひとえは、気のいいコックの手伝いをすることにして、食糧庫へと向かった。

一方の応接室ではすでに任務の打ち合わせは終了しており、有鱗旅団の団長と相談役が談笑しながら和《なご》やかに茶《ちゃ》を飲んでいた。有鱗旅団の団長はドラゴンだ。人型をとっていても、大きな体といかめしい顔に金の鋭い目が迫力を生み出している。更には燃えるような赤い髪と体の側面にある鱗の模様、と神々しさすら感じる風貌なのだ。そしてその隣には有鱗旅団特有の暗殺部隊所属のオオトカゲ男が静かに座っていた。猫旅団と違って彼らは基本的に騒がない。

もはや仕事の話は終わりとばかりに様々な噂話に花を咲かせる相談役の長い話を、聞くともなく聞いているバーグナはリュイが出ていった扉を見ていた。そしてそれを追って行った蛇女の存在が気にかかる。いいや、そのふたりを心配しているのではなく、そのふたりに関係するヒトの女の心配だ。

「落ち着かないな」

バーグナが落ち着きもなくソワソワとしているのが伝わったのだろう、こちらもドラゴン旅団長の長話に退屈したオオトカゲ男が話しかけてきた。バーグナと彼は昔からの知り合いで任務をともにしたことも何度もある。気心が知れたというほど親しくはないが、彼の性格くらいは知っている程度だ。オオトカゲ男のグルウェルは黒いフードつきローブを着ていて、体はヒョロッと細長い。フードから覗く目はクリクリ丸くて離れて配置されており、口は薄くて大きい。なんとも個性的な顔をした男だった。

「まあ、ちょっと気がかりがな……」

「イザベラか？　お前、あの蛇女に気があったのか」

「はぁ？　まさか、やめろよ。旅団長と穴兄弟とかゴメンだわ」

「表現が下劣だ」

グルウェルはそっけない口調でそう言い捨てたが、彼がこのように吐き捨てるように話すのはいつものことで特に怒っているわけでもない。バーグナもそれを承知しているのでいちいち腹を立てたりはしない。

「切れたと思っていたがなぁ……」

「もともと真面目なつき合いをしていたとは思えない。ならば切れるも切れないもないだろう。欲のおもむくままに、だ。僕には理解不能だがな」

「お前もどうかと思うぞ。俺は」

「今時交尾など非効率的だ」

リュイとイザベラは昔から関係があったものの、気が向いたイザベラがリュイに誘いをかけて、くる者を拒まないリュイが受け入れるといった関係だ。ひとえと似たような関係ではあるがイザベラと関係していた時との違いは、リュイが激しく襲いかかることと他の女を抱いていないということだろうか。バーグナが気にかかるのはここなのだ。

誰に対しても平等に最低だった男が、一時的かも知れないがひとりに集中している。そしてそこに蛇女の登場で、誰が一番割りを食うか明らかである。……それにしても、今グルウェルがなんか怖いことを言っていたような気がしたが、バーグナは無視することにした。

「そういえば最近の猫旅団長は品行方正だと噂だが、本当か」

「……いや」

「あちこちで断られた女がいるとのことだ。恋人でもできたと聞いたが」

「恋人は、いねぇなぁ……」

「ふ、なら僕の仲間になったのだな」

「それはねぇよ。草食系」

クツクツと意味深に笑うグルウェルが巷《ちまた》の噂話を教えてくれたが、事実とは違うのでバーグナは否定しておいた。あっちもこっちも噂話だ。もしかして獣人傭兵軍は恋バナ好きな乙女のあつまりか。

バーグナはため息をついて眉間をもみほぐしていた。

バーグナがげっそりとしている頃、リュイは自室に戻っていた。やっと退屈な会議が終わったから、ひとえに褒めたり舐めたりしてもらうか、抱き潰してやろうと戻ったのだが不在だった。

（ひとえが行くといったら資料室か食堂かな？）

ひとえの行動パターンから行きそうな場所に当たりをつけて、リュイは部屋の出入り口に体を向けた。そこにはさっきまでは確かにいなかったし、今の今まで気配がなかったイザベラがいた。イザベラは肉感的というか凹凸のある迫力のある体を持ったセクシーな美女だ。蛇の特徴を持っているし鱗の柄も体に走っているので、ミステリアスで危険な香りを漂わせている。そんな迫力のある女がウェーブのかかった黒髪を揺らしてリュイを見ていたのだ。

「何？　ここは俺の部屋なんだけど」

「知ってるわ。ここでもしたの覚えてない？」

赤い唇ににっこりと笑みを浮かべて言われても、リュイの記憶にはそんなことは残っていなかった。イザベラを抱いたことはあるんだろうけれど、ずいぶん前のことなので記憶も薄れている。

「ごぶさただったから、どうかと思って」

唇よりも深い赤の瞳の嵌《はま》った目を細めながら笑うイザベラはまさに蛇、ねっとりとした視線も先の割れた舌で舐める唇もその全てが男を狙うかのようだった。

「悪いけど、先約があるから」

「あら、あなたなら何人いても大丈夫でしょう？　あなたほどタフな男はこれまでいなかったわ」

イザベラはリュイの断りも意に介さず、その体温が低くてハリのある体をぺっとりと押しつけていた。露出度の高い衣装からはみ出しそうな乳房がリュイの腕に当たるが、リュイはその膨らみを見てひとえの温かい胸を思い出していた。

「残念だけど小さいおっぱいに目覚めたんだよね。その冷たい肉の塊は好きじゃない」

「あら酷い」

「放してくれる？　ちょっと行くところがあるんだよね」

「あなたが誰かにご執心だって噂は本当だったのね」

「……は？」

イザベラを振り払おうと上げたリュイの腕に、スルリスルリと巻きつくようにその腕を絡められる。自分が誰かひとりにご執心とは、リュイにしてはあり得なくて心外な言葉であった。気分が悪くなったリュイは一瞬にして真顔になる。

「なに言ってんの？」

「だって、今まで誘えば抱いてくれた男《ひと》が悉《ことごと》く誘いを断ってるのよ。噂になってるわよ」

「噂？」

「猫の旅団長がついに恋をしたって」

「……バカじゃないの」

イザベラの言葉にリュイはあからさまに不愉快な顔をして、嘲るように彼女を見た。自分が恋をするなんてあり得ない、リュイの存在意義は戦闘であり女は抱きはするが愛しはしない。それは彼の中で当たり前のことだったのだ。それを数度抱いただけの女に分かったような顔をして指摘される、大変不愉快なことだった。

「ふふ。この戦艦、ヒトの匂いがするわね。女の子かしら？　あなたの恋人かと思ったんだけど」

「そんなわけないだろ、ふざけるな」

「あら、怖い。どうしたの？　あなたが怒るなんて」

イザベラがチロチロ舌を出して笑う。息を深く吸い込んで味わっているのは、おそらくひとえの匂いだ。自分のものである女の匂いとはいえ、味わってその存在をまるで獲物のように弄んでいる態度がリュイの不快感を更に煽った。しかしイザベラはそんなリュイの様子を気にしないどころか、へそを曲げれば曲げるほど嬉しそうに体を押しつけてくる。

「決まった人がいないなら、いいでしょう？」

「……ふん。自分で濡らすならね」

「ふふふ、酷い人」

楽しそうに笑ったイザベラはすでに自身のスカートをめくり上げていた。

ぴちゃぴちゃと部屋に響く音すらリュイにとってひとえとしているのと違って聞こえる。温かいひとえの口に収まっている時は、もっと頭を痺れさせるような音だったのに、と。リュイの陽物に巻きつくイザベラの薄い舌は男を喜ばせる術《すべ》を知り尽くしているようで、技術的には遥《はる》かにうまいのに何かが違う、などと考えている自分に気がついて、リュイは慌ててそんな考えを振り払う。

(比べること事態がどうかしている)

誰の口だろうと舌だろうと、穴があれば女は同じ。ずっとそう思っていたリュイは、目の前の女に集中すべく意識してその口元を見た。そうすればようやく陽物が固さを持って立ち上がった。

「しばらく会わないうちに、気難しくなったのね」

「いいからさっさと跨《また》がれば」

ソファーに座ったリュイを見上げながらイザベラは笑う。準備に時間がかかったことなど気にも留めていないらしく、衣装の胸元をくつろげてリュイの上に跨った。目の前にきたイザベラの豊満な乳房を嫌そうに見たリュイは顔をそらした。

「その肉の塊は、嫌いだって言ったでしょ」

「あら、以前はかわいがってくれたのに？」

「今は違うよ」

「残念ね」

そう笑ったイザベラはゆっくりと腰を沈める。イザベラの足の間は触られもしないのに潤っており、リュイの陽物の根本に手を添えればジュブジュブと難なく飲み込んでいった。

「ああん、素敵……っ」

「……」

イザベラの冷たい膣内は陽物を包みこんで締め上げて、入れただけで扱かれているような心地になる。以前はこの感触に酔いしれたものだが、リュイは挿入した瞬間にゾッとしてしまった。

「あん！」

「……やめる、気持ち悪い」

イザベラが振り始めようとした腰を掴んで、リュイは乱暴に自身を抜き去った。粘り気のある音がするほど潤っていたイザベラは、切なそうに腰をくねらせているがリュイの知ったことではなかった。

入れた瞬間に嫌悪感が湧き上がったのだ。

（違う）

そう感じて一刻も早くイザベラから出て行きたかった。その証拠にリュイのモノはもう萎えてしまっている。ところ構わず盛る彼には信じられないことである。

「そうなの？　うふふ、まあいいわ」

そんな酷い扱いをされたにもかかわらず、楽しそうに笑ったイザベラがそう言ったその時、部屋の入り口からドサッ、と何かが落ちる音がした。

たとえ情事中だったとしても、これほど接近するまでリュイが気がつかないなどあり得ない。そもそも熱中などしてなかったのだ。リュイはソファーに膝立ちで彼の上に陣どるイザベラを睨みつけるが、彼女は肩を竦めてまた笑みを深めた。

「だって、誰かに邪魔されたくなかったから」

どうやらこの部屋周辺に気配や音を断つような魔法を使っていたようだ。この類の魔法は暗殺部隊の者が得意とするところだろう。そしてノロノロと顔を動かしたリュイは、入り口で硬直しているひとえとようやく目を合わせた。

（ついに……っ、この時がきてしまった！）

ひとえは足元から這い上がる、震えるような危機感をどう処理しようか戸惑っていた。しかしそれもほんの数秒のことで自分で自分を叱咤して、なんとか心を立て直す。

（呆けている場合じゃない！　命が惜しければ早く逃げなければ！）

ひとえはコックに頼まれた胡椒を倉庫から持ってきた後、厨房に戻る前にコックに質問をしたいことがあったのを思い出した。部屋にあるメモを取りに寄ってから厨房へ行こうと部屋に向かうと、扉は少し開いていて手で押して開けばすぐにソファーが視界に入った。そこにはリュイとその上に跨る目もくらむような美女がいたのだった。剥き出しの胸はとても豊かでひとえの倍はあるのでは……？とそこだけ妙に冷静に見てしまった。そして魅惑のくびれにハリのある腰をリュイが掴んでいる。

どう見ても情事中、もしくは事後直後だ。リュイに新しい女ができる、それはひとえの存在価値がなくなるということだ。普段から努めて自分に言い聞かせていたことが目の前に起こっている。

（逃げなきゃ、殺される！）

ひとえは普段からシミュレーションしていたとはいえ、緊張で速くなる鼓動に呼吸も浅くなる。とにかく逃げろと心の中で繰り返して、入り口付近に隠してあった小さなカバンをひっ掴んで走りだした。他の旅団が出入りしている今日なら、逃げられるかも知れないと希望を賭けて。

「ひと……っ」

「きゃっ」

イザベラを床に放り投げてひとえを追おうとするリュイが無様に倒れた。この男が戦場でもない所でこけるなどあり得ないことで、そんな自分の異常にリュイ自身もすぐに気がついた。下半身が痺れて重く足が立たない。そして原因は明らかである。

「なにしたの？」

「薬も魔法も効きにくいからって、油断しすぎよ。それは私のお手製の新魔法なの、あなたを射精までさせられたら呪い殺せたけど、残念ね」

リュイは体質的に呪いや毒の類が効きにくく、確かにそれを過信していたのはある。しかし、同じ傭兵軍所属の者に魔法を開発されてまで襲われる理由が分からない。酷い扱いをしたのは確かだが、体目当てなのはお互いさまだし、嫉妬すらあり得ない間柄だ。絶対に他に理由がある。

「裏切り者は処刑だよ」

「ふふ、そうね、早く逃げないと有鱗《ウチ》の旅団長に殺されちゃう」

「どこの国が君を高く買ったのかな？」

行為中もリュイは服を脱がなかったので見えていないが、イザベラのかけた呪いによって這うように呪いの模様が下半身に広がっている。

「どこかしら？　ただ、変異種に効く魔法も毒物も見たことがないほどの高値がついたわ。あなたで実験をするのが条件だけど」

「……混合か。……面倒な……」

「大丈夫よ。あんなちょこっとじゃ死ぬことはないわ。でも私、膣内《アソコ》の締め上げには自信があったのよ？　残念だわ」

「はっ、ユルユルがよく言うね」

「まっ、あなたのいいヒトはよほど締まりがいいのね」

呪った者に呪われた者。軽口を交わし合っているが、双方ゲスい。この会話が表す通りこのふたりは似た者同士だ。女は己の利益のために味方を裏切り過去の男も実験台にし、男は自分勝手に女を抱いてゲスな言葉を平気で投げつける。まんまとハメられたリュイではあるが、似た者同士だからかそれほど腹が立ったりはしない。ただ、裏切り者なら殺すだけだ。いつもの任務と同じく。……イザベラの次の言葉を聞くまでは。

「でも立たなくなっちゃうかも」

「は？」

「今のところ、性交を通してしか呪いをかけられなくて。それでやっぱりソコに一番効いちゃうのよね」

「は？」

リュイ、本日一番真顔である。

【6】

走り出したひとえのカバンにはバーグナから渡されていた給料が入っていた。給料は「なるべくかさばらず」「大体の国で換金可能なもので」と頼んでいたので、数種の宝石と金属、そして大国の通貨と様々な種類だった。ひとえがいつか逃げ出すつもりだとバーグナも分かっていたはずだが、彼は黙って用意してくれたのだ。

「おっと」

「!?」

そんな彼のことを考えていたからか、角を曲がると受け止められるようにバーグナにぶつかった。きっと曲がる前からひとえが走ってくるのに気がついて止まって待っていたのだろう。よろけることもなく難なく抱きとめられた。

「どうした？」

「ちっ」

尋常ではないひとえの様子にすぐに気がついたバーグナは、彼女の肩を掴んで心配しているようだ。思わず舌打ちをしてしまったが、たとえ手を振り払っても虎から走って逃げられるとは思えなかった。こんなにすぐに見つかるとはついていない、いや、他の団員より説得の余地があるのでラッキーなのか？　ひとえはカバンを抱きしめてバーグナを見つめた。彼を言いくるめることはできるのだろうかと考えて。

「……そんなもの持って、どこへ行くつもりだ」

「……」

ひとえの抱える荷物に気がついたバーグナの視線が鋭くなった。どうやら彼はこれの中身を知っているらしい。ひとえはより一層カバンを抱く力を強めて乾いた唇を動かした。

「このままここにいたら、輪姦《まわ》されて殺されるから」

「なに言ってんだ。んなわけ……」

「ゲス野郎に新しい女ができたら私は用がない。アイツがただで解放するとは思えない」

ひとえの言葉にバーグナの眉間に皺が浮かび上がった。「新しい女」、今ちょうどそれを心配してひとえを捜していたのだ。……遅かったようだが。

「オジサン、見逃してよ。手伝えとは言わないし、ここから逃げて野垂れ死んでもいい。でも人間として死にたいの」

「お嬢さん……」

ひとえはこれまでにないほど必死で訴えかけた。旅団長の情婦として彼ひとりを相手するならまだいい。本心は良くはないが、それなりに適応して体だけでなく他の仕事も見つけてそれなりに自分の存在価値を見つけてきたのだ。それが旅団長に飽きられて部下たちに下げ渡されたら？　その先は？　とても人間らしい最期があるとは思えない。

バーグナは意外と未来を悲観しているひとえに驚いたが、しかしその手を放すわけにもいかなかった。現在、着陸しているのは内乱が続いている国の、さらに荒れた土地で周囲に人は住んでいない。次の任務の打ち合わせという内容のため、わざとそんな場所を選んだのだ。こんなところにひとえを降ろしたら、一日と保《も》たずに死んでしまうに違いない。

「志高いな」

「!?」

「黙ってろグルウェル」

ひとえが必死でバーグナを説得していると、天井から知らない声がかかった。全く警戒していなかったひとえが驚いて見上げると、真っ黒なローブを着た長身の男が天井のパイプに張りついており、逆さまの癖に落ち着いた様子でひとえを見てきた。

「はじめまして。君は魔力を感じないな。稀人か。その高潔な意志は素晴らしいものだ。たとえ無謀でも僕は評価をするよ」

「な、なに？　誰？」

「ただのトカゲだ」

「それより先程からイザベラの空間遮断魔法が発動している。とても逢瀬《おうせ》のためとは思えない高度なものだ。良からぬことをしているのでは？」

　グルウェルは掴まった天井のパイプをチョコチョコと進みながらそんなことを言う。体格や面構えの割に動きがやけにかわいらしい。その時、ひとえの進行方向反対、つまりリュイの部屋から激しい破壊音が鳴り響いた。まるでなにか爆発したかのような轟音《ごうおん》だ。

「！　とにかく旅団長の部屋へ行くぞ！」

「嫌だって！」

「待て。お嬢さん、旅団長がいらねぇって言うなら俺がお前をもらってやる。誓って他の奴らに触らせたりしねぇ。ここ周辺はヒトが生きていける土地じゃないんだ」

「!?　だからっ、囲われんのが嫌だって……！」

「スンスン……。呪いの臭いがするぞ」

　抵抗して手足を振り回すひとえを小脇に挟んだバーグナは、そんな抵抗などものともせずにリュイの部屋に駆け出した。天井から音もなく下りてきたグルウェルもその後に続いて走る。部屋に到着するまでになんとか逃げようと力の限り暴れたひとえだが、バーグナの手は全く緩まなかった。

「グルルルッ!!」

「無理をすると毒物の方が回るわよ」

リュイの部屋では獣化したリュイと窓を背にして彼と対峙《たいじ》するイザベラがいた。リュイは下半身が痙攣《けいれん》しており、何度も腰が抜けたように足がカクカクと床に崩れてしまっている。部屋の中はかき回したように荒れており、なんらかの魔法が発動したのだろう、もうもうと煙が漂っていた。

「まあ、今回は変異種への効果を確認できただけでもいいわ」

機嫌よくニッコリ笑ったイザベラは窓に手を置くと呪いを発動した。すると戦艦の分厚く頑丈な窓に細かいヒビが入り、そのヒビの端から黒い粉になって崩れ落ちる。

「あとその呪いと毒ね、呪いを解かないと解毒できないから、寝込んでいる間の刺客に気をつけてね。私の新たな雇い主もリュイを酷く恨んでいたから」

イザベラがそう言ったのは部屋に駆け込んできたバーグナに視線を向けてだ。置き土産のつもりか、彼女は終始楽しそうだ。そしてイザベラはそのまま視線をバーグナの小脇のひとえに動かして、投げキッスを放つ。ひとえも自由の身であればこんなネッチョリしたキスは避けるが今はなにぶん動けないのだ。崩れ落ちた窓からひらりと飛び出たイザベラはそのまま音も立てず姿を消した。

「追えよグルウェル」

「面倒だ。この辺りは土地勘がない」

「旅団長!」

裏切り者はもれなく処刑とか言っている割に、面倒な時は放置らしい。バーグナは気まぐれな冷血集団の扱いが分からず呆れていたが、ようやく床に倒れるリュイのことを思い出した。リュイは床にぐったりと這いつくばっており、バーグナが駆け寄ると獣から人型になった。そして現れた露出した下半身に、その呪いの模様がくっきりと浮かび上がっている。下半身を中心に細かい鎖と鱗を模したような禍々《まがまが》しい紋様、ひと目で不吉だと分かる代物だ。リュイの意識は朦朧とし熱が出ているようだった。

「発熱は毒だな。単体ならば猫旅団長には効かないだろう。この怪しげな呪いと相乗効果を出している」

「命には……っ⁉」

「死ぬならとっくに死んでいるだろう。しばらく寝込めば回復するだろうが……」

ひとえはバーグナとグルウェルの後ろで手持ち無沙汰に佇んでいたが、つい視界にリュイを入れてしまった。リュイが酷い目に遭うのはざまあみろだが、こんなにガチだとちょっと笑えなかった。

リュイは美しい顔を歪めてとても苦しそうに息を荒らげており、ひとえはこんな様子の彼を見たことがなかった。グルウェルはリュイの側に膝をついて掌をリュイに向けて容態を探り、そしてその離れたふたつの目を細めて言葉を続けた。

「心配ごとがふたつ。ひとつはイザベラの言っていた刺客だ。寝込んでいる間に必ず来るだろう。そしてもうひとつは呪いの場所だ」

「場所？」

「これは不能になるかも知れないな」

「……」

「ナイス天罰」

ついひとえは窓から逃げ出していったイザベラに親指まで立てて称賛を贈ってしまった。そんな場合ではないが、あのひとえを苦しめた凶悪な棒が役立たずになるなんて喜ばずにはいられない。バーグナは複雑な顔をしているが、さすがにリュイを憐《あわ》れんでいるようだ。

「まあ、こんなトラブルしか起こさない棒は、なくていいんじゃないか？」

「ですよね」

グルウェルの意見にひとえが即座に同意した。怪しい見た目と違って意外と話の分かる奴だなと、ひとえからグルウェルへの好感度が謎に上がった。そしてリュイをベッドに寝かせて相談役と有鱗旅団長に報告に行く。なにをするにも上の指示を仰がねばならないが、猫旅団長は今昏《こんとう》倒しているのだ。

その後、刺客を警戒したバーグナが戦艦の警備を固めたため、ひとえは逃げる機会を失ったのだった。

「イザベラが裏切るとは……。大変申し訳ないことになった。すぐに手配し、見つけ次第捕まえて解毒及び解呪の方法を聞き出そう」

「それが襲撃があるとか……」

「毒自体は解毒可能だが、先にこの禍々しい呪いを解いてくれ」

場所をリュイの寝室に移して各責任者が話し合った結果、イザベラは有鱗旅団が責任を持って指名手配をして確保すると。そして治療に呼ばれた戦艦医によると、呪いを解けば毒の方は解毒できるということらしい。イザベラご自慢の新開発の呪いだ、有鱗旅団長自らの解呪魔法も効果がなかった。

「稀人なら吸収、分解できるんじゃないか」

「黙れじじい」

今後の対応を相談していた相談役が超絶余計なことを思いついてくれた。ひとえは即座に相談役の口を塞いだが、残念なことに彼らは三人いた。

「そうじゃ！　魔法の吸収、無効化は稀人のお家芸じゃなっ」

「吸ってやってくれ」

「そんな、吸ってやれと言われても……」

ベッドに寝かされたリュイを指さし相談役が大雑把な頼みごとをしてくる。そう言われてもひとえにはなにをどう吸ってどう無効化すればいいのか分かるはずもない。戸惑うひとえの肩に大きな体温のない手が載せられ、ヒョイと顔を覗かせたグルウェルがリュイの股間あたり指さしながら言った。

「そこ、そのいらんことしかしない棒を吸うんだ」

「あなたもいらんこと言わないでくれますか」

うすうすそんな気はしていたひとえが見ないふりをしていたというのに、グルウェルも余計なことを言ってくる。そんな彼とは違い、有鱗の旅団長とバーグナは戸惑いを見せていた。これが普通の反応ではないだろうか。

「あの女に突っ込んだモン吸うの嫌なんですけど」

「よっしゃ。ワシが浄化してやろう。消毒よりきれいになるぞ」

「頼むぞぃ」

「悪い呪いを吸い出してくれ」

相談役に囲まれて口々に依頼される。正直そんな意味不明な行為は嫌なひとえだが、これはかなり有利な取引材料では？　と考えついた。

「……条件次第では努力してみます」

ひとつ、努力した結果、効果がなくても責任を問わない
ひとつ、解呪に成功したらひとえを解放し、治安のいい場所まで送ること
ひとつ、上記条件はバーグナひとりの責任で行うこと
ひとえは他の誰でもない、バーグナにはっきりと約束をさせた。

「ぬかりないな」

そんなことを言いながら面白そうにひとえを見るグルウェルと有鱗旅団長、それに心配そうな相談役にバーグナと戦艦医を次々と部屋から追い出してベッドに寝ているリュイを振り返った。相談役による浄化魔法の効果で、やけにピカピカの股間に目が行ってしまい脱力してしまうひとえ。今からナニをするか皆にバレているとかどんな罰ゲームだ。

「でも、立たなかったらどうしよ……」

いや、でも吸い出すのは呪いなのだから別に勃起しなくてもいいのかな？　そんなことを考えつつピカピカちんこを握ってみたらすぐさまビーンと自立していた。

「……」

まあ、持ちやすいので好都合なのだが、不能になるかも知れないと言われていたのにこの有様だ。

いつもの光景なのだが、なぜかリュイのほぼない好感度がマイナスをさらに掘り下げてしまった。

（最後の抵抗かな……）

関係者が退室した室内。ひとえは意識がないのに一部が立ち上がったリュイとふたりきりだった。

呪いの影響で不能になるかも知れないと言われていたのになぜそんなに堂々と天を向いているのか。

しかしこれが不能になる前の最後のひと花かも知れないと思うと、いつもは憎たらしいその棒が少しだけかわいく見えるような気がしなくもないような気がする。

「しかし吸い出す……って、やっぱアレか……」

今更カマトトぶっているわけでもないが、意識のない男に行うのは戸惑われる。まあ、嫌がられる可能性はほとんどないというのが、せめてもの救いなのだろうか。ひとえはリュイのやけに元気なソレを握って見つめて、タイミングを測っていた。不思議となぜか見つめ合っているような気分になる。

そのうちにいつもの癖で手を上下に動かしてしまった。

「ん……？　ひと、え……」

ひとえがついつい真面目な顔で扱いているうちにリュイがうっすらと目を開けた。目は虚《うつ》ろで視線は怪しく、更には汗も出てきているようだ。明らかに熱に浮かされていて正気ではない。これは戸惑っている場合ではないな、とひとえはかがみ込んだ。

「辛そうだね……。待って、今……」

これまで見たことがない朦朧とする様子のリュイに少し動揺したひとえは、とにかくやってみようと口を開けた。そこでリュイが安堵《あんど》のようなため息をこぼして少し笑ったような声がした。

「よかった、ひとえだったの……。あの女、気持ち悪くて……。ゆ、夢だったのかな？　……はぁ」

「……」

「やっぱ、ひとえが温かくて……、気持ちいい……」

「……」

「他の、女は……嫌だ……」

ひとえはともすれば本心かと勘違いしてしまいそうなリュイの様子に、真剣な顔をしながら目の前の陽物を見つめる。しかし発熱時のうわ言など、射精直前の男のプロポーズくらい信用ならない。これがもしリュイの正気の時の言葉であったら……。そんなあり得ないことを考えてすぐにひとえは頭からその考えを追い出した。そんなことを言われていたとしたら、きっとひとえは逃げ出すことができなくなってしまっただろうから。

ひとえはなにかを振り払うように目の前のものを勢いよく口に含んだ。

「はぁ、あっ、あっ……」

「あ、はぁ……、でた……」

その後色々と試したのだが、口淫より挿入して射精させた方が呪いの模様を消せるようだった。意識のない男に跨るのはより抵抗感があったが、時間をかけて口でするのも疲れる。

仕方なくひとえは下だけ服を脱いでリュイに跨り、さほど濡れていないそこに自分の唾液に塗れたリュイの陽物を擦りつけてゆっくりと腰を落とした。激しく動くのは怖かったが、意識のないリュイは幸いなことに我慢することなくあっさりと吐き出してくれた。それを繰り返すこと数回。

ひとえはずるりと体内からリュイのものを取り出して、下着も穿《は》かずに呪いの様子を確認する。一応請け負った手前最後までやりきらなくてはならないので、落ち着いたリュイのものをつまんで持ち上げて裏表と確認したが模様は見当たらない。

「呪いは治まった……？」

仮に呪いがなくなったとしても毒がまだ体内にあるのでリュイは未だ苦しそうにしている。ひとえは急いで服を身に着けて、リュイの体を拭いて雑に布団をかけてから部屋の換気を強くした。すぐに戦艦医を呼ばなければならないからだ。

ひとえが扉を開けると部屋から少し離れた廊下にバーグナとグルウェルがいて、すぐに戦艦医を呼んでくれた。お偉いさんたちは獣人傭兵軍のトップに報告をしているとか。

「もう呪いは見当たらない。これならば通常の解毒で問題ない」

なにをどう検査しているのかリュイの腕から素早く採血をした戦艦医は、感染症の検査キットのようなもので何かしら確認している。あれで血中の呪いが分かるのだろうか。結果を確認してから解毒の点滴を用意していた。その言葉を聞いてひとえはほっとひと息つき、横に立っているバーグナへ向き直った。

「約束、守ってね」

「分かっている。旅団長《バカ》が目を覚ますと邪魔されるぞ。今のうちに……」

「バーグナ」

　バーグナはすぐにでも行動するつもりだったのだろう、ひとえの催促の言葉にすぐに頷いてくれた。ひとえを促して部屋を出ようと動き出すと、グルウェルが声をかけてきた。

「ひとえ嬢を送る任務は僕が請け負おう。ちょうど次の任務の準備のためにスラルの王都へ行く予定だ。この国の街よりも治安もいいし、仕事もたくさんある」

「はぁ？　なんでお前が」

「理由は、まず有鱗《ウチ》の旅団長から猫旅団に協力しろと言われている。刺客が来るかも知れない時に副団長が戦艦を離れるのは良くないだろう」

　スラスラと淀みなく理由を述べるグルウェルに、バーグナは怪訝な顔をする。つき合いは長いがこの男の行動原理はいまいち不明なのだ。仕事熱心ではあるので先程の理由でもおかしいわけではないのだが……、バーグナは決めかねて考え込んでしまう。

「……確かに俺が動くより、リュイに追跡されにくいとは思うが」

「ご希望なら痕跡を消しながら行くことも可能だ。僕たちはそういうのが得意だからな」

「……この人について行っても大丈夫？」

　やけに乗り気なオオトカゲにひとえは怪訝な顔を隠しもせずに、胡散臭そうな視線を向ける。細長い体形に怪しさを具現化した黒いローブ、そこから覗く目はキョトキョトしている割に温度を感じなくて愛嬌はない。もう見るからに不審者だ。

「……。変人ではあるが、女に無体を働く輩《やから》ではないな」

「当然だ。なぜなら僕の性器は進化している。ここの年中盛っている猫ちゃんと一緒にしないで欲しい」

「退化だろ」

「は？」

突然、性器どうこう言いだした不審者に、ひとえが一歩下がって距離を置く。それでどう安心しろと言うのか。そして進化でも退化でもどちらでもいい。問題はむやみに盛るか盛らないかだ。そんなひとえのあからさまな警戒に気を悪くした様子もないグルウェルは、淡々と同じ調子で話し続けた。

「僕は交尾などという前時代的な行為はしない。そういう意味では君は危険はない。君に協力する理由は、そうだな。先程の取引の抜かりなさに感嘆したからかな？　ヒトの女性ただひとりでこの環境で素晴らしい胆力だ」

「まあ、嘘をつく輩でもないが……」

「……はぁ。オジサンが言うなら信じてもいいと思うけど」

ため息をついてそう結論づけたひとえに、バーグナが驚いて視線を向ける。今まさにここから脱出しようとしている彼女にとって、自分は強姦監禁魔の一味でしかないのだから。ひとえからそんな信頼のような言葉を言われるとは思ってもいなかったのだ。

「オジサンは基本的に旅団長には逆らわなかったけど、見返りなく私を庇ってくれることもあったし。困った時助けてくれたのはいつもあなただった。……素直に感謝とか信用とかいう環境ではなかったけど、オジサンのこと少しは信じてる」

「……参ったね、こりゃ……」

「これは大変な信頼を勝ち得たなバーグナ。裏切るのは男ではないぞ」

ストレートなひとえの言葉に照れてしまったのか、頭を掻いたバーグナは、困った様子でその手をさまよわせた挙げ句、ひとえの頭に置いた。大きな手がひとえの頭の上に載り、撫で回すでもなくポンポンと軽く叩かれた。

「……悪かった。もっと早く助けてやるべきだった」

「いえ、まあ、うん、色々勉強になったかな？　これも経験だし。二度とごめんだけど」

「では行くぞ。猫旅団長が目覚めると面倒なのだろう」

ひとえは戦艦医にも軽く挨拶しすぐに部屋を出た。戦艦医は特に止めるでもなくいつもの調子で「元気でな」と言い見送ってくれた。そしてグルウェルの長身の後ろに隠れるようにして戦艦の出入り口まで来ると、見届けるためか後ろから来ていたバーグナを振り返った。

「さようなら、バーグナさん。相談役にもよろしくお伝えください」

「ああ、元気でな」

バーグナがなんとなく寂しげに見えるのは気のせいだろう。あんな酷い目に遭ったというのにこの戦艦が少しでも名残惜しく感じるなんて、本当にどうかしているとひとえはすぐにバーグナから目をそらした。

（……なんだっけ、あれかな。なんとか症候群ってやつ）

さっきからチラチラと脳裏に浮かぶ絹のような金髪や彼の笑顔や気まぐれな甘い言葉を、頑張って頭から追い出した。たとえどんなに心が乱れたとしても、こんな環境ではなにひとつ信頼できないし真実ではないと自分に言いきかせる。

辺りは見渡す限り広がる砂漠と背の低い植物だ。見える範囲に街はない。そんな場所に丸みのあるバカでかい戦艦が二機着陸していた。二機とも似たような丸っこいデザインで収容人数は五百名～八百名ほど、いくつもの大砲やら大型の重機が据えつけられている。ベージュっぽい色の猫旅団戦艦から一度降りたひとえとグルウェルはすぐに隣の緑っぽい戦艦へと移動した。

「有鱗旅団の戦艦は総司令官との連絡のために、しばらくここにいるだろう。ならば旧式ではあるが、獣車を使うのが一番追跡されにくい」

「獣……？」

「獣が引く車だ。魔力で動く魔車の方が速いが、こちらは痕跡を追いやすい。転移魔法でもそうだな」

「魔車に転移魔法……。色々便利そうですね」

「稀人はこの世界と全く文化の違う場所から来ると聞くが」

「そうですね。車はありましたけど……。空飛ぶ乗り物も。魔法や獣人はいなかったですね」

グルウェルは見た目に反して無口なたちではないらしく、あれこれと説明しながら戦艦の中へ案内してくれた。そして乗り込んだところから階段を降りて、格納庫のような部屋へと進んだ。様々な乗り物っぽいものがあるので、駐車場のようだった。

格納庫と呼ばれているようだが飛ぶものもあるのだろうか。そこに行くまでにすれ違った人々は、皆鱗をもった種族でもの静かだった。猫旅団のように気さくに挨拶をしたり声をかけあったり、殴り合ったり肉をとり合ったりしないらしい。

「これは今後、猫旅団長の追跡をかわすために確認しておきたいのだが」

グルウェルは話しながら目の前の檻《おり》を解錠している。そこにはひとえと同じ身長くらいのドラゴンがいて、口にはハミや手綱が装着されていた。乗馬の時の馬具のようだ。

身長はひとえと同じだとしても、隙間なく鱗に覆われ見るからに筋肉が発達しているガッシリとした体だ。恐らく力はひとえと比較にならないほど強いのだろう。しかしその目はまん丸でキョロキョロ動いて瞬きがやけにゆっくりで愛らしい。大きく裂けた口のせいかなんだか笑っているようにも見えるではないか。グルウェルの話を聞きながらも、ひとえの視線はドラゴンに釘づけだ。

「猫旅団長とはどのような関係だ？」

「情婦と彼は言っていましたが。なんでもあちらの相談役に子を持つよう言われていたようです」

「合意は」

「してません」

「失礼だが妊娠は？　妊婦に獣車は危険かも知れない」

「バーグナさんに避妊薬をもらっていました。それが効いていればしていないはずです」

「ふむ、バーグナが用意したなら間違いないだろう。あいつは真面目だからな。恋人ではないのだな？」

「違いますね」

グルウェルはドラゴンを二頭、車に繋ぎ、あちこちチェックしている。その背後からひとえは少しずつドラゴンに近づいてみた。大きな丸い目がひとえを捉えてフゴフゴと鼻息を吹き出していた。

（か、かわいい、かも？）

「噛むぞ」

鼻先をこちらに差し出してくるドラゴンに思わず手を出していたひとえは、グルウェルのひと言で慌てて手を引っ込めた。そしてひとえの手があった場所でドラゴンの前歯がパカンと音を立てて空振っている。ハミをつけているにもかかわらずズラッと牙が並んだ口が大きく開いており、驚くひとえを見て「ケケケケ」と馬鹿にするような鳴き声を出した。どうやらからかわれたようだ。

「ひぃ」

「失礼な質問をして悪かったな、行こう」

車の準備ができたらしいグルウェルが、金属製のふたり乗りらしき車を搬出口へと動かした。そこはいかにも業務用といった感じのフェンスの見えるエレベーターがあり、車ごと乗り込んで外へと出られた。

「足跡を消しながら行く。猫は追跡も得意だろうが、そうそう見つからんだろう。しかしあの男が逃げた女を追ったという話は聞いたことがないので、安心してもいいかも知れないな」

「そうでしょうね」

リュイは目や手の届くところにいればちょうどいいおもちゃとして遊ぶが、視界から消えてしまえばすぐに他のおもちゃで遊んだり、前のおもちゃのことなど忘れてしまうのではないかとひとえは思

う。そんな気まぐれなリュイの様子が想像できてしまって、ひとえはじっと前だけを見つめていた。そしてグルウェルはドラゴンたちを操作してスピードを上げると、あっという間に砂漠《すなぼこり》の砂埃の中へと姿を消してしまったのだった。

その数時間後、猫旅団の戦艦に近づく複数の男たちがいた。イザベラからの情報を得て早くも編成されたリュイ暗殺部隊である。砂色の戦闘服には国章はおろか身元を示すものはひとつもなく、連携がとれた動きからよく訓練された集団と分かる。つまりはプロの暗殺者だ。

「遅かったね」

男たちが戦艦の出入り口を確認している時、彼らの上からやけに明るい声がかかった。戦艦の窓の突起にぶら下がって彼らを眺めているリュイである。ニコニコと笑いながら回転して飛び降りて、男たちが武器を構える前にひとりの上に勢いよく着地して潰してしまう。突然のリュイの登場に少しだけ体勢を崩した男たちが、それもわずかな時間ですぐにリュイに向かって武器を構えた。

「撃て！」

「お、その武器ならヒトかぁ」

男たちは砂色の揃いの戦闘服に小銃を所持している。これはヒトの国で多く流通している武器で弾丸と魔法を合わせて放つことができるものだ。

「バカだね。距離を詰められて獣に勝てると思ってるの」

リュイがそう言った時には男たちは全員喉を引き裂かれて地面に倒れ伏していた。勢いあまって首が胴と離れそうになっている者もいる。

その時、出入り口から顔面に酷い怪我を負ったバーグナが飛び出してきた。ひとえを逃がしたと報告した瞬間、歯を食いしばる間もなくリュイに殴られて吹っ飛んだのだ。

「ひとり捕虜にしろって言っただろっ！」

「黙れよ役立たず。ひとえを逃がしたくせに」

リュイはすでにこと切れている男たちを蹴り飛ばしながら戦闘服を調べている、そして小銃を足で引っかけてバーグナへと蹴り飛ばした。

「銃の出どころと魔法の成分を調べれば、国が分かるだろ。こいつらとあの蛇女のせいで、俺専用の穴が逃げたんだよ。ムカつくよね」

「……そこで俺の女と言えりゃあ、ひとえも逃げなかったかもな」

「なにキモいこと言ってんの？」

バーグナが男たちの状態を確認して、リュイがかなりご立腹なのは傷口を見て分かった。リュイには相手を苦しめて殺すような性癖はない。今回も一撃でとどめを刺してはいるものの、少々力を入れすぎているようだ。

その原因はもちろん、ひとえの逃亡である。バーグナはこの反応が予想外であった。お気に入りの女であるのは間違いなかったが、目の前からいなくなれば「ふーん」で終わらせるのではないかと思っていたのだ。それほど彼はこれまで女に執着などしなかった。そして表面上にこやかな顔をしているが、リュイの尻尾はイラつきを隠しきれず忙しなく揺れていた。

「……ひとえのくせに生意気」

リュイは少しだけ唇を突き出して、そうポツリと呟いていた。

ひとえとグルウェルは獣車で近くの街まで行くとそこで車を降りた。そしてグルウェルはそのまま車を違う街まで走るようにドラゴンたちに指示をして走らせていた。

（言うこと聞くんだ……。賢いドラゴン……）

ドラゴンに指示を出すグルウェルを後ろから見ながらひとえは驚きを隠せなかった。確かにひとえの手を噛みそうになった後の笑い声は明らかに知性を感じる意地悪な笑い方だった。

「よし、ではとりあえず列車に乗ろう。途中で国境を越えるからこの身分証を」

「……サラ・イザヤール」

グルウェルに渡された革のケースには知らない名前が記載された書類が挟まっていた。写真はないが性別、年齢からするとひとえの偽名の身分証だろう。それにしても準備が早すぎる。

ひとえは胡散臭そうな顔でグルウェルを見て一歩離れた。もしかして事前に準備していた……？と疑ったのだ。

「ずいぶん、準備がいいの、ね？」

「仕事上、身分詐称などコーヒーを飲むくらい頻繁に行う。すぐに情報を記録できる原本を用意しておき、魔法で作るんだ」

ひとえが怪しんだことが伝わったのだろう、グルウェルは名前や年齢、性別が空欄の書類を見せて、そこに手をかざした。そうするとじんわりと文字が浮かんできたのだ。おそらくこれはある程度情報を記載した身分証を複数準備しておいて、状況によって魔法で仕上げしているのだろう、と目の前で見たひとえは一応納得した。

「ヒトの女性はなにかと犯罪に巻き込まれやすい。これで姿を隠しておくといい」

「……ありがとう」

疑ってしまって少しバツが悪そうにしているひとえに、グルウェルは露店で売っていた大判のショールを買って広げてみせた。細かい柄が染められたエスニックなショールをひとえの頭から被せてくるりと首に回してくれた。女であることは隠れないが、頭が隠れれば種族は分からないかも知れない。全く表情が変わらないグルウェルの機嫌は分からないが、とりあえずひとえは気をとり直して彼について行くことにした。

(どっちにしてもひとりじゃ移動もままならないんだし)

商店街なのだろうか、色とりどりのテントが張られた市場を通り抜けて街の端から見える大きな石造りの建物へ向かった。そしてひとえには懐かしい電車の走行音に似た音が聞こえる。

「駅？」

「ああ、列車で仕事があるから移動もできてちょうどいい」

「……え？」

グルウェルは有鱗旅団の暗殺部隊に所属している、らしいのはひとえも知っていた。暗殺なるものがなにを指すのかひとえには想像するしかできないが、おそらく偉い人をこっそり殺すのだろうなと理解している。

ひとえを連れ出してくれた彼は背はリュイより高いものの、体は細く動きが異様に静かに感じた。リュイも移動音はしなかったが、アレは妙に素早いのと口がやかましかったためだ。グルウェルはなんだかぬるぬる動く。全ての動きが滑らかで気にならないというか、気を抜くと彼を視界から外してしまうというか。そういうところも旅団による特色なのだろう。

そして彼は確かに言った。列車内で仕事があると。

「……っ!? っ! ……っ!!」

「ああ、いたな。この車両にターゲットがいる。それにしてもなぜ公共交通機関で移動するのか理解できないな。専用の乗り物の方が安全だろうに」

「……! く、くっ、……っ」

「やはり国民へのアピールだろうか。今この国は不況で大変だそうだからな」

「く、苦し……っ」

「やはり風が強いな。列車の屋根は」

グルウェルは結構責任感が強い性格らしく、ひとえを安全に送ると決めたら片時も目を離さないつもりらしかった。それはとても誠実でいいのだが、お仕事中も同行させてくるのは正直やめて欲しかった。

列車の最後尾、ここは車両一両貸し切りで中には食事を出せる設備や豪華なソファーに寝室にシャワーまであるという。そこにグルウェルのターゲットがいるらしいのだが、普通に前方の車両との境目には護衛が立っているのでふたりは今列車の屋根にいた。

　グルウェルはトカゲだけあって風の吹き荒れる列車の屋根でもびくともせずに屋根に張りついてる。そしてあっけなく吹き飛びそうなひとえは彼の背中におんぶ紐で括られて固定されてしまった。一応、嫌がってみたものの彼もリュイとは違った意味で拘束がうまい。あっという間にひとえは子守される子供のようになってしまった。

　グルウェルいわく、上はあまり警戒されておらず列車内を覗くような魔法も使えるとのこと。グルウェルはササと屋根を這い回りターゲットの頭上真上に移動した。

「おや。女性とお楽しみか。汚職公僕には過ぎた最期だな。前時代的だが」

「ひ、ひぇ……っ」

「み、見つかったら……」

「戦闘などはしない予定だから安心していい」

「その時はこの車両ごと吹き飛ばすので心配無用だ」

「……」

　傭兵軍にまともな人格の者などいるはずもないのだ。ひとえは未だこんな物騒な仕事にはなじまないが、それが彼らの仕事なのだったら口を出すわけにもいかず諦めてぐったりと力を抜いた。どちらにしてもおんぶ紐が外れない。グルウェルはローブの下に固定してあったらしい小型の銃を取りだした。ピストルくらいの大きさで彼の大きな手の中では余計に小さく見えてしまう。

「こんな小さな針ひとつでも魔法をかければ簡単に人の命を奪えてしまう」

「……」

「上部まで警戒をしない護衛を雇ったのが運の尽きだな。やはり経費というのは惜しんではいけない」

「……」

仕事と面構えの割にはグルウェルはおしゃべりだ。いつも単独任務が多いとか言っていたので、もしかして彼は誰かに仕事の内容を説明したかったのかも知れない。しかしひとえはそんな暗殺部隊の仕事の話は聞きたくないし、できればもっとこう、かわいい動物の飼育員とかの話が聞きたい。

そしてグルウェルが銃を屋根に密着させて発射すると、ほんの小さな音を立てただけで屋根を貫通し真下にいたターゲットの脳天に突き刺さった。ひとえには確かめようもないが、その下にいた女性は突然動きを止めたターゲットにまだ気がついていないらしい。彼はいつも自分勝手に行為を終える人だったのだろう。

「さて、席に戻ろうか」

「……」

グルウェルが振り返ったが、ひとえは気絶していた。極度の緊張状態と風に吹かれすぎて消耗したせいかと思われる。

ひとえが目を覚ますと、はじめに乗った列車の席だった。日本でも長旅の時に乗ったようなふたりがけの座席がズラッと並んでいる形で、隣にはもちろんグルウェルが座っている。タタン、タタンという走行音だけ聞いていると日本にいるような懐かしい気持ちになる。ちら、とグルウェルに視線を向けると彼はなにか本を読んでいるようだ。視界が広いようで彼はちらりと目だけでひとえを捉えた。

「先程の駅で最後尾の車両は切り離された」

「……そう」

「国境まではまだあるな。もう用事はないから寝ていても大丈夫だ」

「うん……」

隣にいる男は大変静かなので睡眠を妨害されない。先程の穏やかでない仕事はともかく、獣人といってもこれほど違うのかと考えてひとえはリュイのことを思い出していた。

(もう、気がついたよね。私がいないこと)

ペットが逃げて怒っているだろうか。それとも無関心に「ふーん」とでも言っているのだろうか。

(いや、もう新しい女を連れ込んでいるかも)

そう思うとなぜか少し笑えてくる。本当に本当に酷い目に遭わされた。日本では許されない犯罪行為だが改めて考えてみても、リュイに対して復讐《ふくしゅう》してやりたいとか死ねばいいのにとかは思わない。性病になれとは少し思うが。離れてみればあの美しい顔でひとえにじゃれついてくる姿ばかり思い出されるのは、長い時間かけて洗脳されたのだろうか。

(もういいや、とにかく眠ろう)

せっかく眠る時に抱き着かれて死ぬほど締めつけられないのだ。とにかくひとえは眠ることにした。

それから列車で数日移動して隣の国へ入る。そこでも移動し続けてそのたびに違う身分証を提示した。

乗り合い魔車、馬車、獣車、鉄道、船、とひとえはこの数週間でありとあらゆる乗り物に乗った気がする。そしてそのたびに値踏みされるようなねっとりと絡みつく視線をよく感じた。

おそらくヒトの女よりは強いもの、ヒトの男かも知れないしそれ以外の種族かも知れない。治安の悪い土地を通り抜ける時は、そんな視線はまずひとえを確認して、そして隣を歩くグルウェルを見てから舌打ちをこぼす。グルウェルがどこに行くのにもひとえから離れない理由が分かった。

(ヒトの女のひとり旅はかなり危険なんだな)

そもそも隣を歩く男が物騒なのだが、彼は意外とひとえには粗暴な態度は見せなかった。友人のように気さくに話し、雑魚寝の宿でも指一本触れられない。おんぶ紐はされることはあるが。そして移動中に彼の仕事にひとえがおつき合いするのがなぜか嬉しいようだ。これまでひとりでの仕事ばかりだったから退屈だったとか。暗殺に退屈とかあるのかひとえには想像もつかない。

ある時はカップルのふりをしてターゲットの宿泊するホテルに忍び込んだり、またある時は遠距離で狙撃するグルウェルと暇つぶしの相手をしたり、ターゲットを始末しているときに飼い犬の相手をしていたり。

(いや、私いらんだろ)

ひとえは何度もそう言ったが、グルウェルは仕事終わりに「お疲れさま」とか言ってもらうことが嬉しいらしい。ともあれ、ふたりは目的の国であるスラル王国に到着したのだった。

スラル王国は暑い国である。ヒトから獣人まで様々な種族が生活していて発展している都会だ。

この国では女性がひとりで仕事をして暮らすことも珍しくなく、治安がいい場所も多い。なにより広く大きな国で人口も多いので隠れ住むには最適だと思われた。ひとえはひとまずこの国のグルウェルの拠点であるという家に身を寄せさせてもらった。螺旋階段みたいな路地を登ったところにある、童話に出てきそうなかわいらしい家でひとえは思わず笑ってしまった。グルウェルの風貌とは違和感がもの凄《すご》かったのだ。

この国にたどり着くまでにはふたりはかなり打ち解け気楽に話せるまでになっていた。というのもグルウェルは感情が表情には出ないが、ひとえが感じる限り嘘やごまかしを言うことがないからだ。ちょっと彼の職業には思うところはあるものの、ひとえが口を出せるはずもない。この国へ着くまでもグルウェルはひとえの安全に配慮してくれたので、ひとえは彼を一応友人だと思っている。

こぢんまりした住宅がひしめき合うそこにグルウェルの隠れ家はあった。この国の建物は白いものが多く、強い日差しを反射して眩しい。そしてかわいらしいタイルが不規則に嵌め込まれているのでひとえにしてみたらおとぎ話に出てくる家みたいだ。発展している国らしく家電もひと通りある。ただし原動力は魔法。

「……」

「睨みつけても動かないぞ」

ひとえには魔力なるものがない。それはリュイにも言われていたことだ。いわくこの世に生まれた者はその量の多少はあるものの皆魔力を保持して、種族の特殊能力や魔法を使用すると。そして魔力を持たない者は違う世界から来た稀人だけだと。そんなことを言われても戦艦の中では困ることは全くなかった。それが今、コンロでお湯のひとつも沸かせないのである。

ひとえは気が済むまでコンロを睨んだあと、ゴン！　と一発げんこつをしてやった。解決の仕方が昭和のようである。

「殴っても動かないぞ」

とっくにここが日本どころか地球でもないらしいと気がついていたが、実際に不便を感じるとより腹立たしい。魔力がないのもここにいるのもひとえの意志ではないのだ。ひとえがコンロにメンチをきっていると、グルウェルがひとえの手をとった。

「僕の魔力を使うといい。家の道具くらいなら困らないだろう」

「……腕輪」

それは鱗柄の土台に金の石が嵌め込まれたバングルだった。グルウェルいわく石が魔力を溜め込める魔石で、これをピッとすれば道具は動くと。

「ピッ」

「ああ。魔力がなくなったら補充しよう」

(電子決済みたいだ)

この世界には魔力がない者は存在しないが、生まれつき少ない者はいる。それでも生活に必要な道具が使えないことはないらしいが、少ない魔力をおぎなう道具も存在するのだ。魔力は当然補充しなければならないが。

「魔力がないと仕事もできないかな」

とりあえずの脅威からは逃げ出せたが、次は生活をしていかなければならない。しばらくはグルウェルに頼れるかも知れないが、いつかは自立しなければならないのだ。腕輪を見ながら呟いたひとえにグルウェルは少し考えてから答えた。

「仕事内容で魔力を使わないものもたくさんあるが、それに至るまでの日常生活が不便かもな」

「こういう道具が使えないってこと?」

「そうだ。稀人となれば狙われなくとも珍しいから話題にはなるかも知れない」

「まぁ、利用価値はないよねぇ」

稀人の特徴とは魔力がないだけなのだ。リュイの呪いを治療したことから魔力を吸って無効化することはできるらしいが、どうやって仕事にするのか想像もつかない。大体そのたびに性行為をしなければならないとはリスクが高すぎる。もしかして猫科に効くマタタビ的な魅了効果でもあるかと思ったが、ひとえにハァハァしていたのはリュイだけなので稀人の能力ではなさそうだ。

「……ほんと、役立たず。私……」

「そう自分を卑下するものじゃない。焦らずとも君に合う仕事が見つかるまでのんびりすればいい」

「いや、そういうわけにも」

「僕は話し相手が欲しかったんだ。君がここにいてくれればとても嬉しい」

グルウェルはもしかして友達がいないのだろうか。ひとえをやけに仕事に連れて行きたがるし、結構おしゃべりだ。もしかして過去に友達を仕事場に連れて行って嫌われたのかな、とひとえのグルウェルを見る視線が少し柔らかくなった。

とりあえずは日常生活に不安がなくなるまではグルウェルの話し相手と家事をすることで話はまと

まった。

【7】

ひとえがスラル王国に来てから半年ほど経っていた。

この国は暑い国で、観光も商業も盛んである。ひとえはすっかり慣れた足どりで市場を物色していた。黄色っぽい石畳の上にごちゃごちゃところ狭しと物が並べられている。日本のようなスーパーマーケットはないが、露店が連なったような市場は海外の写真で見たことはあった。そこで食料を買い込んだひとえは家に足を向けた。正確にはグルウェルの家だが、もう半年も住んでいるので勝手知ったるものである。

この国は獣人もヒトも入り乱れて暮らしていた。ひとえが知っている獣人といえば戦闘を好むような血なまぐさい連中ばかりだったがそんなことはないようだ。人間だって色んな人がいるのだ、獣人の中には戦闘には向かない大人しい者もいるし、当然だが子供もいる。ひとえが自宅に向かう間にヒトと獣人が混ざった子供たちが仲良く追いかけっこをしていた。グルウェルいわく中にはお互いを嫌い合い、差別し合う愚かな連中もいるが、世界全体を見れば獣人とヒトは概《おおむ》ね良好な関係と言えるのではないか、と。ヒトの方がやや数が多く、兵器の開発や扱いには長《た》けているので力の均衡がとれているともいう。

走り抜けていく子供を避けて、ひとえはグルウェルの家の郵便受けから新聞をとり出した。ひと通り目を通しても獣人傭兵軍の記事はない。

（まあ、大人しくしているわけもないだろうけど）

少しでもリュイの動向が分かった方がいいかと新聞を読んでみるが、記事が載っていてもたいがい紛争やら、制圧やら全滅やらと物騒で大規模な文字ばかりだ。玄関前で新聞を立ち読み後、グルウェルにもらったバングルを扉に押しつければ解錠した。これは個人の魔力を識別するらしく、魔法錠という代物だ。バングルにはグルウェルの魔力が補充されている。

クリームを塗ったみたいに凹凸のある漆喰《しっくい》の壁と深い色の木材を使った室内はひたすらかわいらしい。この国の建築が全体的にかわいい雰囲気なのだろうが、このケーキみたいな家に不吉な暗殺者がいるとギャップで笑えてくるのだ。

ひとえはキッチンに食料を運び仕分けし片づける。魔力を使えるバングルさえあればコンロや冷蔵庫もあるのだ。家の中では日本の暮らしとそう変わらない。とはいえ、これらの扱いや外の買い物などを始め、ここの暮らし方を全て教えてくれたのはグルウェルだった。

友人となり半年暮らした今では彼が意外と気のいい奴だというのは分かっている。だがこの国に来た当初は彼の親切に裏があるのではないかと疑ったものだ。端的にいうといつ体を求められるか、と。

これはひたすら彼女の体を求めたリュイのせいでこんな下世話な思考になってしまったのだ。そんな彼女を安心させるために、グルウェルがいきなりズボンを下ろした時は思わずフライパンを投げつけてしまったのだが。

話には聞いていたが見たのは初めてだった。グルウェルの性器は進化（本人談）している。彼にとって交尾は前時代的なもので、コミュニケーションのひとつですらない。なのでひとえの面倒を見るのは友人に手を貸す善意であり、性的な下心はないとズボンを下げて証明してくれたのだった。そんな時も彼は無表情だったが。そんなわけで友人の善意に感謝しつつスラル王国の生活にも慣れてきたので、自活への道を模索しなければならない。仕事から帰宅したグルウェルにそう相談してみた。

「仕事ってどうやって探すの？」

「仕事か。職業斡旋所があるな。身分証がいるが」

「ああ～、まぁそうかぁ」

「必要なら作ろうか」

スラル王国は結構栄えた国なので、それだけ戸籍管理や人の出入りがきっちりしていた。治安維持のために当然である。もちろんそんなもん関係ないアウトローなヒトや獣人はどこにでもいるが、真っ当な仕事をするのならやはり確かな身元が必要なのだ。一瞬絶望しかけたひとえだが、コーヒーを飲むより身分詐称を頻繁にする男が目の前にいた。ひとえの作った食事を食べながら、グルウェルはなんでもないことのように言った。

「い、いいのかな……？」

「まぁ。真っ当に稀人として国に戸籍取得をかけ合ってもいいと思うが、時間がかかる上に目立つな」

「だよねぇ」

珍しいとはいえ稀人の存在は認知されているのだ、正規の手段で身分を得ることはもちろんできる。

その場合、国籍取得を望む人たちの後ろに並ぶわけだからかなり時間がかかる上に珍しい故に、もしかしたら新聞なんかに載るかも知れない。それはちょっと嫌だ。とひとえは思った。リュイが自分を捜しているとは思っていないが思い出されても嫌だからだ。

「それに正規の国籍とるのって勇気いるなぁ」

「それはそうだろう。君には故郷があるからな」

ポツリとこぼしたひとえの言葉にグルウェルは同意してくれた。彼は見た目と口調に似合わず、こういうふうに寄り添った言葉をかけてくれるのだ。

ひとえは正直、日本に未練はある。それは生まれた場所だから当然だろう。家族も残してきてしまったのだ。なので生活が落ち着いてから稀人の情報を調べてはみたのだ。猫旅団《ナオ》の戦艦にもあった図鑑やら、図書館の本やら。その結果「珍しい、別の世界から来たヒト」以上の情報がなかったのだ。

(いや、なんか特殊能力も使命もないただの迷子じゃん)

ひとえは落胆を隠しきれなかった。当然帰る方法も分からない、そもそもなぜこの世界に来たかも分からないのだから。

「とりあえず仮の身分証を作ろう。先のことはまた考えればいいさ」

「うん、ありがとう。グルウェル」

そろそろ腹をくくってこの世界で生きていかなければならないかも知れない、とひとえは内心考えていた。

ひとえがスラル王国で自活について考えている頃、この国の住宅の魔法錠の製作販売の大企業に人知れず盗みに入った者がいた。逮捕された男は探偵だったのだが、たったひとりの魔力データを盗むために侵入したという。盗みの目的やデータの行方を尋問されても沈黙を貫いているそうだ。ただ、盗まれた魔力データも実在しない人物の名前だったことからこの事件は公にはならなかった。

盗まれたのはグルウェルの偽名で登録した魔力データであった。

「ひとえ、みーぃつけた」

ひとえは声のした方を見上げてポカンと口を開けてしまった。

グルウェルが商店のスタンプカード感覚でお手軽に作ってくれた偽身分証で職業斡旋所に登録した帰り、強烈な紫外線を避けて日陰の多い路地を歩いていた。職業斡旋とはいえ特殊技能もないひとえは簡単な仕事にしかつけないだろう。ゆくゆくはなんらかの資格取得なども考えた方がいいのかも知れない。この世界で生きていくと腹が決まったわけでもないが、とにかく目の前のことをひとつひとつクリアしていこうとひとえは前向きな気持ちだった。

薄暗くはあるものの、商店の裏というだけでそこまで汚くもないし変な人がいるわけでもない。店のゴミや荷物が置かれているそこに、やけに明るい声が響く。明るいのに心底ゾッとするような不思議な声は、ひとえの頭上、建物の一階の屋根から聞こえてきていた。そこからしゃがんで覗き込む人物は逆光ではっきりとは見えないが、頭の一部に当たる光にきらめく金髪、肩から垂れ下がって揺れている三つ編みがはっきりと分かった。

「りょ、旅団長……」

「あれ？　俺の名前忘れちゃった？」

ひらりと屋根から飛んだリュイは軽い音のみで静かに地面に着地した。体を丸めて衝撃を逃がす動作がまさしく猫のようだった。

「リュイ……」

「ん。いい子だね」

まさかまた会うことになるとは思わなかった。というかこの様子では捜されていたのだろうか。予想外の事態にひとえは動揺を隠しきれなかった。「あいつが逃げた女を追いかけるわけがない」と思い込んで高を括《くく》っていた。そして実際リュイが目の前に現れてみると、恐怖より驚きが勝ってしまった。

リュイがニコニコと笑いながらゆっくりと近づいてきて、ひとえは思わず後ずさりをして逃げてしまう。そして背後が壁になると囲い込むように腕の中に閉じ込められてしまった。逃げ場を失った緊急事態なのにひとえにはまだ現実感がなかった。幻覚かなにかかとリュイの顔をジロジロと眺めてしまっている。そもそもこの距離でリュイに認識されていたら逃げられるわけもないのだが。

「どうしたの？　大人しいね」

「なんでここに……」

「ん？　俺のひとえを捕まえに」

「は？」

ゆったりと頬を撫でていたリュイの手に力がこもった瞬間、強引に唇が重ねられた。その動きにひとえは一瞬呆気にとられたものの、すぐに気持ちを立て直してリュイの胸を強く押す。

「んんっ!!」

「んん。ふふっ……」

ひとえの全力で胸を押しても距離はちっとも広がらない、それどころかひとえを上回る力で抱きしめられて腕を挟んだ形で密着してしまった。

「っ、むがぅ！　んがっ、ムゥゥゥッ」

「ふふ、かわいい……」

力の限り抵抗して顔を真っ赤にするひとえを見てリュイは唇をくっつけたまま笑っている。その舐めた態度が悔しくて食いしばった前歯をリュイの舌がくすぐってきた。

（こうなったら噛んでやる！）

そう思って口を開けたら思いの外勢いよくリュイの舌が侵入してきて奥を無遠慮に探られた。思わずえずいてしまって力が抜けた瞬間に、唾液も呼吸も食べ尽くしてしまうほどの勢いでかき回された。

舌を噛んでやろうにも口の端から親指をねじ込まれてしまった。噛んだところでリュイがニヤニヤ笑うだけだ。

「んっ、んっ、はぁっ。やめてっ」

「はは、はぁ……、久しぶりだね」

ひとえの手首を握っていたリュイの手が、腰に移動し薄手の巻きスカートをたくし上げた。そして下に穿《は》いている薄手のズボンの上から尻を撫でて、その手は足の間に移動していく。

完全に興奮状態のリュイは息を荒くして、唸りながらひとえのシャツの胸元を裂いた。布が裂ける音がやけに大きく路地に響き、ボタンが飛ぶ。ひとえは顔を青くしたが、リュイも一応は野外なことは忘れていないのか服を粉砕はされなかった。

「待って、なにしてんの!? 正気? この変態がっ！」

「うわ、そんな罵声も久しぶりだ」

クスクスと嬉しそうな笑い声を立てて笑ったリュイは、裂いたシャツを広げてひとえの露出した胸元に顔を埋めた。ザラザラとした舌の感触にひとえが鳥肌を立てると、またリュイが笑っている。

「まままっ、待って！ 外、外、外だから……っ誰か……っ！」

「ふふふ、誰か呼んでもいいけど」

ひとえの言葉など意に介さないようにリュイは乳房を手で包んで、揉みながら舌を這わせていた。ひとえは野外ということにパニックになり、反射的に辺りを見回して助けを探してしまう。リュイを相手にしている時に誰かに助けを求めるとどうなるか、すっかりと失念していたのだ。

「もし誰か来ても、そいつを殺して続けるよ」

「!?」

誰かを呼べばその人が殺される。そんなことを言われればひとえは口を噤むしかなかった。こんなところでヤられるのは絶対に嫌だが、リュイがこう言うのだから助けに入った者は絶対に殺される。

「待って、待って！ こんなところで嫌だ、というかヤるの自体嫌だ！ やめろ!!」

「ムリ、ほらもう破裂しそう」

「すればいいじゃない、ひとりで破裂してろ！」

「ヤダ、ひとえの中で破裂する」

ひとえは拒絶の言葉を吐きながら、リュイの頭をグイグイと押すが乳首に吸いついたリュイはびくともしなかった。それどころかひとえのズボンに手をやって、勢いよくそれをずらしてきたではないか。もちろんひとえは暴れるが力に任せて片足が抜かれてしまった。

「待って、待って……、嫌っ！」

「はっ、はぁ、大丈夫。ちゃんと濡らしてあげるから。痛くしないよ」

昼下がりの裏路地、表通りには買い物客が往来している。こちらの方も人は少ないが全く通らない道ではないのだ。そんなところでいたすなんて正気の沙汰とは思えない。

ひとえはリュイのしつこい口づけから身を捩《よじ》って逃げようとするが、全く逃げられない上に足の間に彼の指が忍び込んできた。クリクリと陰核を擦られ潰される。そして少しだけ湿った穴の方にも指を差し込まれ潤いを塗り拡げられた。そうすれば大した時間もかからずにクチャクチャと水音がしだす始末である。さすがリュイはひとえのいいところを知り尽くしていた。

「あぁ……、あ、あっ、いや、いや、ぬいて……」

「大丈夫。気持ちいいよね？　ほらよく濡れてるよ」

リュイはやけに優しく指でひとえの陰核と中をほぐして濡らした後、くつろげたズボンからとり出した立ち上がった陽物を勢いよく押し込んだ。

焦らすことは一切なくひとえを壁に押しつけて片足を持ち上げた姿勢で深く深く繋がった。歯が当たるほどの口づけと容赦のない突き上げでひとえは一気に絶頂にたたき上げられた。

「ああ、ダメ、もう出ちゃう。半年ぶりだから……」

「はあっ、やぁ、あっ、あぁ……っ!!」

「ひとえもイきそう？　なら、もうちょっと我慢する」

唸り声と荒い息で理性などひと欠片もないと思われたリュイだが、ひとえがイくまで射精を耐えていた。ひとえの両足を抱え上げて、不安定な体勢に彼女がリュイの首に腕を回せば嬉しそうに頭を擦りつけてきた。そうしてひとえの一番深い奥へ自身の欲望を注ぎ込んだ。

「はぁ、はぁ……、気持ちいい……。やっぱりひとえはきもちい」

最後の最後まで吐き出すようにリュイは腰を揺すりながら、ひとえの唇をしつこく舐めまわしている。リュイは息まで吸い込まれてぐったりとしているひとえの服を適当に整えて、更には自身の上着を脱いでそれで包んだ。リュイは軽々とひとえを担ぎ上げると、軽い足取りで路地を歩き出したのだった。

「なに、下ろして……」

「だめだよ。まだ足りないから」

一発やったらもしかすると気が済むかもとか考えていたのはやはり甘い考えだったようだ。リュイはひとえの言葉など聞く気がないようで、かわいらしいキスを落としたあと、彼女を抱いたまま表通りを悠々と歩いて行った。

現在地はおそらくはひとえも馴染みのある猫旅団の戦艦の一室。部屋は以前とは違うようだ。

あのスラル王国の裏路地で拉致されたひとえはそのまま一度も地面に足をつけることなく、あっという間にここに連れてこられた。移動は噂の転移魔法とかいうものだったと見当をつけている。フードつきの大きなローブでグルグル巻きにされてリュイに抱えられて、全ての手続きをリュイが行っていた。大きな建物にたくさんのヒトと獣人がいて巨大な魔法陣が描かれた部屋に入る。そしてピカっと光ったら聞こえてくる音が変わったから移動した、といった感じだった。

「これ、むかつくから捨てるね」

「あっ！」

グルウェルからもらったバングルもとりあげられて、薄暗い部屋でヘーゼルの目がふたつじっとひとえを見てくる。そして機嫌良さそうに喉を鳴らす音。ひとえは言葉もなくベッドに埋もれてリュイを見上げていた。服はいつもの通りあっという間に細切れにされた。他の男のニオイがついているだなんだと、リュイが文句を言いながらポイポイ床に捨てていた。この服はグルウェルに買ってもらったものだし、彼の家で生活をしていたのだから当然匂いもするだろう。そしてとにかく繋がりたいらしく、愛撫も早々にひとえの中に押し入ってからの口づけ。繋がってしまえば安心とばかりにニッコリ笑ったリュイは、嬉しそうにひとえの首や胸を舐め回し痕をつけまくった。

「もう……むり……」

「……だめだよ」

「むり、もう休ませて……」

股関節がだるくて痛い。体中は感じすぎてもう気持ちがいいのか苦しいのか分からなくなっていた。それでも繋がったまま陰核を押しつぶされれば、一際強くひとえの腰が揺れるからリュイが喜んでやめてくれない。そしてあやすようにひとえの頭を撫でながら猫なで声を出してくるのだ。

「もう、逃げたらだめだよ。ひとえ」

「はあ、はぁ……っ」

「イきそう？　一緒にイこうね」

リュイの陽物は全く萎えず、グズグズになったひとえを苛み続けた。上と下で攻め続けられひとえは汗と涙と涎《よだれ》にまみれた顔を晒《さら》して達していく。その様子を笑って見るリュイは笑顔は笑顔なのだが、以前のものとは全く違う。全神経をひとえに集中させて、彼女の反応を見逃さないように観察している。そうして何度も彼女の中に自分の匂いをつけるように吐き出した。

この姿をバーグナ始めリュイを知る人物が見たら驚くだろう。リュイが執着するのは戦場のみだった。情事中とはいえこれほど女に集中して溺れることもないし、ましてや逃げた女を追ったことなど今までない。そしてなにより避妊せずに女を抱くことは絶対になかった。

次にひとえが目を覚ましても景色は全く変わりなく、リュイの服が変わっているのと部屋が少しきれいになっているくらいか。ベッドに眠るひとえの側に座ったリュイが見下ろしていた。とてもじゃないが体が重くて動く気はしない。

「お腹空いた？　食事は運ばせているから、いつでも食べられるよ」

「……い」

「なに？　なにが欲しいの？」

「……ひ、ひにん……、避妊薬……」

「……」

ひとえの口元に耳を寄せていたリュイが返事もせずに座り直した。その顔からは笑顔が抜け落ちていて、口を閉ざしたままひとえの髪をすくい上げてスルスルと撫で始めた。ひとえは嗄《か》れた声をふりしぼって出し言葉を続けた。

「……リュイ、おねが……妊娠、して、しまうから、……」

そのひとえの懇願に答えず、リュイはひとえに覆いかぶさってその唇を塞いだ。決して乱暴ではなく啄《ついば》むように唇を重ねて、掌でスルスルと首と胸を撫でる。ひとえはそれでもなんとか動くところを動かして、小さく身を捩って懇願する。今の彼女にはこれしかできないのだ。

「……リュイ……、や、お願い……。あんたも子供、いらないんでしょ……？」

「さあ……。でも」

「あ……、あぁ……」

「君が逃げなくなるならいいかも」

リュイはひとえにかけていた布団を引き剥がして、体を重ねるとズボンをくつろげて陽物だけとり出した。いつの間にか固さを取り戻していたそれを、まだ乾いていないひとえの中に押し込んできた。ひとえが文句を言えないようにガツガツ突き上げて、無言のまま自分勝手に達して彼女の中に吐き出した。

「ま、また……っ」

「はぁ、吸いとられる……」

「うう、この、変態……」

「子供はね、どっちでもいいんだ……。でも」

「……も、もうむりぃ……」

「君が逃げるのは不愉快だな」

それからリュイはひとえが懇願すらできなくなるまでひたすら抱き続けた。正直、リュイ自身、自分でなにをしているのか分かっていないのかも知れない。どうしてひとえを抱き潰すのか、どうして逃げるのは不愉快なのか。でもそれは本能のように体の奥底でグラグラと煮え滾《たぎ》ってそして湧き上がってくる。その熱いなにかをひとえに向けて発散させなければ気が済まない。……ひとえにとっては迷惑この上ないことである。


戦艦内にバーグナの怒鳴り声が響くのは割といつものことだ。

リュイが仕事で自分勝手な動きをするのはよくあるので、つき合いの長いふたりならではのやりとりではある。しかし今日はバーグナの様子がおかしかった。いつものように呆れ半分ではなく、鬼気迫る勢いなのだ。

「おい、待て旅団長！　ひとえはどうしてんだ！」

対するリュイは食事を載せたトレイを持っており、表情も一見いつもと同じヘラヘラとした笑顔である。機嫌もいいようだ。

「元気にしてるよ。アンアン言ってる」

「ならなんで部屋から出てこない」

「また逃げられたら嫌だし」

「まさか拘束してるんじゃやねぇだろうな」

リュイはトレイに載ったカットした果物を口に放り込みながら、バーグナの詰問に飄々《ひょうひょう》と答えていた。その態度にバーグナは焦りを募らせる。

リュイがひとえと思われる包みを持ち帰ったのは一昨日のこと。フードつきローブの中身はリュイが見せなかったが、リュイ自身が「ひとえだ」と言っていたし匂いでも確認できた。その時は「ああ……捕まったか」と気の毒に思ったが、人捜し専門の探偵を雇ったあたりでこうなる予感はしていた。

しかしリュイの様子が以前と違う。部屋にひとえを連れ込んだあとは誰も入れないし、ひとえも出てこないのだ。部屋に風呂を設置したのをいいことに、仕事と食事くらいしかリュイは顔を出さなくなった。

「別にいいじゃない。アレは俺のだし」

「ひとえはまともな女だぞ。お前のものにするのはいい、ただしまともに扱え」

「まともってなに？」

「ちゃんと愛してやれと言っている」

バーグナの言葉にリュイは一瞬虚を突かれたような顔をした。そして直後に吹き出して笑う。

バーグナもこんな男に話が通じるわけはないと分かってはいた。愛など獣が理解するはずないと分かってはいたのだ。

「さすが愛情深い虎だねぇ。それに、心配しなくてもかわいがってやってるよ。体は」

「ちっ、たちの悪いガキだ」

「はいはい。じゃあねオジサン、ひとえがお腹空かしてるから」

バーグナの言葉を理解しているのかいないのか、全く態度を改めないリュイは片手にトレイを持ってあいた手をヒラヒラと振って去って行った。

ある程度予想通りの反応だったその背中を見送ったバーグナはその足で相談役の部屋に向かった。

先程の受け答えは普段のリュイのように感じるが、まず女を閉じ込めてまで手元に置いているのが異常事態だ。変異種の獣人は変わり者が多く、その行動も種族の特性にとらわれないことも多々ある。なのでリュイがおかしな行動をしても変異種として普通といえば普通なのだが……。バーグナの心配をよそに、相談役はのんきなものでボードゲームなどを囲んでいた。

「ほお、あの娘っ子を囲っとんのか。いっちょ前に」

「閉じ込め方が犬科みたいじゃの」

「探偵雇ってまで捜すとはご執心だの。気持ち悪い奴じゃ」

ホゲホゲ笑うのんきなじいさんたちにバーグナはイラつきを隠せない。昔気質《かたぎ》の年寄り獣人に女を監禁するなどは珍しいことではないのだろう、それこそおとぎ話のように。バーグナはボードゲームの駒が浮く勢いでテーブルを叩いて、事態の深刻性を訴えた。

「明らかに異常だろうが。あの女に執着しない奴が、だぞ！　しかも嫌がってる相手だ。このままじゃ飼い殺しちまう！」

「そうは言ってもなぁ、変異種は変な奴ばっかりじゃし」

「ほれ、リュイは男前じゃし。ひとえもそのうち惚れるんじゃないか？」

「男前じゃの。顔は。性格は最悪じゃが。ワシならゴメンじゃ」

のらりくらりと雑談でもするかのようなじじいどもに疲労がピークに達したバーグナは、ため息とともに椅子に勢いよく座った。

「そりゃあ、俺だってこんな仕事してりゃまともに女とつき合えるとは思ってねえよ」

「そうか？　お前はまともな方じゃぞ」

「おお、女子供に優しいの」

「よく振られとるがの」

「黙れじじい」

隙あらば話の腰を折りに来るじじいを睨みつけてバーグナは続ける。そしてなぜバーグナがあまりもてないのを知っているのか。女に群がられる男の横にいるのだ、当然比較的強面の彼はそういう女にはもてない。

「しかし、稀人ってのは全く違う文化とか、世界から来るんだろう。……かわいそうじゃねえか」

「横恋慕はリュイの女以外にしろ」

「殺されるぞ」

「ロマンチックじゃの」

「……ちげぇよ」

やけに声が小さくなるバーグナを置いてきぼりにして、じじいどもはワイワイと雑談に花を咲かせ始めている。なにやら流行りの物語がどうとか、運命の番がどうとか言っている。その危機感のない様子に、バーグナはこいつらはじじいの皮を被った年頃の娘かと頭を抱えた。

「これはもうあれじゃ、番伝説じゃ！」

「そうじゃ。物語でしかないと思ぅておったが、あの執着ぶりはそうとしか思えん！」

「番とみなしてしまったとすれば、あの扱いも納得というもの」

「……番なんか実際いるわけねぇだろ。じじいども、物語の読みすぎだ」

実際に相談役の手元には女性向けの純愛小説が置かれていた。巻かれた帯の煽り文から察するに話題の番物《つがいもの》だ。バーグナはもううんざりという感情を遠慮なく顔に出す。どうもこの三じじいは夢見がちな恋物語が大好きで番などという乙女の妄想を信じているらしい。確かに獣人の中には番を決める種族もいるが、それはあくまで一夫一婦制の夫婦であるという意味でしかない。物語のように相手を閉じ込めたり、相手が死んだら後を追うなどということもほとんどない。あるとしたら番だからではなく、それは個体差である。

バーグナはなんとか協力者を増やしたく、頑張って説得を試みた。そうするほどにはバーグナはひとえのことを心配していた。

「女の扱いをリュイに教えてやってくれよ。相談役」

「旅団長《バカ》が聞くとは思えんが」

「確かにひとえは気の毒じゃの」

「あの体力バカにつき合わされたら、堪らんのぅ」

相談役としてはひとえが孕《はら》んでくれれば万々歳ではあるが、バーグナの説得で確かにヒトの女には過酷な状態であると認識を新たにしてくれた。そして「せめてリュイの仕事を詰め込んで、なるべくひとえを休ませる」という方向で約束をしてくれた。


リュイの隣の部屋を改装して作った浴室はそれほど大きくはないものの、浴槽まで設置されていて立派なものであった。これはリュイがひとえを連れ込んで共用の浴室に籠もったりしたため、バーグナが急いで作らせたものである。完成を待たずしてひとえが逃げてしまったので、使用されてはいなかったが。出入り口はリュイの部屋の方に設置されていて、風呂に入る時はリュイの部屋から行けるようになっていた。そんな真新しい浴室のぼやけた壁を眺めながら、ひとえはこれは夢かうつつかなどとぼんやりと考えていた。

「お風呂作ったんだよ。ひとえは湯につかるのが好きだよね」

リュイに後ろから支えられるようにしてもたれるひとえは裸で湯につかっている。ここは風呂場であるので当然ながらリュイも裸だ。ひとえのぼんやりとした目は虚ろで、口も軽く開いていて表情がない。

散々リュイに振り回されて疲労しているが、ひとえがこんな状態な理由はそれだけではない。浴室に充満するのは湯気だけではなく、甘ったるい匂いの煙も混ざっていた。その匂いがひとえの思考力と体の自由を奪っている。そんなぐったりとしたひとえの体に腕を回して支えるリュイは、うっとりとした笑みを浮かべて上機嫌である。

「雌にしか効かない香りなんだって。稀人にも効いて良かった」

「……」

「どこのエロ親父が使うんだと思ってたけど、役に立ったね。あはは」

女関係が凄まじいリュイが喜ぶだろうともらった贈り物らしいが、彼が使用したのは初めてらしい。物理的に拘束すればひとえの体を傷つけてしまうし魔法は効かない、と悩んだリュイがならば薬草を使用した香《こう》なら？　といらん記憶を掘り返して出してきた香だ。古代から女を大人しくさせるためにどこぞの王が後宮で使ったとかいわれる代物だ。

「んん……」

思考がまとまらず思うように動けないひとえは、子供のようにむずかって弱々しくリュイの肩に頭を擦りつけた。本来の彼女であれば頭突きくらいはしてきたかも知れない。ひとえの頭上からは明るい笑い声が降ってくる。

「あぁ、生意気なひとえもいいけど、大人しいのもいいね……。かわいい」

「ん……」

「寝ちゃだめだよ。洗ってあげるから」

洗い場で洗うのを面倒がったリュイが粉石鹸を放り込み、雑に作製した泡風呂の中でひとえの体を撫で回す。その手つきは愛撫そのものだったが、ひとえは文句のひとつも言えないでいる。もう、眠くて怠《だる》くてすぐにでも湯の中に沈んでしまいそうだ。体勢の安定を図るために、深く考えずリュイの首に腕を回していた。

「ん。いい子だね。ごめんね、ひとえが逃げなくなったら動けるようにしてあげるからね」

「あ、あ……」

「気持ちよくなっちゃった？　……もう、このままお人形のままでもいいかな。逃げないし……」

リュイは向かい合ってひとえを抱きしめながら、彼女の足の間に己の立ち上がった陽物を擦りつける。彼女の威勢のいい罵声や反抗的な態度が楽しかったはずなのに、今の全てをリュイに預ける姿もたまらなく彼の欲望を刺激した。

今、焚《た》いている香は雄には影響がないはずなのに、リュイは酔ったような目でひとえの黒い髪をすくい上げて泡をつけて洗ってやる。その光景はお気に入りの人形で遊ぶ子供のようで、愛しげな素振りを見せるリュイがまた異様さを引き立てていた。

「あ、まって……、一回したら髪を乾かしてあげる……」

「ん、ん……、んんっ」

泡を洗い流して浴室の外で適当に体を拭いたリュイはひとえを抱えて、ベッドにもつれ込んだ。髪も体もまだ濡れているから、当然シーツは湿ってしまう。そんなことも気にならないといった様子のリュイは、すぐにひとえの太ももを押さえて足を広げて舌を這わせた。ひとえの足の間の隠された場所の肉を割り開いて、陰核をむき出しにさせる。それを舌で刺激しながらすでにふやけているひとえ

の中に指を差し込んだ。

このごろはリュイのものが入っていない時間の方が少ないそこは、少しの刺激ですぐに潤って柔らかくなってきた。ギシギシと白々しい音がひとえの耳に入ってくる。そして揺れる視界も認識できるのにその意味は分からない。自分がどんな気持ちでなにをしているのか分からず、ただただ暴力的な快感だけが叩きつけられ続ける。くったりと力なくベッドに投げ出した細いひとえの腕をリュイがそっと握った。

「ひとえ、ほら俺に抱きついて」

「ん、あ、あ、」

「そうだよ、いい子。気持ちいい?」

「うん……。きもちいい……」

ブチュンブチュンと音を立ててリュイはひとえの中をかき回し続けて、ひとえも求められるまま唇を差し出した。もう彼女には目の前の簡単な命令に従うほどの思考力しか残されていなかった。

「出すよ、ひとえ」

「……」

熱いものを流し込まれても、ひとえはただぼんやりとした視線をリュイに向けるだけだった。

ここ最近はずっと甘ったるい匂いが鼻の奥にも染みついていて、それが頭の中をぼんやりとさせてくる。そしていつも聞こえるリュイの声も彼女の思考力を奪っていた。「逃げたらだめだよ」と呪文のように繰り返す言葉が、見えない鎖をグルグルとかけていたのだ。

突然、その鎖がパキンと壊れた音が聞こえた気がした。そして少しだけ持ち上げられた頭と、口になにかを当てられて液体が流れ込んでくる。ほどよく冷たくてスッキリとした味がするなにか。体の中に流し込まれたその冷たい液体がジワジワと体積を増やして、ひとえの中に居座る嫌な甘ったるさを追い出してくれている。そしてすぅっと新鮮な酸素が久しぶりに体に入ってきた気がして目を開けた。

「遅くなってすまない」

ひとえの寝ているベッドのすぐ横にグルウェルが立っていた。仕事用の黒いローブを身にまとって手には吸い飲みのような透明の容器を持っている。先程の爽やかなスッキリとした液体はグルウェルが飲ませてくれたものなのだろう。ひとえはこれまで霧散してまとまらなかった記憶や思考がパチンパチンとはまり、恐るべきスピードで現状を理解した。

「あんの……エロ猫……っ！」

「獣人に薬まで使用され監禁されて、まだ悪態が出るとは感心する」

グルウェルはそのひんやりとした長い指でひとえの首周辺を触って異常を確認している。おそらくは熱やら脈を確認したり、意識がはっきりしているかを確認しているのだろう。

「魔法ならばすぐに解くこともできるが、これはまた古風な薬草だな」

「……お、お香、甘い、匂いの……」

「ふむ、その昔色狂いのどこかの王が娘を誑《たぶら》かすのに使ったとかいうやつだな」

「……」

色狂い、なんともリュイにぴったりな代物だな、鼻で笑ったひとえにグルウェルが視線を向けた。

「猫旅団は現在任務中だ。バーグナが開けっ放しで出かけてくれたから、侵入できたわけだ」

「そう……」

「酷く君を心配していた。無体は、されないわけがないな」

ひとえには一応布団がかけられてはいるが肩が丸出しなことから、この部屋の中でなにが行われていたかはその辺のことに興味がないグルウェルでも想像がつく。グルウェルは感情の読めない表情のまま衣類の入った袋をひとえに渡して後ろを向いた。

「一応、確認する。ひとえは逃げたいのか？」

体はまだ怠くて思うように動けない。ベッドの上で転がりながらなんとか服を身に着けて、ベッドから足を下ろすが立ち上がった瞬間力が入らず座り込んでしまう。その足を自分で叩いたひとえの目からはボロボロと涙がこぼれ落ちていた。

怒りや悔しさはもちろんのこと、なぜか悲しくて涙が止まらない。先程まで自分は意思も自由も奪われて、それこそ人形のようだったのだ。リュイにとっては黙って側にさえいれば、ひとえの意識など必要なかったと言われたようなものだ。

「こ、こんなふうに自分を奪われるのは耐えられない……っ、あんなクソ野郎の側になんていたくない……っ！」

涙は止まらないが掠れた声ではっきりとそう言い放ったひとえを、グルウェルは軽々と肩に担ぎ上げた。長身の彼にそうされるとかなりの高さである。

「なら隠してやろう」

そう言ったかと思うとあっという間に戦艦から脱出してしまった。戦艦を出るまで誰にも会わなかったのは、グルウェルの実力なのか、バーグナのおかげなのか。

そしてひとえはあの人柄のいい虎のオジサンを思い出していた。

（オジサンは大丈夫なのかな……）

ひとえは酷く心配してくれたというバーグナを思い出していた。あのリュイの異様に優しいが尋常ではない様子を思うと、ひとえを逃がしたバーグナは殺されやしないかと嫌な予感に体が震える。だからといってあのままひとえがあそこにいたって、心を壊されたまま体も壊れるまで弄ばれるだけだ。

グルウェルは今回でリュイの異常性が分かったと漏らしており、移動には更に気を使っていたようだ。転移魔法や、公共交通機関、その他の移動手段を様々駆使してとにかく距離を稼いで、偽の痕跡を残しまくる。下手に消すより偽の手がかりで翻弄してやろうという意図らしい。移動のしすぎで目が回ったひとえが現在地すら分からなくなると、グルウェルはとある国のいかにも下町といった雰囲気の場所の知り合いに彼女を預けた。

「体のことは彼に相談してくれ」

そこは田舎という印象を受ける場所だった。古びた建物と畑に数頭の家畜がいて自給自足をしている田舎の家といった雰囲気だ。そしてそこに住んでいるのはグルウェルの知り合いの医者だということで、その医者にひとえを預けたグルウェルは再び出かけて行った。おそらくは追跡をかわすために工作に行ったのだろう。

「ここはカタルバーニャという国の田舎町だよ。この国は獣人傭兵軍とつき合いがないから、入国してきたらすぐに分かる。安心しなさい」

ひとえの雇い主の狸オヤジと同じ年頃の医者は、おそらく還暦くらいだろうか。そのくらいのヒトの男だった。ややふっくらとした体型で優しげな話し方をする男だった。ひとえを診察する時もむやみに触らず、いたわりの言葉をかけてくれていた。おそらくグルウェルから話は聞いているのだろう。医師は終始ひとえの様子に注意してくれていたようだ。

「過労だね。大変な目に遭ったものだ」

大変話しづらい内容だったが黙っているわけにもいかず、ひとえは意思を無視して行為に及ばれて中に出されたことを医師に相談した。ひとえは妊娠を望んでいないということも。医師は黙って話を聞いてくれて頷くと、薬品棚から包装された錠剤をとり出してきた。

「日にちが経過しているから、確実な効き目は約束できない。それでも良ければ処方しよう」

「はい、十分です。ありがとうございます」

「それを飲んだら栄養剤の点滴をするかい？　ちょっとは体が楽になるよ」

もらった薬をすぐに飲んだひとえは医師の言葉に甘えてベッドに横になり栄養剤の点滴を頼んだ。静かな部屋で横になってポトリポトリと落ちる液体を見る。

こんなにも思考に集中できるのは久しぶりだ。あの怪しげな香の効果はもう切れたのだろう。思い出すのは最近のリュイではなく、一度目にひとえが逃げる直前の彼。イザベラに呪われて瀕死の状態で呟いた言葉がなぜか今思い出された。

(他の女、気持ち悪いって言ったくせに)

ひとえに心を寄せていると思えるような言葉であった。正直ひとえは一度目に逃げるまでの蛮行は
あの言葉でほとんど許してしまったと思う。

短くない時間を過ごして無体を働かれたけど、彼にはかわいい部分も確かにあった。それに、なんというか猫っぽい気まぐれな気高さも以前は感じていたのだ。それがどうだろう、逃げた女を捕まえて意識を奪って好き勝手するなどと。卑劣極まりないではないか。いや、以前から卑劣ではあったがなんか種類が違うとひとえは感じていた。それが悔しくて悲しくてまた涙が一筋だけ流れた。

「アホ猫……っ、二度と面を見せるな……っ」

そうしてグルウェルが戻るまで目を閉じて体を休めていたのだった。


【8】


そこで流れる空気はとても穏やかなものだった。リュイの元から逃げてはや一年、今のところ見つかってはいないようだ。

前回、探偵を雇ってまで捜されていたと聞いてひとえは愕然とした。その情熱はいったいどこからくるのかと、ひとえの中のリュイのイメージと合わなかった。しかし、あの意思を奪われた監禁であいつは予想以上のイカれ野郎だと認識したのだ。

グルウェルの指示に従って定期的に居場所を変え、ここに落ち着いたのは三ヶ月ほど前。ここはフドゥ共和国。比較的出入り自由な国ではあるが、現在戦争をしていなくて他国との関係も差し迫った問題は特にない。つまりは傭兵など必要ないのだ。ひとえは庭に置かれた野菜の泥つきの皮を剥きながら、周囲の景色を見回した。木造の築ウン十年の家が今のひとえの住処だ。そしてなかなかに広い庭と視線を回すと緑、緑、時々家。割と近くに川。つまりは田舎なのだ。日本の田舎の風景によく似ているとひとえは思っていた。もちろん生えている植物や野菜など種類は違うが、ゆっくり時間が流れる雰囲気に懐かしさを感じていた。

そしてここにはグルウェルも住んでいる。彼は仕事の時はあちこち行くので、本拠地といった方がいいのかも知れない。ここから仕事に行き、ここに帰ってくる。様々な場所を飛び回るなら転移魔法を使える人がたくさんいたり、交通手段が発達した都会の方がいいのではとひとえはグルウェルに聞いてみたことはあった。

「もっと都会の方が便利なんじゃないの？」

「ここの近くの役所には転移魔法の使い手がいるしな。それにひとえの側にいたいから」

グルウェルはそんなことを言ってくるのだ。彼は感情の起伏がなく、怒ったりはしゃいだりしない。かといって無愛想ではなくおしゃべりだし楽しいという気持ちはあるらしい。どうやらこの平淡な感情と性器の進化（?）が彼の変異種としての特徴らしく、無駄なものに振り回されない暗殺者として適したメンタルだとかなんとか。ひとえからしたらただの変人だが。

「それは、どういう意味で？」

「もちろん、特別な女性という意味だ」

木造の古い家の縁側に腰かけて茶をすすりながらそんな話をしているふたりに色っぽい雰囲気は全くない。そしてそんな事実もない。というかグルウェルの性器は進化しているのに、女性にそんな気になるのだろうか。ひとえは疑問であるが面と向かって聞きづらい話題ではある。そうするとグルウェルが話を続けてくれた。彼にとっては特に話しにくいことでもないのかも知れない。

「まあ、他の種族とは違うだろうが。僕は性行為をしたいとは思わない」

「……」

性衝動はないが特別な相手。パートナーというやつだろうか。かといって性別がないというわけではなく男性ではあるらしい。しかし性行為ができないということは子孫が残せないのか……？　とひとえが考えているとまたグルウェルが口を開いた。

「繁殖については、分裂できる気がする」

「待って。さっきから心を読んでるよね」

「君は顔に全て表れている」

「えっ」

暗殺者の特技なのだろうか。ひとえが疑問に思ったことは全て表情から読み取り答えてくれていた。

結局彼は生物として進化しているのか、退化しているのか不明である。

「まあ、体目当てではないのは分かるよ。確実に」

「触るくらいならしたいぞ」

「……」

「僕はひとえの精神に惹かれて、君を求めている」

「……」

ひとえは思わず黙り込む。精神的に内面を愛してくれて一緒にいたいと言われる。なんて素晴らしい愛の言葉だ。崇高、清廉、純粋などなど。しかし、なぜかひっかかるのだ。

精神的な愛は確かに必要だ。しかしそれだけで人は満たされるのだろうか。そんなひとえの脳裏に浮かぶのは体だけを求めて愛した男だった。それはもうひたすらに体だけ。思い出してちょっとうんざりする。

「……足して二で割ったらちょうどいいのに……」

「そうか？」

グルウェルは飄々として茶を飲む。このなにものにも執着せず、ひとえの心を得ようと無理をしないところも彼らしいといえばそうなのだろう。かなりセンシティブな話題も話せる間柄なので、ひとえはグルウェルには友人という言葉がしっくりくると思っていた。

この国は遅れていると他国から言われているが、水道はあるしトイレは転移魔法の応用で処理場へ送っているらしいから技術がないというわけではない。昔ながらの自然信仰を大切にして、自然とともに生きようとこの暮らしを選んでいるのだとひとえはしばらく暮らして気がついた。そのおかげでひとえは竈《かまど》に火を点けることができるようになったのだ。

この家の台所は土間にあって食材に火を入れるのは竈を使う。近所の新しいお宅などは魔力を使えば火が点くコンロがあったが、この家には設置されていない。マッチ、新聞、薪《まき》と昔ながらの方式である。電灯や水道はあることから、この家の前の持ち主の趣味なのかも知れない。まあ、ひとえにしてみれば魔力コンロも火を点ける竈もどちらも未知の道具である。グルウェルがコンロを買おうかと聞いてきたが、原始的に火を点ける能力を手に入れるチャンスなので保留にしておいた。

「まあ、水とトイレがちゃんとしてるだけありがたいよね」

ひとえの仕事といえば隣（といっても遠い）の家のおばあちゃんの畑を手伝って、給料を野菜でもらう仕事だけなので今のところ家事をする時間はあった。というかまだまだレジャー感覚で楽しい。洗濯機は謎の二槽式で手動だし、脱水は壊れてるし、ローラー絞りだし。昔のレジャーランドに遊びにきたような気持ちになるのだ。何年か経つとうんざりするだろうが。

そんな村には新聞もかなり遅れて届く。そんなに遅れてはすでに新聞の存在意義はないのだが、この国の人は情報を早く知ることに重きを置いていないらしくこの辺で新聞を読んでいるのはグルウェルとひとえくらいだ。

なので転移魔法で新聞を送っても採算がとれないのだろう、届け方も雑だしくる時間もバラバラだ。忘れた頃に家のどっかに落ちているのだ。まあ、安いのでひとえは気にしていない。この世界のことを学ぶためにもひとえは新聞を読んでいるが、それと並行して稀人関係の書籍もグルウェルに頼んで買ってもらっている。しかしながらやはり「珍しい人」くらいの情報しかない。特殊能力がないから大成した人もいないし、平凡な生涯を過ごしたのなら記録にも残らないだろう。

「結局、分かんないのか」

もしかして神隠し的な感じなのかな、とひとえは考える。なんの意図も使命もなくただ神のいたずら的な何かでここに来たならばもう、帰れないんだろうな、と最近は落ち着けば落ち着くほどそんな気持ちになってきたのだ。残してきた家族のことを思うと胸が痛いが、現状どうすることもできないようだ。そんなことを考えながら新聞を広げると、一面の大きな文字が目に飛び込んできた。

【獣人傭兵軍猫旅団　旅団長行方不明、戦死か!?】

「はぁ？」

固い文字で書かれた煽り文にひとえはイラッとしてしまった。アレが戦死？　性病で死ぬならともかく戦闘で死ぬわけないでしょと眉をしかめながら新聞を握りしめた。

「確かに獣人傭兵団《われわれ》は現在、とある雇い主の依頼でカマル王国の正規軍と戦っている」

「王と将軍は死亡って新聞に書いてたけど。五日前の」

グルウェルが帰るなり新聞を手にしたひとえはすぐさま確認した。あの悪魔みたいに強い、むしろそれしかとりえがないバカが戦死するなんてあり得ないと。

「戦闘自体は終了したので、現在後始末中だ。こちらにも行方不明者が出ている」

「リュイでしょ」

「ああ、アレは鳥《ニア》旅団の団長とつるんで命令無視をして敵陣に突っ込んで行った」

「は？」

「鳥と猫の旅団長は意外と仲が良い。双方人格が歪んでいるので」

「それは最悪の組み合わせじゃない？」

「鳥旅団長はこんがりしていたのを確保されたが、猫旅団長は発見されていない」

新聞によると行方不明の期間を考えると敵の将軍と相打ちになったのではないかと書き立てている。

グルウェルはそれに目を通して少し考え込んだ後、私見を教えてくれた。

「今回は相手の王は依頼主に渡すという約束だったんだが、その下につく将軍が有名な強者だったんだ」

「リュイが気に入ったとか？」

「ああ、それに鳥旅団長とともに猫旅団長は足を奪われたので」

「足ッ!?」

なんとリュイは敵の将軍と交戦し片足を奪われ、普通なら戦闘不能になるところを足を失ったまま暴れまわりバーグナが麻酔銃で昏倒《こんとう》させて無理やり連れ帰って治療したとか。

「効くんだ麻酔銃」

「三十分だけな」

「短っ」

「そして治療を終えた猫旅団長は足もないまま鳥旅団長の背に乗り仕返しに」

「やりそう」

「見事将軍を討ちとったのはいいが、ついでに王も殺してしまって」

「だめじゃない」

軽く事情を聞いただけのひとえでも、なにやってんだあのバカはと思える内容であった。責任ある立場で負傷したらさっさと治療すべきだし、治療したら個人の仕返しよりやることはあるだろうし、命令無視して出撃した上に依頼主の注文も無視するとか。リュイは本当に役職持ちの自覚があるのかと思える状態である。更にはその後、無責任にも行方不明者である。あのひとえのいた戦艦に生活する者全てがリュイの部下なのだから、彼らに対する責任があるにもかかわらずだ。

「あいかわらずバカなのねっ……！」

「気になるか？」

「全然っ！」

「ひとえ」

「気にならないしっ！　あんなゲスクズバカのことなんて！」

「鍋が焦げそうだ」

「気に……、あっ！」

そういえば夕食を作っている途中だったのをひとえは思い出した。グルウェルが帰ってきたので事情を聞いてついつい熱くなってしまった。ひとえは慌てて布巾を手にとり、竈にかけっぱなしだった鍋を下ろした。グルウェルは上がり框《がまち》に腰かけて少し笑っているような気配がして、ひとえはなんだかいたたまれない。

「まあ、あの猫旅団長がそうそう死ぬとは思えんがな」

「……」

「総司令官殿に怒られるのが嫌で逃げているという噂もあるが」

「……ぶっ」

「猫《ナオ》旅団長をげんこつで黙らせるのは総司令官殿だけだからな」

竈に違う鍋をかけて水を入れる。切った野菜を入れてスープを作ろうとひとえは野菜を切るのだが……。グルウェルのせいで手が震えて野菜が不揃いになってしまった。

あの無法者を黙らせる……。猫旅団ではリュイに逆らえる者などいなかったのに、世界には上には上がいるらしい。そしてげんこつで地面に埋まるリュイが見たすぎる。

「ひとえ」

「……」

「気になるのか？」

「べ、別にっ」

ザクザクザクザクと明日の分の葉物まで刻んでしまうひとえはなぜか焦っている。そしてなぜ焦っているのか自分でも分からなくて、包丁を動かす手が止まらない。

リュイが死のうが生きようが総司令官に殴られようがどうでもいいはずだ。ひとえは一年前の自身の意思を無視したリュイの振る舞いを今でも許したつもりはない。逆にいうとあの香を使ってひとえの意思を無視した行為以外は許しているということになるが、そこには目を向けたくない。

「いや、待って待って待って待って」

「ひとえは情緒不安定のようだ。まずはお茶を飲もう」

「なんで私があんなゴミクソ野郎のことを考えないといけないわけ!?　あんな酷い目に遭わされたの

に」

「さあ、お茶を飲もう。ここに座れ。大体ひとえはよく猫旅団長の話をしていたじゃないか」

「えっ」

グルウェルが火にかけた鍋を調理台に移動させて今度はやかんを載せる。そして隣の老婦人からもらった茶葉を入れた急須と湯呑みをお盆にセットし、ひとえを上がり框に座らせた。グルウェルは硬直するひとえの背を擦り優しく話しかけてくるが、その目はなんだか楽しそうだ。彼はひとえが慌てていたり、驚いていたりするのを見るのが大好きらしい。

「ストレスを外に出して心を守っているのかと思っていたが」

「……」

「猫旅団長の寝起きが悪いこと、肉のとり合いで部下と喧嘩すること、お菓子をもらうと必ず持ってくること、豹の毛皮が滑らかで美しいこと」

「……」

「バーグナや相談役を困らせて悪さばかりしていること……、これは傭兵軍全員が知っていることだがな」

「……」

「あとは顔は美しいと何度も」

「……」

グルウェルが急須に湯を注ぎ蒸らして湯呑みに茶が入ってもひとえは黙って彼から目をそらしてい

る。

正直、自覚はなかった。あんなことをされた相手のほのぼのエピソードを、助けてくれた人に話すとかどんな神経してるんだろうと自分で疑ってしまう。本当ならもっと傷ついて落ち込むべきではないだろうか。いや、あの香は傷ついたが。

「……あの顔は反則だと思う」

「そうだな」

やっと絞り出したひとえの感想はそんなものだった。そしてそんな意地を張っているひとえを見てグルウェルは楽しげにクツクツと笑うばかりだ。

「世の中には、救いようのない男を好む女性がいるらしいぞ。気にするな、ひとえ」

「いやだ。認めない」

「クックッ」

「いや！　あんなの好きになったら人生終わりじゃない！」

「なに、傭兵軍では出世頭だぞ」

「命令聞いてないじゃない！」

「単独任務なら最も戦果を上げている」

「いや！　あんな常に女に群がられている奴むり！」

「大丈夫だ。ひとえが群がる女を蹴散らせばいい。僕が武器を買ってやろう」

「なんでよ！」

何かに気づきそうになってしまったひとえは慌てて目をそらしている。それに気がついてしまったら破滅の未来しか見えないのだ。誰が好き好《この》んでいいところが顔と戦闘能力しかない男を選ぶものか。さらには絶対に浮気する。そしてグルウェルは応援しすぎである。

「君が感情に振り回されているのが面白い」

隠す気もなく面白がっていると宣言されるが、ひとえには文句を言う余裕もない。ここが彼女の人生の分かれ道かも知れないのだ。そこで更に事態を面白くしようと考えたグルウェルが、ひとえに寄り添ったかのような提案をしてきた。

「まあ落ち着くんだ。君が混乱をするのは過去のできごとの清算が済んでいないからと思われる」

「清算？」

「猫旅団長は君に無体を働いたことを謝っていない」

「あいつが、謝るわけ……」

「ならば仕返しすればいい」

「仕返し……」

あの戦闘バカにどうやってするというのだ。ひとえがなにをしても力尽くでねじ伏せられては仕返しなどできるはずはない。せめて魔法でも使えればよかったのにと、改めて意味のない体質にがっかりする。そんなひとえをよそにグルウェルは嬉しそうに話し続けるところをみると、作戦を立てるのが好きなのだろうか。主に誰かが嫌がる作戦を。

「猫旅団長が生きているとしたら、あえて隠れているのだろう」

「総司令官に怒られるからでしょ」

「君を餌にすれば絶対におびき出せる」

「ええっ」

「僕が協力しよう。猫旅団長が出てきたら、すぐに総司令官に連絡してやればいい」

「つまりは、リュイが一番嫌がる相手に引き渡せ、と」

「そうだ。これほど猫旅団長が嫌がることはないと思うぞ」

確かにひとえはやられっぱなしだ。グルウェルのおかげで二度も逃げ出せたが、リュイ自身に痛手を負わせてやったことはない。もしも、あのきれいな顔に一撃でも食らわせてやれたら、このこんがらかった気持ちもスッキリするのだろうか。

「総司令官から報奨金が出るらしい。傭兵軍が捜索しても見つからないんだからな」

「え、もう話つけてる」

ひとえが考え込んでいる間に、グルウェルは通信魔法で獣人傭兵軍にリュイ捜索の話をつけたらしい。これで失敗したら気まずいんだが、とひとえは一気に不安になった。

「失敗はしない。絶対に」

「なにその自信」

謎に楽しそうなグルウェルにちょっと引いているひとえだが、不思議とリュイがすでに死んでいる可能性は考えられなかった。きっと生きているしどこかに拗ねて隠れている、そんな気がしていた。

カマル王国の依頼とは王の正式な処刑だった。要はクーデターで王の交代を目論んだ者が、獣人傭兵軍に依頼して正規軍と戦ったと。基本的に金銭で雇われる傭兵はものの善悪には頓着しないので、新旧どちらの王が正しいかなどは依頼には関係ないし特に親しくつき合うこともない。しかし今回、依頼主の新王の注文を無視した猫旅団のために、総司令官は新王と新たな話し合いの場を設けなければならなかった。ここで新王に弱みを握られてしまえば、誰に対しても中立な獣人傭兵軍がカマル王国の新政権の後ろ盾に利用されてしまうことになる。それを良しとしない総司令官は、一番の戦犯である命令無視野郎のリュイを捕まえて、最小限の賠償で済ませなければならない。

「……会談ではなかったのですか？」

「まあ、そう聞いていたがな」

「これは……まるでパレードですね」

「新しい王は派手好きなのかもな」

現在ひとえがいるのはカマル王国の王都の外壁近くに設置された天幕。そして隣にいるのは見上げるほど大柄の獅子《しし》のような男。

明るい茶色の髪はボリュームが多くて逆立っているし、凛々《りり》しい眉、大きくて力強い目と太い鼻筋、大きい口。太い首から分厚い胸板と上から順に観察しても全てが大きく印象的で、人の姿をとっていても彼を見たら百獣の王をイメージしてしまう。カマル王国の人が持ってきた立派な椅子に腰かけているが、その椅子が派手に装飾されすぎていてもう魔王にしか見えない。彼ならリュイをげんこつで沈めることができるはず、とひとえは確信した。

今日はリュイの命令違反によってカマル王国の被害に対する損害賠償の話し合いだと聞いていたのだが、王都の手前設《しつら》えられたグランピングばりの豪華な天幕に通されド派手な馬車が準備されるのを眺めている。王都入りの準備をしていると。総司令官、ミホオスの側に立つひとえは今日は彼のつき添い兼、今回の戦犯をおびき出す餌として参加していた。

いやに楽しげなグルウェルが今回の作戦を提案しすぐに有鱗旅団の旅団長へ連絡し、そしてそれが即座に総司令官へと報告された。

ひとえが驚いているうちにあれよあれよと移動させられ、リュイの潜伏先の予想としてカマル王国内があり得ると作戦をまとめ、ひとえは総司令官に服屋に連れて行かれた。観光客もたくさん来る栄えた大通りに並んだ女性服店。一見して高級店と分かる店構えだ。

「いや、服なら持ってますからっ」

「君はあのクソ猫をおびき出さねばならないんだろう？　ならば目立たなければ」

「いや、あの猫旅団長は服なんか気にしないと……」

「ふむ。スラルの民族衣装がなかなかセクシーで美しいな。君は稀人なのだろう？」

「え、は、はい」

「ならば、祖国の衣装はないわけだ。どこの国のものでも問題ないな」

総司令官は大変押しが強い。グルウェルに連れてこられたのは懐かしいスラル王国だった。この国は商業が栄えているので昔ながらの民族衣装も、他国の良いところをとり入れていて今風にアレンジされている。おしゃれな若者にも人気だとかなんとか。

そのボリュームのある鬣《たてがみ》みたいな髪と髭《ひげ》で暑いところが苦手かと思いきや、シャツにジレを合わせてパリッと着こなした姿は見ていても全く暑苦しくない。厚い胸板を張って堂々たる姿で女の服を選んでいるのだが、こういうのは下っ端にさせるのではないかとひとえは混乱している。

「これとこれとこれを試着したまえ。俺は茶でもいただいて待っているから、急がなくていい」

「ジェ、ジェントル……」

ひとえが突っ立っている間に店員を呼び寄せ試着する服を選んだミホオスは、テキパキと指示を出し更にはひとえに気遣いの言葉もかけてきた。

これまで野蛮でいかれた獣人しか見たことがなかったひとえは、カルチャーショックを受けた。こんなに紳士的な獣人がいるなんて……！　と。獣人にしたらとてつもなく失礼な感想だが、ひとえの経験したことを考えると仕方がないのかも知れない。

そうして選ばれた衣装は暑い国らしく涼しげな白のシームドレスだった。サラサラとした肌触りが涼しげで、ベースの白のワンピースに細やかな織物の帯や金色の飾りがついている。まるで古代エジプトの衣装のようだ。しかし……。

「あの、総司令官様」

「なにかな」

「このドレスは素敵ですけど、国際的な催しには露出が多いのではないですか」

「なに。しょせん、戦後の混乱の後始末だ。美しく装った女性でも見ていなければ退屈で仕方がない」

「わぁお……」

そのドレスは確かに美しいものではあったが、体のラインに沿う柔らかな生地とデザインで大変官能的でもあった。更には袖がないので肩から腕が丸出しなのだ。ミホオスはひとえの肩に薄いショールをかけながらそんなことをのたまった。これにはひとえも衝撃である。見た目は荒々しい獅子のような貫禄《かんろく》、おそらくひとえなどは片手で、いや指先で殺されてしまいそうだ。それなのにジェントルマン。リュイとは別の意味で惚れては危険な男である。そんなこんなでひとえはリュイを釣る餌として派手に着飾ってミホオスの側に侍《はべ》ることになったのだった。

そして現在、カマル王国の中央を通る国一番の大通り。馬に引かれる装飾されたオープン馬車。まるで浮かれた新婚の乗り物のようなその乗り物にミホオスとひとえは乗せられていた。その馬車はこの国の新たな将軍だのが先導していた。ただの戦後の会談と聞いていたミホオスは少々怪訝な顔をしている。

「会談では」

「そう聞いていたがな」

「すっかり新国王の即位のお祝いに来た人ですね」

「損害賠償をぶんどる上に獣人傭兵軍とも親密と印象づけたいと、欲深い王だな」

王都は極力破壊しないようにと契約をしていたのだろう、建物はさほど壊れておらず戦後の暗さは感じられない。大通りらしく大きくて華やかな建物が立ち並び、一階のみならず二階にも見物人がいた。そのほとんどが好意的に獣人傭兵軍の総司令官を歓迎しているようだ。このままリュイが捕まらず、カマル王国との契約違反を獣人傭兵軍全体で被ることになれば、新王にどんな賠償を求められるか、とミホオスは頭が痛かった。

「猫旅団長はこの街にいる可能性が高いんですか？」

「そうだな。戦後、重要人物のとり逃がしがないよう街の出入りは監視していたからな。もし抜け出すなら落ち着いてからだ」

「この街のどこかに隠れている、と」

「まあ、おそらくは下町辺りなのだろうが、それが分かっても見つからん。野良猫とは厄介なものだ」

ミホオスはそう言っているが、特に怒りの感情は感じられない。リュイがこんな勝手な行動をするのはいつものことなのだろうか。ミホオスには子供のいたずらを笑う大人の余裕のようなものを感じる。しかしひとえとしては疑問である。

「こんなことで本当に出てくるでしょうか」

「グルウェルはかなり自信があるようだったが」

「彼は面白がっているだけだと」

「そうかな」

ミホオスは笑みを浮かべると、ふいに隣に座っていたひとえを持ち上げて膝に乗せた。突然の行動に一瞬固まったが、次の瞬間ひとえの拳が握られる。

「なにすん……っ」

このセクハラ親父がっ！　と脊髄《せきずい》反射で繰り出されたひとえの拳を、ミホオスは赤子の手をとるように優しく受け止めた。そして笑顔で上の方を見ている。

「来たぞ、思ったより堪《こら》え性《しょう》のない」

「えっ⁉」

ひとえがミホオスの声につられて上を見ると頭上に大きな影がかかった。建物の一部なのか三角の屋根の一部がついている物体が、ひとえとミホオスが乗る馬車の上に飛んできたのだ。

「きゃああっ！」

その瓦礫《がれき》は馬車を潰すには十分な大きさで、周囲の人々の口からは「教会がぁっ⁉」とか「神の怒りだ！」とか声が聞こえる。

そんな中、ひとり落ち着いた様子のミホオスは体を少しも動かさず、胸が大きく膨らむほど息を吸い込んで雄叫《おたけ》びを上げた。その声は正に百獣の王の咆哮で魔力をまとい、空気を震わせて落下してきていた瓦礫を粉砕した。

小石よりも小さい砂利粒ほどに砕かれた建物は、ひとえや周囲の見物人に降り注ぐが当たっても怪我をするような大きさではなかった。ひとえがそれを確認する頃には、ミホオスが横から飛んできたなにかを掴んで振り回していた。

「⁉」

「やはりここにいたのかリュイよ。命令違反は感心せんなぁ」

「うるさいよっ、このクソ司令官。ソレは俺のなんだけど。触んな」

なんと待つ必要もなくあっさりと姿を現したリュイは破壊した建物を投げて、ミホオスの視線を上に引きつけて横から攻撃してきたようだ。

今も攻撃の応酬をしているが、どう見てもリュイがミホオスに軽くいなされている。こんなにも子供扱いのリュイをひとえは初めて見た。

「すまんな、ひとえ嬢。この野良猫を躾けるので少々お待ちいただきたい」

なんとこれまでミホオスはひとえを膝に乗せたままリュイの攻撃をかわしていた。リュイの左足を掴んで大通り沿いの建物にめり込むほど投げたミホオスはひとえにそう声をかけて、膝から下ろした。

その時ひとえは見てしまう。リュイの右足には膝から下がなく、そのなくなった足の代わりに金属の棒が装着されていた。おそらく義足の一種なのだろう。

「触んなっ、って言ってるだろっ！」

「なにを言っている、彼女はお前の恋人ではないのだろう。何をしても彼女の勝手だ」

「ちがう、アレは俺の」

「そういうふうに女性をアレだのソレだの言うのをやめろ。不愉快だ」

「かっこよ……」

リュイの義足を使った蹴りやひとえには避けることもできないであろう拳も、ミホオスは難なく受け止めて終いには襟首を捕まえて説教をしている。やはり獣人といっても皆が皆、あんなのではないのだ、とひとえは考えを改めることを誓った。そして総司令官ミホオスの好感度が爆あがりである。

「は？」

ひとえの呟きが聞こえたらしいリュイが真顔でひとえを見てくる。ふたりの動きが止まった隙に見物人は大慌てで逃げ出して、先導していたカマル王国の兵士は王城に知らせに行ったらしい。

ひとえが兵士を見送っている隙にリュイがミホオスに掴まれた服を破って脱出し、ひとえのところに飛んできた。

「何？　なんて言ったの？」

「はぁ？　何が、てかあんた自分の職務を全うしなさいよ。無責任にも程がある」

「そんなのいいんだよ。それより、何？　かっこいい？　アレが？」

「あんたの上司でしょ」

「かっこいいって言ったの？　俺にはそんなことを言わないのに」

「あんたはかっこ良くない」

「はぁ？　なんでだよ」

ひとえが乗っていた馬車に乗り込み、彼女がのけ反らずにいられないほどリュイが詰め寄ってくる。そしてリュイはいつものヘラヘラ胡散臭い笑顔をどこに落としてきたのか。必死すぎてそちらが怖いほどである。

ミホオスは馬車の向かいに座って観戦モードになっているし、ひとえは今気がついたが視界の端の大通りの路地の入り口でグルウェルがお腹を押さえて震えていた。王城から迎えが来るまでの余興扱いである。

「なんで俺がかっこ良くないわけ」

「行い全てが」

「服だって俺が買ってあげたの着て外に出たことないのに」

「それはあんたが全て破って、更には私を監禁したから」

「おい、リュイ。勝ち目はないようだぞ」

「黙れよ」

（獣人には上司に敬語の文化はないのだろうか）

リュイは隠れていたことなど忘れてしまったのか、ひたすらひとえに文句を言って詰め寄っている。

ミホオスは時々茶々を入れて遊んでいたがチラリと王城の方に視線をやると、手を組んでリュイを見た。

「今回、ひとえ嬢にはお前を捕獲する手伝いをお願いした」

「はぁ？」

「彼女もお前に伝えたいことがあるということなのでな」

「えっ」

おそらくそろそろ王城へ行かなければならないのだろう、ミホオスが話をまとめてくれた。

そうなのだ、今回は行方不明のリュイを捜す手伝いをしたが、それはひとえもリュイに伝えておきたいことがある。今のひとえのこんがらかった気持ちにひと区切りつけるために。

リュイは珍しくひとえの話を聞く気があるらしく、ひとえの方に顔を向けた。頬が赤らんで見えるのは気のせいだろうか。リュイは一体なにを期待しているか知らないが、ひとえは咳払いをしてリュイを睨みつける。そうするとますますリュイの頬が赤くなるのだが、そんなことを気にしている場合ではない。

「あんたにはとんでもない目に遭わされたし」

「……」

「あんたは私に感情があるなんて思ってないかも知れないけど、私も自分の意思を無視されて好き勝手されたら傷つくわけ」

「……？」

「だから……っ！」

ひとえは再び拳を握り息を吸い込んで止めた。先程のミホオスを殴ろうとした時とは比べ物にならないほど力を込めて、握りしめた拳をリュイの鼻に叩き込んだ。ちょうどひとえの拳がヒットする瞬間に、向かいの座席に座っていたミホオスがリュイの両腕を押さえてくれたのでリュイはなすすべもなく殴られる。

「っ、痛っい……っ!!」

「……ひとえ？」

急所である鼻を殴られたのはリュイなのに、悲鳴を上げたのはひとえの方だった。

当たった拳も痛いが手首も痛めてしまったらしく、患部を押さえて涙目になってしまったがひとえはリュイに向かって啖呵《たんか》を切り続ける。これで終わったらダサいからだ。

「謝るまで絶対に許さないっ!!」

「へっ」

見慣れたひとえの怒った顔に涙目と、痛いのであろう手首を押さえた姿。更にはあの人道を外れた行いを謝れば許すの？　という様々な感情がリュイの中にうずまき、そして制御不能になったその瞬間、リュイが獣になった。

精神的にではなく、姿が完全な豹になったのだ。

「えっ、なんで今？」

「……、ふ、ふははは、ははは‼」

「……グゥ……」

今、豹になる必要があったかと目を白黒させるひとえと、馬車の床に仰向けに転がるでかい豹。そして爆笑しているのは額を押さえて空を仰ぐミホオスである。ちなみにグルウェルも壁に手をついて俯《うつむ》いてしまっていた。

「リュイ、お前……。おめでとう。今夜はケーキを用意しなけりゃな……。ははははっ」

ミホオスの謎の言葉にひとえは首を傾げるが、その時ちょうど王城からの使いがようやく戻ってきていた。ひとえはもう役目を果たしたのでこれ以上ここにいる必要もない。

「じゃ」

ひとえが馬車を降りようとすると豹が服の裾を噛んで引き止めてくる。言いたいことがあれば人間に戻って喋ればいいのに、とは思うがひとえはもう帰りたい。手首が熱を持ってきているので早く冷やさなければ。しかしひとえが何か言う前に、ミホオスがリュイの脳天にげんこつを落として沈めてくれた。

「わぁっ！　噂のげんこつ！」

「ひとえ嬢、ご協力感謝する。そしてうちの部下が大変なご迷惑をかけた。今回の謝礼と謝罪はグルウェルを通してお渡しししたいと思う」

「いいえ、お役に立てて良かったです」

ミホオスは丁寧な言葉をかけてくれるが、ひとえはリュイをげんこつ一発で沈める場面を見られただけでも大概のことがスッキリしてしまった感じはある。謝礼はもらうが。

「やあ、グルウェル、お疲れ様、ひとえ」

「グルウェル、笑ってるの見たから」

「笑う？　そんな失礼なことをするのはどこのどいつかな？　ふふふ」

グルウェルはひとえの手をとって馬車から降ろした後、手首に湿布を貼ってくれた。そして王城に向かう馬車を見送り帰路につくことにする。

「見事な攻撃だった」

「打ち負けたけど」

「帰りに知り合いの医者のところに寄っていこう。よく効く湿布をくれる」

「ありがとう」

この後、リュイは命令違反と依頼主に損害を与えた罰でしばらくのタダ働きや、休みもない単独任務を命じられるのだが、それはひとえには関わりのないことなのである。

【9】


獣人は思春期の頃になるとその体の成長とともに、体内のホルモンバランスも不安定になる。変身を促すホルモンの不安定さから人化や獣化が上手く操れなくなることが多い。特に気になる相手の前ではその反応が顕著に出てしまい、制御できず獣の姿になってしまう者が多い。

……つまり、思春期という多感な時期に好きな人が周囲にバレるという気の毒なイベントがあるのだ。ひとえは自分の中学時代の甘酸っぱい頃を思い出し、それはかわいそうだな、とか思っていた。

「通常は十歳から、遅くても十八歳頃には現れる変化だな」

グルウェルは隠しもせずに笑いながら言っている。

カマル王国からフドゥ共和国の自宅に戻ってからこっち、ずっとこんな様子なのだ。あの突然のリュイの獣化はどうやら思春期の反応なのではないかと。グルウェルの言葉では思春期はヒトと同じ頃にくるのが一般的らしい。リュイは今いくつなのだろう？　ひとえは彼の年齢は知らないが、おそらく二十代前半〜半ばくらいではないかと思う。頭の中身はクソガキだが。

「つまり……？」

「奴はひとえに恋をした。ということだな」

「なんでそうなる」

そんなことを言われても「あら嬉しい」などとなるはずもないし、あの神経が一本もないような男に恋なんて芸当ができるはずもないのである。それにあんなことやこんなことを無理やりした相手に恋？　今更？　と疑問を抱かずにはいられなかった。

確かに妙な執着はされているようだったが恋とはあれほど自分勝手なものだったろうか。ひとえの意思など無視して体を求める行為を恋と呼んでいいはずはない。

「違う」

したがってひとえは認めない。アレが自分に恋をするわけなんてない。そう結論づけたのだ。


ひとえの家があるフドゥ共和国のとある集落は昔の日本を思い起こさせる素朴な田舎町である。深い緑の山々には神様がいて、神様は三本足の動物を眷属《けんぞく》として連れているという伝説がある。その伝説によってこの辺では三本足の動物は大変縁起がいいとされていた。

ひとえが隣のおばあちゃんの畑を手伝って帰宅したとき、玄関前にある簡素な門の前にピンクっぽい豹が鎮座していた。ひとえはこんな置物は置いていない。

(三本足……、神の使い？　いや、さすがに裏山にピンクの豹はいないか)

山にいるのは鹿や狸、狐《きつね》にウサギ。熊や猪《いのしし》くらいか。そう思ったひとえはその見覚えのある豹に声をかけてみた。

「リュイ？」

「グルルルッ」

しばらく様子を見ても帰る様子がないリュイに声をかけてみたらついてきた。ひとえが雑巾を出すと行儀よく足の裏まで拭いている。リビングに入っても大人しくソファーの下に座っているのだから、これはもしかしてただのおとなしい豹？　とひとえが不安になるほどだ。

「で、今日はなにしにきたの？」

「……」

「というか、なんでずっと豹？」

「……」

話にならないとはこのことか。リュイはなにか言いたげにひとえの顔をじっと見るが、獣化を解く気はないようだ。そしてひとえから彼に言うべきことも特にない。言いたいことは先日大体言ったのだ。

しばらく睨み合った後に、間が持たなくなったひとえはその毛皮の誘惑に負けてしまった。丸い耳のあいだにそっと手を載せるとくりくりとした目が嬉しそうに細められた。もうそれで心を撃ち抜かれたひとえは、耳のつけ根を撫《な》でてやり頬のモフモフをワシワシ掻いて喉へと移動した。

「……」

「グ、グルル……、グ～ル、グ～ル、グ～ル」

（かわいい……）

リュイは喉を撫でた途端すぐに喉が鳴り出し、目が潤んでいた。ひとえの手が頭に移動すると撫でやすいように頭を下げてしまった。その行いはまるで従順な飼い犬ではないか。

ひとえの膝に頭を載せて腹まで見せるかわいい巨大猫。鼻や肉球を触ろうと、口を捲りあげて牙を見てもされるがままであった。

「本当にリュイ……？」

「ゴロゴロゴロゴロ……」

「……飼い猫だな」

その声が聞こえるまで全く気がつかなかったが、グルウェルが帰ってきていた。ひとえが振り返ると仕事用のローブ姿でリビングの入り口に立っている。どうやら仕事は早めに終わったようだ。

グルウェルの姿を見たリュイはひとえの膝から飛び上がってものすごい速さで部屋の隅に移動した。その姿は人見知りの猫そのものである。グルウェルは大きな口をニヤリと吊《つ》り上げてとても楽しそうに笑ってリュイに話しかけた。

「これはリュイ殿。いらっしゃっているとは知りませんでした」

「グ……」

「それはそうと、ようやく大人の兆候が現れたとか。おめでとうございます。ククッ」

「グ、グルルル」

「お祝いにケーキでも贈りましょうか？」

この前から思っていたがグルウェルは結構意地悪なところがあるようだ。基本的には親切だし穏やかで優しいのだが、人が慌てるのとか驚くのを楽しむところがある。ひとえは同居人の子供っぽい一面に小さくため息をついた。

「もしかして精通もまだでしたか？」

「ちょっと、グルウェル……」

「グルルルッ！　ガルッ！」

グルウェルのたちの悪いからかいに、怒り狂って飛びかかるかと思われたリュイだが、なんと縁側から外に飛び出して行ってしまった。

逃げたのだ、猫旅団の戦闘バカが。足を失っても敵に突っ込んで行く馬鹿が。

「に、逃げた……？」

「くくっ、ぶは、よっぽど恥ずかしかったようだな」

「分かってんならやめたげなよ。思春期は誰でもあるでしょ」

「ひとえは優しいな。そんなにあっさり心を許してるとまたバックリ食べられるぞ」

「というか、アレ本当にリュイ？　山猫とかじゃなく？」

「間違いなくリュイ殿だ」

ひとえの記憶の傍若無人《ぼうじゃくぶじん》なリュイとあのかわいい猫のような豹がどうにも重ならない。グルウェルが間違いないと言うのだから、ヒトには分からない感覚で確認できるのだろうしあんな色の山猫はいない。ひとえは担がれているような気持ちになり首を傾げるのだった。しかしリュイは逃げたもののひとえには会いたいらしく、それから毎日訪ねてくるようになってしまったのだった。

玄関を開けると門から豹の顔が半分だけ見える。半分だけでも豹である限り正体がばれているのを彼は分かっているのだろうか。そして遺産絡みの殺人事件でも目撃する勢いの覗《のぞ》きっぷりである。ひとえはしばらく睨み合ってみるが、特に追い返す理由もないので茶くらいは出してやるかと手招きをしてみたら一回招いただけですぐ来た。しかし相手は豹である。

「リュイ、豹ってお茶飲むの……？」

「……」

「ぎゅ、牛乳……？」

もしかして猫舌なのだろうか。そういえばリュイがあまり熱い料理を食べているのを見たことがないかも知れないと色々考えた結果、ひとえはマグカップに牛乳を入れて鼻先に持っていってみた。皿で出すのはあまりにも非人道的かと思って。リュイは牛乳は平気なようでぺろりとひと舐めしたが床や机に置くと舐めない。ひとえが手に持って鼻先へ持っていってやると舐めるのだ。それはまるで懐いた野良猫のような仕草である。

「最近、邪魔者がいることが多いな」

新聞を畳んだグルウェルは分かりやすくあからさまにリュイに絡みだした。きっと暇なのだろう。リビングに置いてあるローチェアに座っていたグルウェルはもたれていた背を起こして座り直している。

リュイが毎日来るようになり、お互いの存在に慣れてきたらしい彼らは基本的にお互いを無視していた。時おりお遊びのようにグルウェルがからかったりはあったものの、大きな揉めごともなく過ごしていたのに。

「グルルルッ」

「リュイ殿は人化を忘れてしまわれたか？　それとも初めての射精で戸惑っておられるか」

「だから精通じゃないって」

グルウェルは男子小学生のように精通精通言ってリュイをからかっているが、その言い方ではリュイどころかグルウェルまでクソガキに見えるのを分かっているのか。リュイはまだ口では言い返す気はないらしく唸っているだけだし、リュイに精通があったのはひとえが誰より知っている。

「遠い昔に思春期を経験した者として、僭越ながら助言させていただければ」

「遠い昔」をやけに強調してグルウェルがまた余計なことを言おうとしている。そうは言うものの、グルウェルは男性としても生物としてもわけのわからん自称進化を遂げているのに、一般的な思春期の助言ができるのだろうか。彼に至っては思春期自体がなくても不思議ではないのだ。

ひとえとしては今の豹が家に訪ねてくる状況は特に不満ではない。むしろ性格最悪な強姦魔に襲われる日々より、よほどおとぎ話のようでメルヘンではないか。

「恋愛には素直に思いを伝えて相手の心を得ようとする努力が必要だ。思春期だからと女子を虐めるなどは問題外だ」

「女子て……」

「グルル……」

「そうして唸ってみてもなにも伝わらない。ひとえはヒトなのだから」

一見いいことを言っているが、グルウェルの言葉にはあまり説得力がない。なぜなら彼もリュイに負けないくらいの変わり者だし、こんなに普通のことを言っていると違和感がある人物だ。おそらく少女向け小説でも読んでそのセリフを語っているのでは？　とひとえは疑っていた。

「大人の男ほど、その好意をはっきりと言葉にして相手に伝えられるものだ。ちなみに僕はひとえが好きだ」

「!?」

「あー。はいはい、ありがとね」

次は大人の男を語り出した。なんだどんな小説を読んだんだ。ひとえはグルウェルの座っていた辺りに視線をやるが、新聞しかない。

グルウェルは不審者顔に起伏のない感情の持ち主だが、ひとえへの好意はペロッと口にする。彼は仕事以外で嘘をついたり本心にないことを言うタイプではないので、本音は本音なのだろう。ただ、生物として身体的にも精神的にもひとえとはかけ離れているグルウェルの好意は、必ずしもひとえやその他の人と同じとは限らないのだ。

「……」

グルウェルのなんらかの恋愛小説に影響されたと思われる愛の告白(笑)を聞いて、リュイは異様に驚いて神妙な顔をしていた。そんなに深刻に受け止められても、とひとえはちょっと笑いそうになってしまう。

そして決意したようにキリッとした顔をしてひとえを見つめたリュイは、徐々にその体を人に変えていった。豹の毛皮の柄がじわじわ溶けて色を変えて肌の色になり、骨格が緩やかに変わっていく。そしてサラサラした美しい金髪は肩辺りでちぎれたように短くなっている。人の姿を現した瞬間、柔らかい光が走って着衣のリュイ、人化済みが現れたのだ。

「戻った。髪どうしたの？　服も一瞬で着たし」

「服は魔法で自動着脱しているんだ。獣化に反応して体から外れアクセサリーなどに変わり、人化すると元に戻るように設定されている。昔に裸の獣人がうろついたのが問題になったからな」

「昔は裸でうろついてたんだ」

思春期の好きな人バレの獣化でも辛いのに、人化したら素っ裸とか若者を殺しにきているとしか思えない習性だ。しかしそれを技術力でカバーできていて良かったとひとえは他人《ひと》ごとながら安心してしまった。

「コントロールできるようになったんだ。良かったね」

「まあ、リュイ殿は実際にホルモンが乱れる年頃ではないからな。精神的なものだ」

「ええ、そんな神経あったんだ」

ひとえとグルウェルが好き勝手して話しているというのに、リュイはいやに静かである。前はペラペラヘラヘラと余計なことばかり喋っていたというのに。そして真顔でひとえを見つめている。その視線に気がついたひとえが目を向けると、ぐっと口に力が入って唇が尖ってしまっている。

「なによ」

「……」

強い視線が睨まれている気がしてつい睨み返してしまうのは、おそらくひとえの習性なのだろう。やられたらやり返す睨まれたら睨み返す。それでもリュイは何も言わず、モゴモゴと唇を動かすだけでひたすらひとえを見つめていた。そんな様子を見ていたグルウェルだけがニヤリと笑って囃《はや》し立ててきた。

「リュイ殿、こ～くはっく、こ～くはっく、好きって言えよ～」

……グルウェルは男子中学生だったのだろうか。ひとえはそちらの方に愕然とし、グルウェルに驚愕の顔を向けた。ふたりで暮らしている時は変わり者であっても理性的で穏やかな人が、リュイを交えると文化祭後の男子中学生のようなはしゃぎようである。

「……こ、告白、って何……」

目を伏せて口を尖らせたリュイが小さい声で呟いた。どう見ても拗ねた子供である。

グルウェルはニヤニヤ笑いを隠しもせずに楽しくて仕方がない様子で、リュイの側にあるソファーに座った。その様子は歳の離れた弟をからかって虐める兄のようだった。

「人化を維持できないほど心が乱されると伝えることだ。好き、愛してる、運命、君だけだ、表現はそれぞれだな」

「……」

「なにをばかなこと言ってるの。こいつがそんなことを言うわけないでしょ」

明らかに悪ノリが過ぎているし、リュイが告白などするはずがない。リュイは微動だにせずひとえを見つめてゴクリ、と生唾を飲み込んだ。

「……」

「ひ、ひ、ひ……」

「……」

「ひと、ひと、ひ……」

しばらく睨み合った後、口をパクパクさせてヒイヒイ言ったリュイが結局再び獣化してそのまま縁側から飛び出して逃げて行ってしまった。リュイの口パクの時点ですでに吹き出しているグルウェルと、ポカンとして見送るひとえ。リュイの思春期は拗れに拗れてまだ続くようだった。


翌日、ひとえは朝食の準備をしながらグルウェルと話していた。隣のおばあちゃんからもらった葉野菜やとトマトをグルウェルが洗い、ひとえはコーヒーを淹れていた。

「今日もリュイが来ても、変なこと言ってからかわないでね」

「変なこととは？」

「リュイが私を好きみたいな」

近所で買える固いけど味の濃いパンはとても美味しい。それを軽く焼いた後、隣のおばあちゃんがくれたジャムをたっぷりとつけながらひとえはそう言った。そんなひとえの言い草をグルウェルは意外そうな顔をして聞いていたが、先日からのリュイの思春期騒ぎを彼女はなにひとつ重く受け止めていなかった。というか信じていない。むしろ周囲が何を騒いでいるのか意味が分からないのだ。

「あれはどう見ても初恋に狂っている」

「初恋？　はっ」

同じく固いパンを尖った歯でバリバリ食べるグルウェルの言葉をひとえは鼻で笑った。リュイの素行を知っているくせに初恋とかなにを乙女のようなことを言っているのか、という笑いである。

「あんな人外メンタルが恋とか」

言い方が酷いのはともかく、ひとえの立場としてはあれだけ自分勝手に振り回されて酷い目に遭わされて「恋しました」とか言われても当然信じられない。グルウェルとしてもそういう気持ちになるのは当然だな、と考えることはできる。

しかしヒトよりも本能の影響が心身ともに表れやすい獣人は、体に表れた変化はどんな言葉よりも真実を物語っている。言葉を必要とするのはヒトの方なのだ。リュイの場合はひとえを見て人化を維持できないという事実がそれだけで彼の本音を物語っている。

もしひとえが獣人であればプロポーズされたと受け取る現象だ。ただし、成人した獣人は滅多にそんな醜態は犯さないが。しかしひとえはヒトなのだ。体に表れた変化を見せられても、言葉で伝えなければ信じられなくても仕方がない。ましてや彼女は獣人の習性など詳しくなりようもない世界から来たのだから。その辺の認識の違いは埋めようもない種族差である。

「なるほどな。それはもっともな意見だ」

「どっかで変な性病でももらってきたんじゃないの」

そんなひとえの言い草と心を乱して獣になってしまう愚か者を交互に思い出して、しかし気の毒に思う義理もないグルウェルはクツクツと楽しげに笑っていた。これ以上特にフォローする気はないようだ。

その頃、猫旅団の戦艦内で壁に向かって膝を抱えた旅団長は、総司令官から命じられた単独任務から帰ってからずっとその姿勢だった。そこにムキムキの猫旅団の団員たちが群がっている。

彼は団員をかわいがりと称していじめている割に人気者である。いや、わざとらしく食堂の壁に向かっているから、皆気になって仕方なくかまっているのかも知れない。

「大丈夫っすよ！　旅団長なら一発引っ叩いてぶち込んでやりゃあ言うこと聞きますよ！」

「そうそう、旅団長が笑って誘えば断る女なんかいねぇって」

「攫ってくりゃいいんすよ」

ここは無法者の集まりである。傭兵の中でも気が荒い短い変わりやすい、そら女にモテないだろという奴らばかりだ。アドバイスが大雑把かつ暴力的である。その中でも変わり者に属するバーグナは、比較的温厚な性格なのでそんな奴らを引いた目で見ていた。ナニアレ、女の口説き方？　それとも誘拐の相談？　といった視線である。

「……ひとえを殴るとかできないし」

そして彼らの旅団長、旅団の華。またの名を悪夢。荒々しい団員の中でも群を抜いた強さと凶暴性を持っていた彼は、その内面に反して見た目は大変美しい。性格を気にせず、かつ、美しいものが好きな女は彼に群がったし、リュイの方から誘いかけることなどなかったのだ。しかし今はどうだろう。食堂の床に座って辛気臭い雰囲気を醸し出しているではないか。最近はずっとこんな調子なのだ。

「攫ったって逃げられたし……。お人形みたいなひとえを側に置いても仕方ないし……。俺もう右足ないし……」

「なに言ってる、足一本なくしても機動力が落ちてないのは異常だぞ。逆に気持ち悪い」

「でも、俺の足を見てひとえが同情してたら……」

「同情？　ひとえがお前に？　足なくしたぐらいで？」

そんなことでひとえがリュイに同情するだろうか。バーグナは甚《はなは》だ疑問である。ひとえはリュイの仕事内容を知っていたし、性格も側でよく見ていた。そして彼女はそれを考える頭を持っている。ならば戦闘の果てに体の一部を失ったからといって同情などするだろうか。そんな甘い女ではないとバーグナは思う。自業自得だとせせら笑いそうな。

「足なくすとかそれだけでもダサいのに、その上ひとえに憐れまれるとか耐えられない」

「憐れまれてないと思うぞ。むしろ自業自得とか思ってそうだが」

「……」

「義足も問題なく使えたんだろ」

「そうだけど」

無神経の極みかと思いきや、自信のある戦闘で下手を打って足をなくしたことをバツが悪く感じていたのか。バーグナは足をなくしたこと自体よりも、命令無視に無謀な特攻が問題だしそちらの方がひとえに呆れられそうだがと思っていた。いつの間にかリュイはえらくナイーブになってしまったようだ。

「女の同情につけ込むのはありっスね」

「確かに。優しい女は結局弱ってる男の方にくるんスよね」

手段を選ばない脳筋集団が珍しく搦手《からめて》を提案してきた。それにしても卑怯《ひきょう》に聞こえる作戦ばかりなのだが、彼らにとって重要なのは結果であって過程はあまり重視しないらしい。そこへ若い団員がなんとも乙女チックで比較的まともな提案をした。

「女にゃプレゼントっすよ。なんかこう、特別～みたいな感じのモンがいいんじゃないッスかね！」

その言葉に壁を向いて拗ねていたリュイの尖った耳がピクリと動いた。

翌日のひとえの家のリビングのテーブルには頭蓋骨が鎮座していた。より正確にいうと、さっき洗ったばかりのように湿った頭蓋骨。ひとえはその角と牙の生えた頭蓋骨を眉と目元にシワを寄せて睨みつけていた。今すぐどかしたいが、触りたくもないので困っているのだ。

「ユニコーンの獣人の頭蓋骨か。これは貴重品だ」

キッチンでコーヒーを淹れ、新聞を小脇に挟んだグルウェルが通りすがりにそう言った。

「ユニコーン……角が生えた馬……？」

「ああ、馬の獣人の仲間と思われがちだがああいう幻獣系の獣人はまた違う種類だ」

「……そう」

ひとえは世界一興味のない「そう」というトーンで返事をした。ユニコーンに興味もなけりゃ、その頭蓋骨にも興味がないからだ。その不穏な貴重品を持ってきた男、リュイはしゃがんでテーブルに手を載せて、心底嫌な顔をしているひとえの様子を見上げている。しかしその顔は耳がいつもより尖っていたり、顔の豹模様が増えたり減ったりしていることからまだ人化が不安定なことが窺えた。

「新しいものなら国の研究機関に収められるべきだな。古いものならば博物館に。地下に潜れば違法薬物としても大人気だ」

「や、薬物？」

「その角に大変ご機嫌になる成分があるそうだ。値段は、そうだな……」

グルウェルがはじき出した地下ルートの売買価格はひとえには一生縁がないであろう大金であった。

そもそも地下ルートってなんだとひとえは言いたいが、この場合違法なものと分かっていて売買する繋がりのことらしい。大体の大国の法律に引っかかるらしいが。

「いらない」

ひとえはテーブルに載せられた頭蓋骨を、丸めた雑誌でズィッとリュイの方へ押し返した。そして後でテーブルを消毒しようと心に決めた。

「……いいから、あげる」

「やだ。湿ってるもんコレ」

「乾かせばいいだろ」

「ご機嫌になる薬とか要らないし」

「金持ちは頭蓋骨に酒を入れて飲むらしいよ」

ひとえがそんな魔王の晩餐《ばんさん》的な食器を楽しむわけはないだろうに、リュイはなぜかこの頭蓋骨を彼女にあげたいらしい。金額的にもとんでもないし、貴重品なのだろうが絶対にいらないプレゼントである。

あげる、いらないとテーブルの上を頭蓋骨がコロコロと行ったり来たりする。その光景はまるで呪われた儀式のようだ。

「……猫も意外と貢《みつ》ぐ習性があるのか」

ひとえとリュイの攻防はさながらエアーホッケーのようだった。そんな光景にグルウェルがポツリと呟いた。

猫がどうこういう以前に、リュイはあまり女性になにかをプレゼントするタイプではなかったのだ。その日の決着は飛んできた頭蓋骨をひとえが思わずキャッチしてしまい、悲鳴を上げている間にリュイが帰ってしまった。頭蓋骨は仕方なくひとえの家の縁側で乾燥されることになったのだった。

その後一ヶ月かけてひとえの家は国立博物館顔負けの貴重品置き場になってしまった。

初日のユニコーンの頭蓋骨に始まって、古代のプラナンカ族のミイラ五千年もの。手にした者が必ず血に塗れて死ぬいわくつきの宝石、幸運を呼ぶドラゴンの手（四本爪）など。専門家が見れば垂涎《すいぜん》もののお宝であるが、ひとえは専門家ではないので、垂涎どころかこの呪物攻撃はリュイの嫌がらせだと思っている。

「リュイ殿は女性の心理を解する神経がないと見える」

「は？　そんなわけないだろ、貴重品だぞ、特別だろ」

「ミイラを喜ぶ女性がいるとは思えないが」

「ならお前なら何やるってんだよ」

リュイとグルウェルはよく口論をしている。しかし仲が悪いというわけではないらしく、グルウェルは積極的にリュイに絡んでいくしリュイもそれ相応に言い返している。男同士の友情なのかも知れないが、ひとえには分からないので基本放置である。

こちらも女心など到底理解していないだろうトカゲ男はしばらく考えた後、こう答えた。

「……大帝国ヤンガーラットの皇帝の首」

「生首を喜ぶ女がいるのか」

「大帝国の王の座に即《つ》くもよし、周辺の国へ売りつけるもよし。ミイラよりは販売ルートが簡単だ」

結局グルウェルも同じ穴の狢《むじな》である。縁側で話を聞いているひとえは決して視線をそちらにやらずに先日もらったミイラを紫外線消毒しながら、少々げんなりしてしまった。ちなみにミイラには現在の状態が維持できる保存系の魔法がかかっているので、そんなことをしても特に変化はないのだがひとえの気持ちの問題である。

菌とか呪いとかは太陽光線に弱そうだという。しかし、このままでは自宅が呪われた王墓風インテリアだらけになってしまう。古い木造の家屋にミイラやら呪われた逸品やら……。ここは魔窟か。なんとなくミイラに愚痴《ぐち》るような気持ちで眺めているひとえとは違って、背後の男どもは楽しそうだ。

「ところであのドラゴンの手は有鱗《ウチ》の旅団長の祖父殿の手と思われるのだが」

「へー。四本爪だったの」

「人間の剣士と決闘をして切りとられたらしい。国宝としてとある国に祀られていたらしいがな」

「ああ。なんか大層に飾られていたかも」

「リュイ」

リュイはグルウェルと話している時もひとえに意識を向けている。人見知りの猫のようにこちらに背を向けているのに尻尾でチョン、と突いてきたりチラチラと見ているのだ。だからひとえが呼べばすぐに振り返る。

「もう変なもの持ってこないでよ。迷惑だから」

「……」

ひとえがきっぱりとお断り申し上げると、リュイの口が一瞬で尖った。これまでも何度も何度もお断りを伝えていたのに、謎の贈り物攻撃は止まらない。そんなんだから迷惑だ、と強い言葉を言わなければならないのだ。拗ねた顔でリュイはひとえのいる縁側へと歩いてきた。

「……なら、なにが欲しいの」

「別になにも」

「……」

「大体あんたになにかもらう理由もないし。もうやめてよね」

「……俺がひとえにやりたいの」

「はぁ？」

「おい、愛の言葉だ。もので女性の心は掴めない。リュイ殿の心からの愛の言葉でひとえの心を掴むんだ」

贈り物を拒否されて口を尖らせて拗ねるリュイの背後に、しゃがんだグルウェルのアドバイスが飛ぶ。

リュイは目に見える貴重品でひとえへの気持ちを表したが、心からの言葉を伝えることも大切なのだ。そしてそのアドバイスを受けると同時に、リュイの頭の中にはとある団員のアドバイスも蘇った。

その団員は明るく嘘のつけないあけすけな性格の若い男で、つまりはオープンスケベだった。団員は親指を立てながらリュイにアドバイスをした。

「土下座してヤらしてくれって頼み込めば結構いけますよ、必死でどれだけ相手とヤりたいか説明するんスよ」

その瞬間、リュイの脳裏に稲妻のような衝撃が迸った。本当に助言というのは相手を選ばなければならないという見本である。リュイは勢い良く縁側に両手をついて頭を下げた。バン！ ミシミシッ！ と大きな音が鳴り木製の床にヒビが入る。

「ひっ⁉」

「ひとえっ！」

驚いたひとえがのけぞって体を離そうとすると、いつになく真剣な顔をしたリュイが見つめてきていた。そのあまりの気迫にひとえは動きを止めて様子を見る。もしかして珍しく真面目に話したいのか、と。

「ヤらせてくれ」

「……は？」

「ひとえのトロトロで吸いついてくるアソコが忘れられない。温かくてちっちゃめなおっぱいに吸いつきたい。嫌がるくせに最後はしがみついてくるところがかわいくて、夜にシコる手が止まらないんだ」

「ちょ、吐く、吐くほど気持ち悪いんだけど」

「お願い。一日三回でいいから毎日ヤらせて」

リュイは縁側に額がつくほど頭を下げ、声はあくまで真剣である。その姿だけ見れば真摯な懇願姿であるが、セリフが史上最悪である。ひとえはドン引きを通り越して吐き気をもよおしているし、グルウェルはこちらに背を向ける形で丸まって床に倒れている。その小刻みに震えているところを見るに呼吸困難になるほど爆笑しているのだろう。

「お願い、先っぽだけでもいいから……」

「黙れっゲス野郎！」

美しい目を潤ませて優雅な眉を下げてリュイは何度も何度も懇願した。その顔面とセリフのギャップが凄まじい。そしてペコペコ懇願するリュイに激怒したひとえの平手と罵声が飛んだ。その日、ドラゴンの手で目潰しを食らわされたリュイは激怒したひとえに追い回され蹴り出され、言い訳も聞いてもらえずに追い返された。お土産とばかりに「あんたなんか大っ嫌い!!　クソ野郎！」と投げられた言葉にリュイはしばらく玄関先で倒れて泣いた。

【10】

あんたなんか大っ嫌い！　大っ嫌い。大っ嫌い……。嫌い……。大っ嫌い？　嫌い……？

「え？　嫌いってなんだっけ？」

「おい、リュイ、現実を受け入れろ」

本日の猫旅団のお仕事は、とある国の暴動の鎮圧のお手伝いだ。暴動といってももはや反乱軍といっていいほどの規模で、権力者側についての任務である。その仕事場で旅団長という役職にありながら、単騎で突っ込み視界に入ったものを粉砕して一直線に反乱軍のリーダーの元へ走ったのはもちろんリュイである。

バーグナはその行動を予想していたように周囲の団員に指示を出し、とりあえずリュイがリーダーを捕まえるまで適当に数を減らしていくことにした。戦闘開始時の独り言を言う血走った目のリュイを見たら、止める気にもならないというものだ。

「……きらい？　嫌い……？　え？」

「持てっ！　頭は潰すなよ！」

バーグナが広場に着くと、リーダーの首を掴んで引きずり回すリュイがいた。周囲には動く者はひとりもいない。倒れている者の中には依頼主の正規軍もちらほら混じっていて、バーグナの脳裏に今後の補償の交渉が浮かんでくる。獣人たちはリュイのただならぬ様子を感じとって近づかなかったので無事である。

（よし、全部反乱軍のせいにしよう）

バーグナはそう心に決めてリュイに声をかけた。依頼達成の証拠まで粉砕されたら困るからだ。

「旅団長、とりあえずそいつをよこせ。頭は回収しろと言われてんだ」

「ねえ、嫌いってなに？　俺のことだと思う？　違うよね」

「うぐぐ……」

「違うって言えよ」

「グギャッ！」

首を掴まれて締め上げられているのにくだらない質問をされたリーダーは、あえなくその首を握りつぶされて絶命した。リュイは口を尖らせたままその首をちぎって、頭をバーグナへ投げ渡す。一応、声は聞こえていたようだ。

「うへぇ、人相変わってんな。分かんのかこれ」

「嫌い……、嫌いなの……？」

未だブツブツ呟くその姿にバーグナは冷や汗が垂れる。こんな様子のリュイは今まで見たことがないので、ヤバくない？　と嫌な予感がしてくるというものだ。先日、リュイはひとえに振られたらしい。グルウェルから爆笑通信がきたので、バーグナもその詳細は知っている。それよりもグルウェルの爆笑が珍しすぎて気持ちが悪かったが。

（まあ、振られても仕方ねぇなぁ）

出会いが出会いだし、はっきり言ってリュイはひとえに好かれることなんかひとつもしていないのだ。可能性があるとしたら顔だけではないだろうか。バーグナは回収した頭を保存魔法がかかった容器に収納しながら、何度めかの説教を始める。

「お前な。自分がひとえに何したか思い出せ」

「アンアン鳴かせた」

「そんなことを言うから、嫌がられるんだろうが。女は気持ちを重視するってあれほど言ったのに

「……」

「……」

実は他の脳筋団員と違ってバーグナは真っ当なアドバイスをしていたのだ。年長者らしくヒトと獣人の違いを話して聞かせてどういうふうに伝えるべきかまで、懇切《こんせつ》丁寧に。気持ちを言葉で伝えろ、好きだとストレートに言えと、何度も何度も伝えたのだ。

「言った。ひとえのかわいいおっぱいのこととか。気持ちいいアソコのこととか。好きなところ」

「お前な……」

バーグナは遠巻きに眺めている部下を呼び寄せて首を渡して、残党の処理を指示した。しょせんは寄せ集めの集団だから、リーダーがいなくなれば崩壊は早いはずだ。そしてリュイの言葉にがっくりと肩を落とす。

どうしてこの男は精神的なものを軽視するのか。自分だって明らかにひとえに心を寄せているくせに褒めるのは体ばかり。いくら本音で褒めたといっても、性的な視点で体ばかり褒められては女は不安になるだろう、体目当てではないかと。そんなことはバーグナでも想像できる。

「ひとえの性格で好きなところを言うもんなんだよ。そういう時は」

「……」

「男にゃあ、分かんねえ部分があるんだ。ひとえに好かれたいんだろ」

「……気が強くて笑ったらかわいいとこ……」

顔をそむけてポツリと呟いたリュイに、バーグナは思わず驚いた目を向ける。小さな声だったがリュイが珍しくまともなセリフを言ったからだ。

「お前、それを言えよ……」

「……は、恥ずかしい……」

「いや、おっぱいだの、アソコだの言うより恥ずかしかねぇよ」

これは思ったより難しい問題のようだ。バーグナは絶望に似た気持ちになった。リュイは思春期が拗れに拗れている。これがまだ少年ならばかわいげがあるというものだが、ほぼひとりで反乱軍を壊滅できるいい歳の男なら全くかわいくない。更にはリュイはひとえに無体しか働いていない。しかもプレゼントとは名ばかりの呪物贈りつけという嫌がらせまでかましている。

（こりゃあ、振られてもしかたねぇよなぁ……）

バーグナは長いつき合いの友人であり上司のリュイの初恋を応援したい気持ちはあるものの、これだけやらかして受け入れる女なんかいるはずないということも分かっていた。少し寂しそうに尻尾を揺らすその背中を眺めながら、リュイを見るバーグナの目は面倒見のいい兄のようだった。……と、なりゆきを見守るつもりのバーグナであったが、三日後にひとえに助けを求める羽目になる。あまりにも早い心変わりである。


早朝の爽やかな景色。日本の田舎の風景に似たこの家の朝の光がひとえは大好きだった。昔ながらの縁側に畳に似た敷物が敷かれたリビングにレトロなソファー。そこでゆっくりとコーヒーを飲んでいるのに、突然、顔の半分が腫れ上がったムキムキのおっさんが現れたのだ。もしグルウェルがいたらこれまた楽しそうに笑うだろうに、不在で残念である。

「助けてくれ」

「……どうしたの、その顔」

「バカのブレーキが壊れた」

「……」

バーグナの顔は一応治療済みなようで、頬と首に匂いの強い湿布が貼られている。動きが少しだけぎこちないことから、服の下も怪我をしているのだろう。本人いわく獣人は怪我の治りが異様に早いから、骨折でもヒトの半分以下の時間で治るとか。それでも顔が腫れ上がっていたら痛々しい。更には団員の中にはもっと重傷者がおり、戦艦もあちこち故障しているとか。

犯人はもちろんリュイである。

リュイにはもともと理性という名のブレーキは存在していなかったが、部下のかわいがり（という名の虐め）も戦艦内で暴れることもそれなりに手加減はできていて任務に支障をきたすことなどはなかった。それがここ最近周りを顧みない戦闘や、度を越した部下への折檻《せっかん》が増えている。

「なんで私が」

ひとえとしては当然である。確かにリュイが気にかかるといえば気にかかる。最低最悪な奴だという認識なのだが、心の内側のどこかになんとも言えない感情を抱えているのも自覚しているのだ。

しかし、先日の明らかな体目当ての発言、あれでやはりリュイはまたひとえを閉じ込めて体を好き勝手したいだけなのだと判断した。ならば会いに行くなど危険だろう。またあの香を使われては堪《たま》らない。

「お前の写真（隠し撮り）をやると大人しくなるんだ……」

「……」

「暴れる子猫に餌をやるみたいに、お前の写真でなら数時間大人しくなる……」

「……」

「せ、戦艦の修理費で予算がなくなりそうだ……」

「……」

「新人が使いもんにならねぇと任務にも出れねぇ……くっ」

初めの方はひとえの心に訴えかける話だったが、そのうちに猫旅団の仕事の話にすり替わっている。

いや、バーグナにしてみれば死活問題なのだろうが。男泣きまで見せられたひとえは呆れも通り越してなんとも言えない気分になった。これはそう、諦めという感情なのかも知れない。

「あんたになんかしたら麻酔銃で撃つから。三十分動きを止められる」

「……はぁ」

「顔見せてやるだけでいいから」

このままだと土下座しそうなバーグナに負けてひとえは戦艦を訪れることにはしたものの、正直何をすればいいのかは全く分からない。

「私は一体なにをすればいいの？」

「戦艦だけは壊すなと言ってもらえたら助かる」

「聞くとは思えないけど」

「いいや、最早お前の言うことしか聞かん」

ひとえが家を出ると腕を吊った猫科獣人が待機していた。彼は転移魔法係なのだそうだ。その腕どうしたの、とは聞く気にもならない。

戦艦が止まっているのはあいかわらず人気のない荒野だった。下ろされた階段の下に到着したひとえはバーグナの後に続いて階段を上がり、戦艦の入り口を潜るとさっそく破壊音が聞こえてきた。どうやら食堂の方からのようだ。

すでに歪んだ鉄製の扉を破壊しながら団員が飛び出してきて、向かいの壁に激突している。これはおそらく投げ飛ばされたか蹴り飛ばされたかしたのだろう、団員は気絶しているようだ。

「ひぃっ」

「またか……」

バーグナの背中に隠れてその様子を覗くと、扉の外れた食堂から皿を持ったままの団員たちがワラワラと逃げるように出てきていた。口いっぱいにものを頬張っているところを見るに、食事中だったのだろう。

「あ、ひとえさんだ。ちょっと写真撮っとこ旅団長対策に」

「危ないよ～。旅団長キレてっから」

「副旅団長、カルマが口答えしたんスよ。アイツ空気読めないから」

この破壊行為を目の当たりにして団員たちは意外とのんきな口調である。惨状のわりには深刻さは感じられない。まさにいつものことなのだろう。小型のカメラなのか小さな機械をひとえに向けて撮影する者もいるがこの状態では気の毒で止める気にもならなかった。

「おい、麻酔銃もってこい」

「へーい」

バーグナは部下に指示を出して、ひとえは扉の外れた食堂を覗き込んでみた。食堂は荒れに荒れて、机はひっくり返る食器は散乱すると酷い状態だ。食べ物がほとんどこぼれていないのは団員たちが死守したのだろう。端の方に不機嫌オーラを丸出しにしたリュイと厨房で知らん顔しているコックがいた。

ひとえが食堂に入って行くと、コックはすぐに手を振ってくれる。そしてリュイを指差し自分の頭の上でクルクルと指を回した。

(ご乱心、っていってるのかな)

そのあからさまに馬鹿にした様子に食堂を荒らされたコックはいたくご立腹のようだ。入り口に立っているひとえと麻酔銃を構えるバーグナに気がついているはずなのに、リュイは動かないしテーブルに肘をついてそっぽを向いている。ひとえは困ってしまってリュイとバーグナを交互に見た。

「悪い。頼む」

「……言うだけ言ってみるけど」

バーグナに頼まれたものの、ひとえにはリュイを大人しくさせる自信などない。とりあえずひとえはまっすぐリュイの座るテーブルへと歩いて行った。リュイは調味料やら皿が散乱するテーブルに肘をついて、あいかわらず動かないしひとえの方も見ない。

「リュイ」

「……」

余計にそっぽを向いてしまったリュイに、ひとえはため息をついて向かいに座った。この拗ねてしまった猫のご機嫌をどうやってとればいいのか分からないのだ。しかし一度引き受けたのだし、とにかくやるだけやってみようと言葉を続けた。

「バーグナさんが困ってたよ」

「……ふん」

「なに拗ねてんのよ」

「別に。嫌いな相手に会いにこなくてもいいだろ」

「そりゃそうだけど」

「……」

自分で言ったくせにひとえが肯定すると、あからさまに言葉に詰まってリュイはそっぽを向く。もうひとえに背中を向けている状態だ。

「なんで暴れるの？」

「……」

「凶暴なのは前からだけど、仲間の骨折ったりは、いや、してたっけ？　でもそれほど酷くはなかったでしょ。知らんけど」

ひとえは戦闘のことは分からないが、戦場のリュイを何度か見た時、旅団長として指示を出して戦場をコントロールするタイプではないことは分かった。しかしリュイが暴れる時は仲間を巻き込まないように離れて戦っていたように感じる。仲間内のじゃれ合いの喧嘩もあったが、後を引くような重傷もなかったように記憶していた。

「……ひとえが逃げるから……」

「は？」

「……ひとえが、俺から逃げるから……、もうどうでもいいかな、って」

「なんで私のせい」

「……嫌いって言うし……」

「あんた自分がなにしたか分かってんの？」

まさかの責任転嫁にひとえは思わず喧嘩腰になった。旅団長としての仕事はリュイの責任だし、ひとえが逃げたことがなにか関係していても彼女に責められる謂れはひとつもない。それに逃げられる、嫌われる原因を作ったのは彼自身でそれについての謝罪もない状態なのである。以前顔面殴って言ってやったことを、このバカはちっとも分かっていないのかとひとえの頭に一瞬にして血が上った。

「……気持ちいいって言ってたくせに」

情事中のことをそれ以外の時間でからかうのは最低な行為である。更にはそれの始まりが同意のものとでないのであれば、当然相手の怒りを買う。ひとえがリュイとの行為でそんな言葉を発したのは、なにをしても対応できず気力体力使い果たし、激しい情交で理性が吹っ飛んで自暴自棄になった瞬間だ。それを証拠のように言われても、ひとえにはなにひとつとして響かなくて当然だ。

「俺の咥え込んで気持ちいいって言ってたくせに」

「最低」

最近はかわいらしい豹の姿で会うことが多かったので忘れていた。人の姿になってもグルウェルとバカみたいな言い合いをする姿はまともな青年かと思ってしまった、とひとえは油断して絆《ほだ》されていた自分に気がついた。

やっぱりゲスはゲスなんだ。ひとえは音を立てて椅子を押して立ち上がった。少しでも好意があるかも知れないと思っていた自分はなんて間抜けなのだろうと、フツフツと怒りが湧いてくる。

「やっぱりあんたなんか大嫌い」

「!?」

「もう顔見せにこないでね。無責任野郎」

説得不可能、こんなの誰の手にも負えないとひとえが入り口に向き直ってバーグナに降参というふうに両手を上げて振った。

その時、リュイの頭の中でひとえに死ぬほど嫌われたという事実が急に理解された。それはヒトよりは獣に近い彼の本能の能力なのかも知れない。恋を知って遅い思春期になってしまい、ひたすら好きな子を観察する気持ちの悪いクソガキが、自己アピールに失敗して嫌われたあげく好きなはずの相手を攻撃してしまうという最悪の進化をとげた。そして虐めすぎて嫌われる典型男子の過ちを犯し、見事嫌われたこの瞬間、リュイのもともと複雑ではない思考回路がショートした。

この場合の正解は誠心誠意謝罪して、素直に気持ちを伝えることであるがそんなことがこの人格破綻者にできるのだろうか。

倒した椅子が壊れるほどの勢いで立ち上がったリュイは、テーブルの上に片足を載せた。それは出入り口に向かうひとえを追う体勢であり、それを確認したバーグナが麻酔銃の引き金を引いてひとえはファイティングポーズをとった。リュイに力で対抗できるはずもないが、逃げ帰るなどしゃくではないか。

「やるかっ！　ゲス野郎！」

「麻酔銃を避けたっ!?」

なんとこの近距離の麻酔銃を避ける気持ちの悪い男、リュイはテーブルを踏み壊しながら跳躍しファイティングポーズをとるひとえに飛びついた。

バーグナが新たな弾を装填《そうてん》し直している間に上からひとえにしがみついて押し倒したリュイは、その体に両手足を使ってしがみついている。ひとえが頭を打たないようにかばう理性があるなら、しがみつくのはなんとかならなかったのか。

「なによっ、また力ずくのつもりっ!?　そんなんで絶対に……っ」

「……」

「いやいやっ、放してっ！」

「……ゴメンナサイ」

「!?」

物凄い執念でひとえに張りつくリュイは彼女の胸に顔を埋めて表情は見えない。食堂の床に押し倒されて怒り狂っていたひとえは、確かに聞こえた呟きに時間が停止した。

聞き間違いでなければリュイの声で発されたそれは謝罪の言葉ではなかったか。

「……この世の、終わりか……」

バーグナは麻酔銃を落として床に膝をつき、コックは夕食の仕込みのスープの寸胴《ずんどう》をひっくり返している。リュイの声が聞こえたのはこの三人らしく、その他の団員は食堂前の廊下でまだ食事をしていてうるさい。

「ひとえの嫌なことして、ごめん。……もうしないから」

「……へっ、えっ、ひっ」

「好きなんだ……」

「ひぃっ」

「ひとえが、好き……」

ひとえの胸にグイグイと顔を擦りつけながらリュイが恐ろしいことを言っている。ひとえはまるで世界の終わりの予言を聞いたような絶望的な気持ちになり、告白されたというのに青ざめている。

「う、嘘でしょ……」

「……本当だし」

「あ、あんたが好きとか……」

「……好き」

そんなバカな、これは罠かと疑うひとえは見てしまった。自分の胸から顔を上げて上目遣いでこちらを見てくる男の顔を。整えていないからボサボサの前髪から覗く目はこころなしか潤んでいて、目尻や頬は赤く染まって獣人の模様と相まってまるで化粧でもしているように美しい。そんな麗しいパーツがひとえの反応を窺うように不安げに揺れているのだ。

そんな顔が物語っている、ひとえが好きだと。

「うっ」

「ひとえ……？」

「くっ、負けた……」

「え？」

「き、きれいな顔しやがって……」

「……俺の顔好き？」

ひとえはリュイのその顔を見て敗北を悟りガクリと床に頭をつけた。改めて美しい顔の破壊力というものを身をもって感じてしまったのだ。

一方のリュイはそれまでの不安げな様子から一変してにっこりと嬉しそうに笑う。これまでの胡散臭い笑みではなく、頬を染めてそれはそれは嬉しそうに。そしてひとえの頬に口づけを落とした。

「嬉しいな。ひとえが好きになってくれるなら、この顔で良かった」

「ひぃ、分かった、あんたの気持ちは分かったから放して」

「いやだ」

ひとえはとりあえずリュイと距離をとりたくて、彼の頭を掴んで押すがびくともしない。更に力の限り床を転がりながらジタバタするも、しがみついたリュイは離れる気はないらしくその腕は緩まなかった。

「いや、ちょっと、しつこいしつこい、離れろっ！」

「いやだひとえが好きだ。離れないし放さないし一緒に住みたいし、なんであんなトカゲがひとえと住んでて俺は住めないの」

一度口に出してしまったら箍が外れたらしく、リュイはひとえへの気持ちが溢れているらしかった。そして顔だけでも好かれていると気がつくと、さっそく調子に乗りまくっている。リュイの髪まで掴んで抵抗するひとえだったが全く離れず、乙女顔をして眺めていたバーグナが正気に戻るまでひとえは誰にも助けてもらえなかった。

昨日はバーグナが頬を染めて麻酔銃を撃つまで解放されず酷い目に遭ってしまった。麻酔で昏倒したリュイを引き剥がしてひとえは逃げるように戦艦を後にした……、のに。

翌日の朝も早くからリュイがひとえの家にやってきて早々にグルウェルに絡んでいる。それにしてもリュイは寝起きが悪かったはずだが、起きられるようになったのか。

「思春期の次は反抗期か。リュイ殿はお忙しいな」

「なんなの。お前はなんでひとえと一緒に住んでるわけ？　ふざけんなよ」

「僕は現在、ひとえを親密な友人と認識している。とある強姦癖のある偏執狂から彼女を隠したのがきっかけでな」

「はあ？　誰だよその変態。殺してくるから教えろよ」

「もう少し自身を顧みられたらどうか」

ひとえはそんなやかましいふたりを放置して、コーヒーを飲みながらリュイの手土産の新聞を読んでいた。リュイのプレゼントでひとえが唯一喜んだのはこの新聞である。グルウェルとリュイは一見口論しているが、おそらくグルウェルは好き好《この》んで絡んでいるので大丈夫そうだとひとえは思っていた。彼は嫌いな相手にはその存在を視界に入れることなく無視しそうな性格をしている。

「ひとえ、こいつムカつくんだけど。なんで一緒に住んでるわけ？　まさか一緒に寝てないだろうな」

「グルウェルは私を監禁魔から逃してくれて、住む場所を紹介してくれたの。今はルームシェアしてるだけで寝室は別に決まってんでしょ」

「監禁魔って誰」

「あんたしかいないでしょ」

ひとえのことが好きだと認めた時に、頭のネジを数本落としてきたリュイは、ニャアニャアとやかましかった。

不吉なアイテムを貢いだり強引に押し倒したりはしなくなったが、ひとえの行動への口出しが酷くなった。それはリュイの興味がひとえの体からそれ以外へも広がったせいかも知れない。

「僕はひとえに無体を働いたりしない。性行為などという非効率的で野蛮な行為は必要ない」

「このトカゲは何言ってんの」

「リュイ殿がそういう意味でひとえの心配をされているなら必要ないと言っている」

「それが信用ならないんだよね。やりたくない男とかこの世に存在するの？」

ひとえはその会話を聞きながら頭が痛くなるような気持ちだった。グルウェルはグルウェルでおかしなことを言っているが、リュイもどうかと思う。本当に極端なふたりである。グルウェルの性的な活動に対して懐疑的なリュイを手招きして呼び寄せたグルウェルは、ひとえに背を向けて自身のズボンをくつろげ中を見せた。

「進化系だ」

「うわ、なんだコレ。マジかお前」

「ひとえは安全だと納得したか」

「お前なにが楽しくて生きてんの？」

グルウェルの自称進化系の股間を確認したリュイは真顔でドン引きしている。ひとえも見せられたことはあるが、リュイ的にはよりショッキングなブツだったようで反応が大きい。しかし当のグルウェルは自慢の逸品だったらしく、自慢げな顔をして堂々としていた。

そんなバカな会話をしていて忘れていたが、本日はリュイが髪を切ってくれとひとえに依頼していた。腰近くまであったリュイの美しい金髪は肩につくかつかないか辺りでちぎられたように短くなっている。これは足を失った戦闘の時に切れたのだがそのまま放置されていたものだ。

リュイは自分の髪型には全く頓着していなかったが、そのざんばらな髪型があまりに見苦しいとひとえが言うと「切って」となったのだ。

「言っとくけど先端をきれいにするくらいしかできないからね」

何度もプロに切ってもらえと言ったにもかかわらず、ひとえに切ってほしいと譲らないリュイにひとえはまた念を押しておく。切ってしまってから文句を言われては堪《たま》らないからだ。

「分かってるよ。なんでもいいから、ひとえの好きなようにして」

「じゃあ坊主」

「ひとえが好きならいいけど」

あっさりと了承するリュイにひとえは目を閉じて想像してみる。悪名高い猫旅団の旅団長にして華と呼ばれる男、敵からは悪夢とも。その長く美しい金髪が絵画のように様になっていたが、坊主。リュイは頭の形もきれいだし似合わないということはない。しかし中性的の顔のせいでそんな頭にしてしまっては、若く見えすぎて少年のようになるのではないか。これがバーグナならば、坊主にしたことで迫力が増すのだろうが。と、いうわけで長さを残してざんばらな毛先を整える方向でいくことに決めた。

縁側に座ったリュイの肩にタオルをかけ、グルウェルに借りた刃の薄いハサミで髪を切り始める。リュイは借りてきた猫のように大人しい。

ひとえはハサミを縦にして慎重にリュイの髪を整えていく。ショキショキと軽い音がして、リュイの明るい金髪が少量風に飛ばされて宙を舞った。ひとえの重たい黒髪と違って、キラキラと光るそれは空気中の水滴が反射したようで美しい。

「きれいな色」

量が多く重ためな髪質のひとえにはリュイの髪はとても美しく見える。細いのにハリがあって絡みにくくしかも丈夫ときている。リュイの容貌のことならば、さすがのひとえも素直に褒め言葉がこぼれ出るほどには美しい。

「……ひとえの黒も悪くないよ」

「……。……そ」

ひとえは驚いて言葉が出なくてそっけないような返事しかできなかった。キザな言葉で褒めたわけでもない、それでもこの男がひとえの女性器以外を褒めるとは。信じられないような気持ちでリュイの髪を持ち上げた手元を見れば、リュイの尖った耳がほんのり赤いような気がする。ひとえはなぜか見てはいけないものを見てしまった気持ちになった。笑いながら女の服を引きちぎる男が、あんな口説き文句とも言えない言葉で照れるなどありえない。

なんとなくペースを狂わされたひとえは、若干ギクシャクしながらサンダルを履いて庭に下りてリュイの前に回った。

「前もちょっと切るよ」

「ん」

後ろは少し首にかかるくらい、横は長めで耳にかけられる程度の長さに整えたひとえはバランスを取るために前に回った。横の長さに合わせて前髪を整えて、顔に落ちた毛を手で払う。長いまつ毛に触れた時にふいにリュイが目を開いた。ぱっちりとしたきれいなアーモンド形の目にはめ込まれたヘーゼルの瞳は、グリーンとブラウンそれにちらちらとイエローが揺らめく色彩だ。そしてそれを縁取る髪と同色の長いまつ毛。色んな色がリュイの目を構成していて美しい。ひとえは髪や目が暗い色なので余計にそう思うのかも知れない。

「ひとえの黒と茶色の目、きれいだね」

「……」

この世界でもダークブラウンの瞳は特に珍しくないし、とりたてて美しいと言われる色でもないと思う。ひとえ的には普通だ、普通。それを美術品のように美しい男に言われたら、それはそっちだろ、となる。

「あんたの目の方が宝石みたいだよ。私の目なんか珍しい色じゃないし」

「そう？　欲しい？」

「え？」

「ひとえが欲しいならあげるよ。俺の目」

目って眼球のことだろうか。リュイの意味不明な発言にひとえは怪訝な顔になる。どこの女がきれいだからといって他人の眼球を欲しがるのか。そしてもらってどうするのか。そんなことを言われてもひとえは本当に困ってしまった。

「いや、どんなホラーよ。それ」

眼窩《がんか》からとり出した眼球をはいどうぞ。そんな光景を想像してみるが、ホラーかギャグかどちらにしても笑えない。しかしリュイはなにかを期待する目でひとえの顔を見ている。冗談ではないようだ。

「ひとえが欲しいなら、どこでもあげるよ」

「……」

「ねえ、どこが欲しい？　目？　耳？　それとも心臓？」

「プレゼントがいちいちグロい」

くれと言ったら心臓をくれるのか。ひとえはリュイの異常行動の理由が分かった気がして呆れ返った。この戦闘バカはそんなグロい世界しか知らないのだ。今まで奪うことしかしてこず、過去を振り返ったり反省したり後悔したこともないのだろう。初めての恋とやらで奪う以外の方法で心を乞う方法が分からないのだ。

（リュイはまともに女の心を手に入れる方法が分からないんだ）

なんて単純で幼稚な男なのかとひとえは思わず笑ってしまった。呆れを通り越して、なぜか目の前の男が少しかわいく見えてしまった。そのひとえの笑顔にリュイの目が高速で泳ぎ、そしてぐんぐん顔が赤くなりとても小さな声で呟いた。

「……笑ったら……、かわいいね」

「……!?」

「……好き……。ひとえ」

長いまつ毛を伏せてひとえの目を見ることすらできなくなってしまったリュイは、小さな声でポツリと呟いた。これが彼が知る唯一のまともな告白の仕方なのだ。

「もう……、分かったよ……」

目元に手を当てたひとえが諦めたような声色で肯定とも否定ともとれる返事をしたら、リュイはビクビクしながら視線を向けてくる。どうしてこんなに弱気になってしまったのか、そんな姿を見てひとえはまた笑ってしまった。

この姿がまさに「猫を被《かぶ》っている」状態だったらどうしよう、と思わなくもないがひとえはもう騙されてもいいかという気持ちになってしまった。

不安そうにしているリュイの頬を手の甲で撫でて、散った髪を払うとひとえはゆっくりと顔を近づけていった。

唇が触れる瞬間にリュイがかすかに震えた気がしたが、逃げることはなくふたりの唇が重なった。触れただけの唇はそれ以上深くなることはなく、チュとかわいらしい音だけ立ててすぐに離れた。目を見開いて停止しているリュイは驚いた猫のようだ。

ひとえは珍しくにっこりと優しい微笑みを向けると、ついに心の奥の隠していた部分を言葉にした。

「私もリュイが好きよ」

これを言ってしまったが最後、途端に押し倒されるかもとひとえは思っていたが意外にもリュイは飛びかかってはこなかった。

縁側に腰かけた姿勢のままなんともいえないような、困惑したような顔をした後ソロソロとひとえに顔を近づけてきた。目を開いたままじっとひとえを見て一瞬だけ唇が触れると、パッと離れてひとえの様子を窺っている。その疑り深い猫ちゃんみたいな挙動にまたひとえは笑ってしまった。そして何度も唇を重ねているところにグルウェルが通りがかり、ひとえのみ気まずい思いをすることになる。

「おめでとう、かな？」

ギザギザの歯を見せてニヤニヤと笑うグルウェルに冷やかされたひとえは、顔を真っ赤にして大慌てでリュイを追い出しにかかった。

「わー！　わー！　はいっ、散髪終わりっ！　帰れ帰れ帰れ帰れ帰れっ!!」

「ほへ？」

「リュイ殿は魂が抜けておられるのでは？」

頬を染めて呆《ほう》けるリュイに突っ張りをかましたひとえは玄関から押し出して扉を閉めた。意外なことにリュイは抵抗せずに文句さえ言わずひとえに押し出されていた。

「友の幸せを祝わせてもらおうかな」

「あ、ありがたいけど、面白がってるでしょっ！」

「まあ、愉快ではあるな」

「!?」

「さあさあ、酒でも飲もう。ひとえに恋人ができた記念だな」

白々しく感じるセリフと共にひとえの肩に手を回して組んできたグルウェルは、台所の棚からチェリーブランデーを出してきて嬉々として開けている。いい香りのする酒だが度数が高くて、後で恐ろしいことになるので、ひとえはお茶に入れて飲むことにする。

グルウェルは原液で舐めるように飲んで大変楽しそうである。

「それにしてもひとえを射止めるとは、リュイ殿もやるものだな」

「……。あそこまでかわいこぶられたらねぇ……」

「そうか、ひとえはかわいくおねだりされたら弱いのだな」

「……」

自分は面食いではないといい聞かせていたというのに、あのリュイの顔面で照れながらしおらしくされるとどうにも抗いきれなかった。確かにひとえは年下にかわいくお願いされると安請け合いをする傾向にある。

「君は猫旅団の戦艦でも生活していたし、リュイ殿の仕事も僕の仕事も見たことがあるな」

「うん」

「そんな君が、そう決めたのならば相応の覚悟を決めたのだろう」

「まあね」

グルウェルは友人としてひとえを心配も信頼もしてくれているらしい。そしてひとえが相応の覚悟を決めてリュイに気持ちを伝えたことも理解してくれている。

「だってあんな国をあげて恨まれていそうな男を好きだと認めたんだもん、覚悟がないと言えないよ」

「ククク、そうだな」

「それに、もうアレを置いて帰れないなぁ、と思って」

「……そうか」

この世界に来てもう短くない時間を過ごしてしまった。その間に酷い目に遭ったり変な友人ができたり、恋をしたり色々してしまった。この世界に来た理由や帰り方などは全く分からなかったが、もし今日本に帰れたとしても全てを忘れて生活できるか想像ができなくなったのだ。日本にいる家族や雇い主に会いたいのは違いないが、ひとえはもう帰り方を探すことはないのかも知れない。

「なに、もしリュイ殿と上手くいかなくても僕がいるだろう？　友人は恋人と違って別れることなどないのだから」

「ははっ、ほんと。そうだね、アハハ」

応援しているのかしていないのか分からないグルウェルの言葉に、ひとえは思わず声を出して笑ってしまった。なんだかこの世界の後ろ盾があるみたいで嬉しくなってしまったのだ。

リュイは本日夢見心地である。ひとえの家に行って髪を整えてもらって帰ってきたと思ったら、フラフラ千鳥足で戦艦に乗り込んで自室の窓際に座って景色なんか眺めている。

戦艦が止まるのは大体何もない広い土地なのだから、眺めるものなどなにもないというのにリュイはため息なんかついていた。先日までの暴れ様からしたら信じられないその姿を、バーグナは怖いもの見たさで見物していた。今は戦艦の修理中で暇なのだ。

「ど、どうした旅団長」

「……」

「ひとえとなんかあったのか？」

リュイがふぬける理由などひとえ以外にはないので、また魂が抜けるほど手酷く振られたのかと面倒見のいいバーグナは心配してしまった。

「……ひとえと」

「……おう」

「……ちゅーしちゃった……」

「おぅ？」

この色ボケバカはなにを言っているのかとバーグナは首を傾げる。自業自得の行いでひとえに拒絶されたのかと思えば、リュイは両手で顔を覆ってなにやら照れているようである。

見た目は中性的で美しい男であるが、普段の素行を知る者からしたら気持ちが悪いだけである。大体、なにがちゅーだ。ちゅーしたからなんだ。強姦、監禁、中出しの上つきまとい犯がなにを言っているのか。バーグナの顔からは一瞬にして表情、やる気ともに抜け落ちた。

「ひとえになにかあげたい気分」

「……人体はやめろよ」

どうやらリュイは恋愛脳になってしまったようだ。その気の抜けた顔を見るだけでも分かる。休暇中だからいくらでも呆けててもいいいが、これがちゃんと治るのかバーグナは心配だった。

（まあ、修理中にまた戦艦壊されるよりいいか……）

ひとえはきっちりと依頼を守ってくれて、更にはリュイの勝手な行動も防いでくれたようだ。その仕事ぶりにバーグナは改めて心の中で感謝し、報酬を上乗せして送金しようと心に決めた。

（それにしてもこんなに変わるものか）

恋慕や情愛で身をもち崩した者や命を落とした者をバーグナは今まで大勢見てきた。獣人にもヒトと同じく恋や愛は存在するので、痴情のもつれというのはどこにでも存在する。任務中はむさ苦しい傭兵軍も例外ではない。それでもバーグナはリュイがそうなるとは思っていなかったのだ。リュイは変異種で身体能力だけでなく精神構造も独特なのだ。愛する心などはそもそも存在しないと思っていた。

それでも長くつき合いのある弟のような友人が、世界中にありふれた幸福に浸っている姿はバーグナにとってても喜ばしいものだった。バーグナはひとりでデレデレしているリュイを気持ちが悪いとは思いつつも、微笑みを浮かべて見た。

「まあ、良かったな。リュイ」

なので部下として友人として兄貴分として、そう言って祝福しておくことにしたのだった。そしてその祝福の半分を送るべき相手を思い出す。

初めて会った時は毛を逆立てた猫のようだった女、ひとえである。自分の同胞が彼女にした仕打ちはとんでもなく、リュイともども恨まれていると思っていたのに彼女はいつの間にかバーグナを信頼してくれていた。ヒトの女という腕力では最弱といえる存在なのにその心は、恐ろしく頑丈で気高かった。

今だって彼女はバーグナがリュイのことで助けを求めれば呆れながら助けてくれるのだ。そんなひとえにバーグナは敬愛に似た気持ちを抱いていた。あの折れそうで折れない女を支えてやりたい、そう思いはしたものの彼にとって一番はやはりリュイだったのだ。リュイがひとえを守るならばそれが一番いい。

「ふ、アレから奪う度胸はさすがにねえからなぁ」

この気持ちを例えるなら、兄が妹を送り出すようなもので、バーグナはひとりでつまらない冗談を言っただけだった。それなのにいつの間にか背後の色ボケが正気に戻っている。

「へえ。バーグナ。俺のひとえ狙ってたんだ」

とにもかくにも、センチメンタルな気分の時にはもう少し背後に注意して独り言を言うべきである。バーグナの血液は一瞬にして足元に下がり、ブワッと冷や汗が吹き出してくるのを感じた。振り返らずとも背後のリュイが満面の笑みであるのが分かる。

掴まれた肩はミシミシと悲鳴を上げてもう一息で砕けそうだ。その日、戦艦はまた新しい場所が壊れていた。そして副旅団長も……。もう少し猫旅団の休暇は続きそうだ。

【11】

この度、ひとえはフドゥ共和国から以前隠れ住んでいたスラル王国へ引っ越すことにした。理由は簡単で単に便利だからだ。田舎暮らしも楽しかったがリュイから隠れるという目的もなくなったし、本格的に仕事を探さねばならなくなった。リュイと恋人になったからにはひとえはこの世界で根を下ろして暮らしていくつもりだ。稀人として国籍を申請してまっとうな仕事を探すには、様々な国との交易も盛んである都会の方が都合が良かったのである。世話になった隣のおばあちゃんとは別れがたかったがお礼の品と餞別《せんべつ》の物々交換をして別れを惜しんだ。

新しい住まいはスラル王国の王都の集合住宅の一室だ。白いレンガ造りの比較的新しい建物で、女のひとり暮らしも多くいるとのこと。この機会にグルウェルと同居は解消して友人として適切な距離で暮らすことに決めた。リュイがニャアニャアうるさいのもあるが、恋人がいるのに他の男性と同居をしていけないだろう。たとえ性行為ができないとしても。

新しい部屋はクリーム色の壁に濃い茶色の扉や床がかわいらしい部屋だった。リビングダイニングにキッチン、寝室がひとつとトイレに浴室とひとり暮らしには十分すぎる設備である。大体の家具が付いているのも楽でいい。引っ越し代や当面の生活費は猫旅団の戦艦で稼いだお金でなんとかする予定だ。

「ひとえの本が僕の方に紛れていた」

転移魔法で運んでもらった荷物を新たな置き場所にしまっていると、玄関からグルウェルが声をかけてきた。そういえばドアを開けっ放しで作業していたことに気がつく。田舎暮らしの癖が抜けていないようだ。

グルウェルは同居人改め隣人になった。ひとえが引っ越すとついてきたのだ。それはもうナチュラルに。彼いわく「気の合う友人の近くにいきたい」という理由らしく、ひとえとしても住居が別になれば特に断る理由もない。リュイはこの事実を知ると「つきまといかよ」とか自分のことを棚に上げまくった発言をしていたが、それほどしつこく反対もしなかった。おそらくグルウェルの股間を確認してから態度が軟化したので分かりやすい男である。

「性交渉など好意を示す手段のひとつでしかないというのに」

「またそんなことを言う。やめてよリュイが聞いたらうるさいでしょ」

わざわざこんなことを言ってリュイを刺激したがるグルウェルは、やはりリュイで遊んでいるとしか思えなかった。もしかしてグルウェルはひとえではなくリュイから離れたくないのでは？　とか勘ぐってしまう。そんな軽口を交わしながら、その日はそれぞれの自室を片づけていった。

あらかた片づけが終わったら時刻はもう夕方だ。お湯を沸かすやかんは確保できたが、食事はでき合いのもので済ます予定だ。日本より移動は楽とはいえ、やはり引っ越しは疲れる。まだまだなじまない部屋のソファーに座ってひと息ついていると、ふいにリュイのことが思い浮かんだ。今日引っ越すことは伝えてあるがリュイも仕事がある。そんなにすぐには来ないのかも知れない。

（来ないかな、やっぱ仕事終わりで来ないよね）

なんとなく寂しい気持ちになっていたら玄関から物音がした。ドアスコープから覗いて確認すると、見覚えのある金髪がドアの前でモジモジしていた。なぜ呼び鈴を鳴らさないのだろう。ひとえはその挙動がかわいい不審者を少しの間眺めてから鍵を外してドアを開いた。

「いらっしゃい」

「……うん」

未だまた思春期真っ最中なのか、リュイは頬を染めてやけにモジモジしている。傍若無人で無神経な方がいいわけではないが、これはこれで面倒だなぁとひとえは少し思っていた。

「呼び鈴鳴らせばいいのに」

「や、れ、連絡してなかったし……」

「連絡すればいいのに。旅団には通信魔法使える人とかいるんじゃないの？」

「……」

連絡することすら恥ずかしいなんてひとえの世界の中学生かと思ったが（いや、中学生の方が行動力あるか）と思い直す。とにかく会いにこられるたびに部屋の前でモジモジウダウダされては、他の住人の迷惑になってしまう。ひとえは玄関のキーケースに入れてあった合鍵を取り出してリュイに差し出した。

「あげる」

「！」

ひとえの差し出した鍵を見たリュイの目がまんまるに見開かれて尻尾がピンと立つ。そしてひとえの顔と鍵を何度も往復して見比べていた。

「いる時も留守の時もこれで開けて入っていいよ。あんたにはもう恥ずかしいところは全部見られてるから」

「！」

「あんたのキモいところもたっぷり見たし」

「!?」

戦艦に同乗している時もほぼ同室だったのだ。今さら恥じらうこともない。リュイの方はキモいと言われて若干ショックだったようだが、それよりも合鍵をもらえた喜びが勝ったようだ。

頬を染めて目を潤ませていた。そうしているとまるでかわいらしい女の子のようだった。そしてそのうっとりとした少女のような表情の男は、スリスリとひとえの顔と肩や頬に自身の頭をぶつけるように擦りつけてくる。喜びのあまりマーキングをしたくなったのかも知れない。ひとえは笑いながらそんなリュイの背中を撫でていたが、擦りつけるのが頭から唇に変わり首や耳、頬にリュイの口づけが落とされた。

「ん、ん、ひとえ……。好き」

「んふ、くすぐった、ふふ、私も」

「あぁ、かわいい」

初めはかわいらしくチュ、と触れるだけのキスがだんだんとねっとりと熱を帯びてきて、そのうちに軽く痕がつくほどに吸いつかれる。くすぐったさにひとえが身を捩ると、ごく優しい力でリュイがひとえを抱きしめてきた。

「ねえ、キスしていい？」

「なんで最近そんなにお行儀がいいの？」

「だって……、嫌がられたら嫌だから」

「前は興奮してたくせに」

「……今は嫌」

ひとえの頬と耳に口をつけながらリュイはお行儀よくひとえに許可を求めることができるようになったらしい。出会った当初はひとえが、嫌がれば嫌がるほどに喜んでいた人でなしが、なんと待てができるようになっていた。

ひとえは許可の代わりに自分から唇を重ね、嫌がってなどいないことをリュイに教えてあげた。そうするとリュイは一度戸惑った様子を見せつつも、ひとえの腰を引き寄せて口づけを深めていく。

口を合わせたまま軽々と抱き上げられたひとえは、ちらりとリュイのなくした足に視線をやった。今は金属製の義足を装着しているらしいが、服と靴で分からない。しかし以前と変わらない動きにほっと安心していた。

「んん、はぁ……」

「かわいい」

酔っぱらったような口調で囁いたリュイはひとえを抱いたまま寝室へと移動する。そうして買ったばかりのベッドの上に壊れ物を置くようにそっと寝かせられた。以前ならば放り投げられたのに、今はひとえがガラス製になったかのような扱いだ。その変化が新鮮でひとえはリュイをじっと見つめる。

そんなひとえの視線に少し照れたように視線をさまよわせながらも、リュイは薄く微笑んで頬を撫でる。その照れて困ったような顔がこれまた目が潰れそうなほど美しい。

ひとえもなんだか恥ずかしくなって口に力がまた入ってしまう。

「そんなかわいい顔して」

「……それはあんたでしょ」

「ひとえの方がかわいい」

「いや、リュイの方が」

謎の応酬にふたりして思わず笑うと、リュイが優しくひとえの体を撫でた。じっくりじっくり体のラインを確かめるように這うだけなのに、ひとえは腰が跳ねるほど感じてしまう。

心の伴った行為というのはこれほど感じ方が違うのかとひとえは今まさに実感していた。そんなひとえの変化をリュイも感じているはずなのに、反応がいいからと獣のように襲いかかってきたりはしない。そんな風に優しくされれば同じ心を返したいと思うものだ。

「ああ……」

「きもちいい？」

「ん……」

「はぁ、ひとえのおっぱい好き。いい匂い」

気持ちは新鮮とはいえ、感じるところはお互い知り尽くしている。

むき出しなったひとえの胸元に顔を埋めたリュイは大きく息を吸い込み、ねっとりと舌を這わせている。その腹の底から漏れ出た言葉にひとえは笑うしかない。本当にうっとりとひとえの胸に吸いついているのだ。

「はあ、はあ、気持ちよくしてあげるね……」

なんとひとえの服をひとつも破ることなく脱がせたリュイはすでに息も上がっているというのに、ひとえを高めることに注力している。それはまさに彼の執着を表すかのように、全身を温かい手で撫で回して、皮膚の薄い敏感なところに口づけて吸って舐める。太ももに舌を這わせてようやくひとえの足を開いたと思えば、しっとりと湿ってヒクヒク蠢いている割れ目にはなかなか触れてくれない。

リュイはとてつもなく丁寧に愛撫をしているのだろうけれど、すでに気持ちが盛り上がっているひとえには焦らしているように感じてしまった。

「あ、あっ、あぁ……、リュイ、リュイ……。お願い、触って……」

「うん」

ひとえが辛抱たまらず懇願すれば、リュイはあっさりと濡れそぼったそこに指を滑らせてくる。すでに溢れている愛液を指にまとわせて、ヌルヌルと大きく往復させるとひとえの腰が喜びで跳ね上がった。ふう、と息をかけて肉を開いてリュイのザラザラした舌が潤いを舐めとっていく。ぷっくりと充血した陰核をからかうように舌で突かれて驚いたところに吸いつかれた。

「あっ！」

ジュウジュウと一気に吸い上げられてひとえが膝を立てるようにして腰を浮かせた。あっという間に天辺へ押し上げられそうな刺激に腰を揺らしていると、リュイの長い指がひとえの中へと入ってきた。

「あぁ、リュイ、リュイ……ッ！　も、イっちゃう……」

ひとえが腰を天井に突き出すように揺するのに合わせて、リュイは陰核に吸いつきリズミカルに中を擦る。それが腹の裏側の凝ったところを擦られると、ひとえの中で溜まった快感が弾けた。

「ああっ……！　あ、あっ」

「ふふ、イっちゃった？　ああ、かわいいなぁ」

「はあ……」

「ああ、かわいい、かわいい……もっと気持ちよくしてあげるね」

リュイは以前から前戯はよくする方だったが、言動から見るに挿入が大好きだった。いや、男性は皆そうだろうけれども。とにかくすぐに挿入したがったのだ。それがどうだろう、ひとえがみっともなく腰を振って達する姿にリュイの方が表情でイっちゃってる。

頬を染めてとろけた瞳に涎でも垂らしそうな口元。そしてむき出しの鍛え上げられた美しい筋肉の下、まだ着用しているズボンの足の間はしっかりと張りつめているからリュイだって焦れて苦しいはずだ。それなのにひとえの中に入れた指を抜くことはなく、ゆるゆるといいところを擦ってくる。そうして今度はさっきより強く陰核を舌で擦られた。

「ひっ、はぁっ……！　あっ、強いっ……！」

「わぁ、中がヒクヒクしてる。イきそうなの？　ふふ」

「待って、それ、やばいぃ……っ」

「あぁ、見てるだけで俺、出そう……」

グッチャグッチャ派手な音をたてて指で中をかき回すリュイは、ひとえを焦らす気はないようであっという間に絶頂へと押し上げられる。そして舌なめずりをして見ているのだ。

二度目の絶頂にひとえが脱力しているというのにリュイはまた中を弄りながら、陰核に吸いついてくる。絶え間のない快感は与えられすぎると苦痛になるものだ。ひとえは擦り切れた理性をかなぐり捨ててリュイに懇願する。

「リュイ、リュイ……。もう、いい……っ。いいから……っ！」

「かわいい……。もっと気持ちよくしてあげるよ」

「し、しつこ……っ、もう、入れてぇ……っ」

これ以上指でかき回されたらおかしくなりそうだと、ひとえは、頑張って甘えた声を出して懇願した。一部抑えきれない文句が出てしまったが、効果は十分だったようでリュイがピクリと震えて動きを止めた。

「やば、ひとえがエロすぎて出そうになった」

「……バカ」

「はぁ、でも俺入れたら気持ち良すぎてわけわかんなくなりそう……」

「はやく……」

「うん……」

やっとズボンを脱いだリュイは不安そうにそんなことを言っているが、飛び出してきた陽物はいうまでもなく臨戦態勢で先端が濡れるほど昂っていた。ひとえはそれを腹の奥がうずく気持ちと、早くとどめを刺して欲しいという気持ちで眺めていた。すでに溶けたようにぬかるんだひとえの膣口にリュイのパンパンに膨れた先端があてがわれる。それだけでふたりして悩ましげなため息をついて繋がるのを待ちわびていた。

「あ、あぁ……、ひとえ」

「ああ……っ!」

ドロドロのところを貫かれているのはひとえなのに、リュイの方も声を抑えきれていない。ひとえの頭を抱えて耳に当てられたリュイの唇からは、荒くて熱い吐息とこらえきれない興奮の声が漏れていた。ゆっくりゆっくりとひとえの中心を広げて入ってきたそれが、ようやく奥に到達した時リュイが動きを止めた。

「なんでだろ。……前もあり得ないくらい気持ち良かったけど、はぁ……、今の方が、はぁ、凄く……、いい……」

「っ……！」

終わりが見えなくて苦痛すら感じた愛撫から解放されて、今度は全身を貫く快感を与えられたひとえはリュイの背中にしがみついている。

やっていることは同じなのに、蕩けるような一体感はなんなのだろうか。これが気持ちが伴った行為だから、体だけでなく心も繋がったのだろうかと思うほどだ。リュイは腰を引いてズルズルと陽物を抜ける寸前まで引き抜いてまた止まる。小刻みに震えているのがひとえにも伝わってきた。息が荒くて、小さく唸るような音が混ざっている。

「……ひとえ、好きっ。……っだめだ、……無茶したら噛んで……っ止めて……っ！」

「え……」

心が伴った行為にひとえが感動していると、リュイの苦しそうな声が聞こえてきた。余裕もなく掠れた声は震えていて吐息まじりで尋常ではなかったので、心配になったひとえがリュイの顔を見ようと視線を向けた時、視界がぶれた。物凄い勢いで下から押されて揺れる視界に、聞こえるベッドの悲鳴。そして揺さぶられたひとえの口からは情けない声しか出ない。

「ひぁ、ちょ、あぁっ、待っ」

「はっ、はぁっ、はぁっ、ひとえひとえひとえひとえ……っ！」

ひとえの上に被さって頭を抱えるようにリュイは、もはや必死といった様子でひとえの中をかき回している。ひとえが声を上げようにも、止まらないもんだから喘ぎ声しか出ない。残った理性までぶっ壊されそうな激しい動きに、すでに膣が痙攣しだしたひとえはリュイを止めようと肩の前で口を開けた。噛んで正気に戻そうと思ったのだ。その時、リュイが泣きそうな声で呟いた。

「……好き……っ！」

そんな必死に愛を囁かれては、止めることなどできるわけがない。怒涛の攻めは恐ろしいが、そのリュイの様子はとても愛おしかった。

(仕方ないか……)

あんぐり開けた口を閉じて、リュイの肩に口づけを落として首まですべらせる。そうすれば頬を押さえられて唇を塞がれた。ひとえの全てを食べてしまいそうな口づけと下から押しつけられる快感に、ひとえが理性を保てたのもここまでだった。あとはリュイが正気に戻るまで振り回されることになる。

「……ごめん、やっぱひとえの中入ったら気持ち良すぎてわけ分かんなくなっちゃった」

ひとえが我に返ると怒られた猫のような顔をしてリュイが覗き込んでいた。部屋はすでに薄暗くて、窓から月明かりが差し込んでいる。ひとえは喉がカラカラで体は怠《だる》くてぎしぎしとしている。それでも心は満たされていて不思議と不快ではない。

未だふたりとも全裸でベッドにいた。リュイは情事が終わった後に義足を外したのだろう右足が短く、先端はつるりと丸くなっていた。疲労で少々ぼんやりしていたひとえは、つい不躾な視線を送ってしまいそれに気がついたリュイは右足にサッと布団をかけた。その顔は少し焦っていてバツが悪そうだ。その表情が気になったひとえは、布団の中に手を入れてリュイの右足の先を優しく撫でた。

「……痛くない？」

リュイが足を失ってからまだそれほど日は経っていない。それでも足の切断面は丸く処置されていて、何年も経った古傷のようだ。

「治療した時に、魔法やら薬やらバーグナがかき集めてくれたからね。義足の方にもスムーズに使えるように魔法がかかってるよ」

「あ、やっぱり魔法なんだ」

義足になってからそれほど経っていないのに動きに違和感がなかったので、何らかの魔法が使われているのかと予想はしていた。それでもその技術を目の当たりにしたら驚いてしまった。

やはり疲労でぼんやりしていたひとえは魔法の凄さを考えながら、リュイの足の丸いところをツルツルと撫でてしまった。

「ひとえ……」

「あ、ごめん。ツルツルだから」

「足なくして格好悪いよね？」

「へ？」

ひとえが傷跡を触るのが不快だったのかと思ったが、リュイの浮かない顔はどうやら違う理由のようだ。リュイにとって戦闘能力は存在意義そのものだから、それが揺らぐような負傷は不名誉だと感じるのだろう。特に特別な女性の前では。

「別に。リュイの格好悪いところって主に内面だし」

「……」

リュイは何とも言えない顔をしている。ひとえに関してはどんな反応もストレートに発信する彼にしては珍しい表情だ。足をなくしたことが格好悪くなくてよかったが、内面が格好悪いと言われてしまった。

「でも、次にどこかなくしたら……、泣く、かも」

その言葉にリュイは泣くひとえを想像した。

少し前ならひとえが自分のことで泣くなんて、堪らなく興奮することだったのに。今それを想像してみたら、リュイは少し胸がツンと切なくなった。今は笑顔が見たい気分だったリュイはひとえの心に寄り添った答えを探してみた。

「分かった。もうなくさない、絶対に」

リュイがそう言うとひとえはにっこりと笑ったので、その顔を見てリュイは自分の答えは正解だったと内心で安心していた。

スラル王国に引っ越してきて数ヶ月後、ひとえは掌の真ん中に載った平たいツルっとした石を睨みつけていた。それは温かみのある白で角がなく、中心が内側からじんわりと光っている。

これは実は簡易妊娠検査石だ。魔法道具や、魔法のかかった薬やらを売っている店で購入した代物で、この世界では一般的なものだった。精度はほぼ百パーセントらしく、日本の薬局で購入できる妊娠検査薬と同じように使用されているようだった。ひとえは服を捲《めく》りあげて臍の下にペタッと当てる。そうして待つこと約一分。

発光している中心に影のような形で丸まる猫の絵が浮かび上がっていた。小さいそれは猫ではなく豹なのだろうが、あまりにも小さくて無防備な姿なので子猫にしか見えない。

「……かわいい」

獣人の場合の大体の種族を示すための用意された絵なのだろうが、ひとえは自分のお腹の中にいる子供の姿に思えてついつい微笑んでしまった。そう、こうして妊娠検査石を下腹に当てて影が浮かんだ場合陽性、つまりは妊娠している。

(まあ。そりゃあ妊娠するわな)

リュイとはいわゆる順調なおつき合いを続けていた。仕事がない日はマメにひとえに会いに通ってくるし、その度に体も重ねたのだ。

リュイに避妊という概念が存在していたのかは謎だが、ひとえも特に要望しなかったのでその結果が今出ただけのことである。ひとえはリュイには言ってはいなかったが、実は子供が欲しかった。というか家族が欲しかった。リュイを愛してしまったからには元の世界に帰るつもりはないし、とはいってもリュイと普通に家庭を築くこともできるのかどうか分からない。

(獣人だから、じゃなくてリュイが結婚……？　想像つかない)

獣人にももちろん結婚の習慣はあるし、国によって詳細は違えど法でも認められている。しかし、あのリュイが父親となるとひとえには想像がつかなかった。でもどうしてもひとえは血の繋がった家族が欲しかったのだ。

（とりあえず、仕事の相談をしなければ）

ひとえは稀人として国籍を申請していたので、現在は正式な身分を取得していた。かなり時間がかかると思われたこの手続きだが、リュイが「ふーん。ここの役人で知り合いいるからお願いしてあげるね」とかなんとか言ったあと、速攻で認められてた。きっとなんらかの弱みを握っていたに違いない。それか実力という名の暴力でお願いしたか。まあ、助かることには変わりないので、ひとえは黙ってありがたく身分証を受け取ったのだった。少しリュイに毒されてきたのかも知れない。

それで職業斡旋所《あっせんじょ》で仕事を紹介してもらったが、まだこの世界で自分ができる仕事の詳細が分からなかった。とりあえず幅広く募集をかけている軽作業か、商店の店員などから始めればいいかと思っていた。そうするとどこから嗅ぎつけたのか分からないがバーグナが「獣人傭兵団とつき合いのある商店を紹介してやる」とかなんとか言ってきた。詳しく聞けばリュイにひとえが見知らぬところで働かないようにしろと丸投げされたとか。

「いや、さすがに仕事くらいは自分で探せないと困るから」

そう言って遠慮したのだがぐったりしたバーグナに話を聞いたところ、彼はもはや懇願する勢いで話してきたのだ。

「お前が知らん場所で働くとリュイは絶対に毎日監視しに行くぞ」

「……まさか」

「いや、行く。そして仕事をしねぇんだ……」

「……」

やけに芝居がかったバーグナはきっとこうすればひとえが頼みを聞くのを分かってやっているのだろう。確かに傭兵団なんてやってる男の関係者がその辺で無防備に働いていたら、恨みを持つ人に狙われるかも知れない。あまりに他人におんぶにだっこな状況は将来が怖いが、それでもひとえが攫われでもしたらもっと迷惑をかけるのだろう。

ひとえはスラル王国にある武器商人の店の手伝いをすることになった。とても反社会的な仕事だと思ったが恋人がアレだから仕方がないのだろう。

そうして手に入れた仕事は主に店番やら雑用で、一般的な商店の店員とそう変わらないようなものだった。扱うものと客がちょっとアレだけれども。明日仕事に行った時に妊娠したことを知らせて今後のことを相談することにした。

（辞めるのか、休めるのかとか。いつまで働くのかとかかな。あ、病院行かなきゃ）

まずは仕事のことが頭に過ったが、妊娠した時のセオリーはやはり病院では？　とひとえはようやく思いついた。するべきことをリストアップして優先順位をつける。そうしておいて「私、冷静だな」と少し笑ってしまった。

妊娠なんて人生のうちで上位に入る大事件だろうに、ひとえはサクサクとやるべきことをまとめているのだ。ひとえはもともと予定を立てたりすべきことの順番をつけるのが習慣づいていたし、ひとりでしなければという責任感が湧いてきたのだ。なぜならば父親がアレだから。

（リュイのことは好きだけど、アレが父親として、パートナーとして頼りになるとは思えない）

あのきれいな顔を思い浮かべてそう思うひとえは決して悲観しているわけではない。リュイの性格を考えて下手に頼って変なことになるよりは、自分でした方が確実な気がしたのだ。この認識はリュイにとっては心外だろうし、気の毒ではあるが彼の普段の行いを考えれば自業自得なのかも知れない。

「おめでとう。妊婦にいいお茶をあげよう」

職場や近所で近くの産婦人科を聞いてリストを作成してると、仕事から帰宅していたグルウェルがそう言って茶葉の入った袋をくれた。まだ病院で検査をしていないひとえは、もちろんグルウェルにも伝えていなかったので驚いた。

「なんで？」

「体温や匂いかな。トカゲ《ぼくたち》はそういうのに敏感なんだ」

「うわぁ、怖い」

「なんにしてもめでたいな。子供はかわいいからね」

グルウェルは子供好きらしく、目を細めてニッと笑っていた。歯もギザギザで人相が悪いのに、友人として慣れてしまえば愛嬌を感じるから不思議だ。グルウェルは浮世離れした変人なのだが、こんな風に、ひとえの変化にすぐ気がついてくれて手助けをしてくれる。

「そうだ、あの梱包《こんぽう》してある頭蓋骨やらミイラやら宝石をお金に替えたいんだけど」

「そうだな、まともなルートで売るとあちこちの条例に引っかかって厄介だから、知り合いにでも高く売りつけてやろう」

「ありがとう。産後はいろいろ物入りだろうから」

以前リュイにもらった呪われた王墓セットや死を呼ぶ宝石などはグルグル巻きに梱包してクローゼットに放置している。とてもあれを飾る気にもならない。この機会にあれを売り払ってしまって、スペースと軍資金を確保したい。

「そんな心配をしなくとも、要求しただけリュイ殿が貢いでくれるだろう」

「やだ。またミイラだ人骨だと増やされたら、情操教育に良くない」

「くくく、これは信用がないんだな」

「リュイを父親として信用するのは無理があると思う」

別にリュイに内緒で産もうとか逃げようとかしているわけではないのだが、ひとえは産前の準備としてはリュイを全く当てにはしていなかった。グルウェルとしてはそのひとえの反応は意外なようだが、彼が一般的な結婚には向かないのは一目瞭然である。

「はたしてそうかな？　恋をすると変わるのは女性だけではないんだが」

「あ〜、楽しみだなぁ。リュイの特性を引き継ぐから豹の赤ちゃん？　性格は似ないといいなぁ」

グルウェルはニヤニヤしながらなにやら言っていたが、ひとえは豹の赤ん坊のバリエーションを数種想像してデレデレとしていた。

完全な豹の姿なのか、耳や尻尾だけなのか。それともヒトと同じなのか。なんにしても赤ん坊は存在するだけで愛らしいものなのだから、想像は膨らんで止まらないというものだ。

翌日、とりあえずひとえは近所の産婦人科へと行くことにした。

自宅から徒歩圏内で問題がなければありがたい。相変わらず強い日差しに少々目眩《めまい》を覚えたひとえは、なるべく日陰を選んでゆっくりと大通りを歩いて行った。露店も商店も入り乱れる商店街の一角。シンプルな土壁のかわいらしい建物。吊《つ》り看板を見なければカフェかと思うような建物だった。

ひとえが中に入ると数人の女性がいたが、獣の耳や羊の角のある獣人、そしてひとえと同じく獣の特徴のない者と様々だった。どうやら完全にヒトと同じ姿をとれる種族もいるらしく、獣の特徴がないからといってヒトとは限らないが、こんなふうに他種族が馴染んでいるのがこの国の特徴なのだ。

日本の病院と同じくサクサクと受付が済んで検査を希望すれば、尿検査ですぐに結果が出た。

「おめでとうございます。これからは月一回こちらに通ってくださいね」

「わぁ」

妊娠初期を告げられて、今後の検診スケジュールと一冊の冊子が手渡された。

「そこにすべき手続きや猫科獣人の新生児の特徴とか書いてあるので、しっかり目を通してくださいね」

「こ、子猫倶楽部《クラブ》……」

アレ？　さっきまで感じのいい病院だったんだけどなぁ、とひとえは途端に胡散臭く感じてしまった。そして医師と看護師を見るも、ふたりはにこにことしていて特にふざけているわけでもないようだ。看護師の後ろの棚には子犬倶楽部や子馬倶楽部が並べられている。

（……なんか……猫になると会員制の秘密倶楽部のようだ）

ほわほわのヒヨコだとなんにも思わなかったのになぁ、と思うひとえの心は汚れているのかも知れない。余計な言葉を呑《の》み込んだひとえは妊娠初期の諸注意を受けてその日は病院を後にした。

子猫倶楽部によると獣人とヒトの子供は妊娠期間は変わらず、出産自体はそれほど違いがないようだ。ただ、獣の姿で生まれるため獣人の出産に慣れた医師のいる病院がいいと記載されていた。

「出産補助、役所に届け。凄いなぁ、日本と変わらないんじゃない？」

この国を初めて見た時ひとえは日本とは文化が全く違う印象を受けた。例えば発展途上国の観光地のような印象を受けたのだ。建物は暑い気候に合わせて民族色が強いし、鉄製のビルなんかもない。人が多くて賑わっているが日本に比べると発展していないのかな、と。しかし実際住んでみると家の中には魔力を使った家電みたいな道具はあるし、職業斡旋所もある。警察もきちんと機能していて治安も比較的いい。さらには戸籍も管理されていて出産の補助まで出るという。

（やっぱこの国は住みやすいんだなぁ）

とひとえは引っ越し先にここを選んで良かったと改めて実感したのだった。そして自宅で子猫倶楽部のかわいらしい猫獣人の新生児に目を奪われたひとえは、肝心の父親に連絡をするということをすっかり忘れていた。リュイがひとえの妊娠確定を知るのは二日後のことになる。

ひとえから妊娠を知らされる二日前。つまりはひとえが病院で子猫倶楽部をもらっていた頃、リュイはいつもに増して物凄い勢いで仕事をこなしていた。例によって反乱勢力の鎮圧を依頼されたのだがそれがもう軍隊かという規模に膨れ上がっていたので、現場はもはや戦場であった。呪い、魔法入り乱れ、さらには対戦車用のロケット弾に機関銃まで飛び交う中をリュイはろくな防具もつけずに飛び上がる。失った右足には湾曲した金属の義足がはめられており、それが彼の驚異的な跳躍を助けていた。彼は基本的に肉弾戦で戦うので機関銃を撃つ敵を倒し、機関銃を振り回して周囲を粉砕する。兵器を使うのもまどろっこしいらしい。その中から国際的に指名手配されている賞金首を選別しては死体を一ヶ所に放り投げて集めているのだ。賞金首は依頼料とは別の収入になるのだが、これまでリュイは積極的に狩ることはなかった。それが今日の仕事では明らかに金になりそうなターゲットは選別している。その目は無心に敵を倒しており、いやに集中しているようだ。その珍しい様子にバーグナは首を傾げていた。

「おーい、支払い元が破産するぞー」

「はっ」

どうやら予想外に大物が潜伏していた組織のようで、大昔に高額懸賞金がかけられた革命家まで混ざっていた。今更持ってこられても支払いに困るのではないだろうか。

「まじめに仕事をするのはいいけどよ。なんでそんなに賞金首を集めてんだ」

「え、ひとえの生理がこないから」

「……は？」

戦場どころか飲み会でもふさわしくない話題にバーグナは頭が真っ白になった。リュイはそんなバーグナには構わず、賞金首の顔を確かめてきれいに積み直している。

「ここふた月くらい生理がきてないし、体温が高い。それに匂いがかわった」

「え、おま、それ……」

「金がいるんだろ？　そういう時って」

「そんなこと俺に言っていいのかよ!?」

「え、知らないけど」

「お前、恋人の体のことをペラペラ喋るなっ！」

意外にもリュイはすでにひとえの体の変化に気がついていた。そして生理がこないということは子供が生まれる、子育ては金がいるので金を稼ぐ。という連想ゲームで賞金首を狙っていたというわけだ。

獣の本能か雄の本能か。間違っているわけではないが、行動がなぜ破壊行動に直結するのか。リュイの口ぶりでは、子育ての前の諸々のことが済んでいないようだとバーグナは予想していた。そしてそれは当たっている。

「待て待て、まずやることがあるだろう」

「やること……？　巣作り……？　金がいるよね」

「だから待て！　まずはプロポーズだろうがっ」

「プ？　結婚ってこと？」

「そうだ。まずははっきりとした態度を示して、ひとえに伝えるべきだぜ」

「結婚……か。結婚式って金がいるって総司令官が……」

「落ち着けっ！　国でも買いとるつもりかっ！」

なぜかすぐに金が結果の連想ゲームに突入するリュイは、狩りモードになって敵の本陣へとまっすぐ走っていく。その道には地雷、魔法、呪い、機関銃、ロケットランチャーとおもてなしが満載なのだがものともしていない。バーグナがその襟首を捕まえた時にはすでに敵の本部は壊滅して死体の山ができていた。

バーグナに引きずられて戦艦に帰ってきたリュイは業務報告に相談役の部屋を訪れるも、そんなことよりじじいたちの興味を引く話題で盛り上がってしまう。なぜ相談役の本棚の少女純愛小説の隣に結婚情報誌があるのか。相談役は雑誌を広げて三人頭を寄せ合って覗き込んでいる。

「リュイ、婚約指輪なるものが必要らしいぞ！」

「しかし勝手に用意されるのは嫌だという意見も書いてあるぞ」

「ふむ。今時は跪いてパカッとやらんのか」

なぜかぼんやりとしているリュイより盛り上がった相談役たちは、勝手にプロポーズから結婚までの予定表を作り上げている。仕事より熱心なのは気のせいだろうか。

「よし、婚約指輪はふたりで買いに行くべきじゃな」

「ひとえが了承してからな」

「断られるかも知れんしな」

「!?」

相談役の言葉に向かいの椅子に座ったリュイがピクンと震えて、尻尾が若干膨らんだ。しかし容赦のない相談役は至極楽しそうに話を続けている。

「こんな旦那《だんな》嫌じゃしな」

「こんな父親嫌じゃな」

「というかこんな男嫌じゃろ」

「……」

相談役の不吉な言葉にリュイの尻尾は今度は内向きに巻いてしまい、椅子の下に入り込んでしまっている。背後でそれを見てしまったバーグナは「あー、うー」と唸っているリュイを不憫《ふびん》に思い、何とか言葉を探している。

「心配すんな、ひとえはお前の顔、好きだし」

「……」

バーグナの言葉にもリュイの内巻きの尻尾は直らなかった。家庭人に向かない自覚はあるらしい。


【12】

ひとえが病院に行き妊娠が発覚した二日後、自宅サンタさんがやってきた。金髪に赤黒い汚れがついた裾の長いコートのような服。そして血飛沫《ちしぶき》のかかった大きな袋を背負ったサンタ……、いや殺人犯かも知れない。殺人犯、もといリュイは袋を抱きしめて形を変えながらなんとか玄関の扉をくぐって部屋に入ってきた。

「なにそれ」

「いるかな、と思って」

その犯罪の証拠っぽい袋を床に置かれると汚れるので、ひとえはリュイをベランダに誘導した。そこならば後で水を流して洗うこともできるからだ。どうやらひとえへのプレゼントらしいが、中身が新鮮な人体である可能性が否定できないため開けたくなかった。しかし放置すれば腐乱してしまい、ご近所から苦情がきてしまう。数秒悩んだひとえは思い切って袋を広げるが、その中身は予想と違って札束であった。

「……。えっと、犯罪の片棒をかつがされる……？」

日本でよく使われていた四十五リットルゴミ袋くらいのサイズの袋にぎっしりと札束。窃盗、強盗、強盗殺人などの言葉が脳裏に浮かんだひとえは切実に巻き込まれたくなかった。しかしリュイは特に後ろ暗い感じもなく、いつもの様子でひとえを見ている。

「いや、お金いるかなと思って」

「なんのお金、これ」

「賞金首の懸賞金」

「ああ。汚いお金じゃないんだ、良かった」

賞金首の懸賞金が汚くないのかどうなのかはひとえには分からなかったが、盗んだお金ではなくて安堵する。ともあれ現金ではベランダには置いておけない。ひとえは新しいゴミ袋に移し替えて、それを部屋の隅に置いておくことにした。プレゼント攻撃は収まったと思ったが、また始まったのか。

しかし現金とは。

「現金をプレゼントってどうなの。現実的ではあるけども」

「……」

人体よりかは断然いいが、血にまみれた現金を恋人にプレゼントするとはどんなメンタルをしているのだろう。今更リュイについて驚くことはないと思っていたひとえだが、また驚かされてしまったようだ。リュイはといえば、ひとえの言葉にも返事をせずなにやら考え込んでいた。

「どうしたの？」

「ひとえっ」

ひとえがソファーに座ってリュイの言葉を待っていると、突然リュイが抱きついてきた。ソファーに押し倒されながら、ひとえは足を曲げ腹に体重がかからないように庇う。その時にひとえの膝がリュイの鳩尾《みぞおち》に入ってしまったが、ダメージはないようで体育座りのひとえを抱え込む形で抱きしめてきた。

「ひとえ。……ハァハァハァハァハァハァハァハァハァハァッハァハァハァハァハァハァハァハァッ」

「ちょっ、盛るの早い！」

「ひ、久しぶりだからっ！」

「いや三日ぶりぐらいじゃないっ？」

「ん、ん、ん」

ひとえに触った途端に息が乱れて体を弄って、顔やら首やらにキスを落とす。ここで止めてもリュイが止まるはずもないと分かっているひとえは、とりあえずされるがまま様子を見る。

(無茶しそうなら殴って止めよう)

「はぁはぁ……。はっ！　違うっ」

「？」

ひとえの胸を揉んでいたリュイはなにか思い出したようで、勢いよく上半身を起こした。しかし手に包んだ乳は放さない。指は動かしたままで、顔だけは真面目にひとえを見つめてきた。

モミモミモミモミモミモミ
「ひとえ」

「なに？」

モミモミモミモミモミモミ
「一生、乳を揉ませてくれ」

「……」

モミモミモミモミモミモミ
「一生、クン……」

「あんた、バカでしょ」

顔は至って真面目でさらには美しい。しかし悲しいかな言動がセクハラ親父もびっくりだ。口ではきついことを言っても、その様子につい笑ってしまったひとえはリュイの高い鼻をギュ、と摘んでやった。リュイはキュゥとか鳴いている。ひとえにはこの行動に思い当たるところがあったのだ。

「もしかしてプロポーズしてくれてるの？」

「そう。毎日五回はひとえをかわいがるから安心して」

「嫌がらせなの？」

「え、じゃあ、毎日六回いや、八回くらいさせてくれるの？」

「殺す気なの？」

「うん、て言うまで放さない」

リュイはひとえを抱きしめる腕に力を入れてがっしりと捕獲している。発言内容からプロポーズかと思っていたひとえだが、勘違いだったかもしれない。そしてリュイがチュチュとかわいい音をたてて ひとえの頬と首を吸い始めたので、慌てて止めた。伝えたい話がなにひとつできていないからだ。

「待って、その前に報告がある」

「報告？」

腕ごとリュイに抱き込まれているので手が動かせないため頭でリュイの顔を押し返すが、その仕草に笑ったリュイが耳元で囁いてくる。

「病院に行って確定したの。子供ができた。妊娠したの。そのことを踏まえてちゃんと考えて」

「考える？」

「リュイは子供が欲しい？　私は欲しいけど」

「欲しい、てかできたのは知ってたけど」

「えっ？」

避妊もせずにあれだけやりまくっていたらどうなるかは、さすがのリュイにも分かっているはずだ。それでも大人ふたりだけの結婚と、子供がいる上での結婚では責任感が違うはずだ。だからひとえははっきりとした言葉で確認をしたかった。子供ができたと分かった上でも先程のプロポーズに変わりはないかと。

しかしリュイはひとえの妊娠を知っていたという。これはグルウェルと同じ理由なのだろうか。

「匂いと体温が変わったからすぐ分かったけど。俺の子供ができたって」

「……それでお金を」

「結婚も出産も金がかかるって相談役が言ってたけど」

「まあ……」

「嬉しいな。これでずっと俺のものだ」

そう言って笑ったリュイはひとえの頬にまた口づけを落とした。その幸せそうな微笑みにひとえの体の緊張も解け、ホッとしてリュイの肩に額を擦りつけた。自分でも知らないうちに緊張していたらしい。

(なにこの甘い言葉。リュイのくせに)

さっきの乳揉みプロポーズよりもよっぽどそれらしい言葉と雰囲気に、さすがのひとえも頬を赤くしてしまった。

「ねえ、妊娠したらあんまりできないって本当?」

「あんたの心配ごとはそればっかりか」

しかしながらやはりリュイはリュイでしかなく。自身で作った甘い雰囲気を早々にぶち壊していくのだった。

「子猫倶楽部《クラブ》によるとね」

「うん」

「激しくなければ大丈夫だそうです。ただし、私の体調がいい時のみ」

「うん」

「いい？　激しくしない。嫌だと言ったら無理強《じ》いしない。何回もしない」

「……」

「返事」

「……はい」

ベッドに横になったひとえは病院でもらった冊子を片手に、妊娠中の性生活をリュイに説明していた。ここでしっかりと言い聞かせておかなければ大変なことになるのだ。

ふたりしてベッドに寝転んで冊子を覗《のぞ》き込んでいた。何度もできないと聞いて、声が明らかに沈んでいるのがひとえの笑いを誘った。

「賢く待てができたら時々舐めてあげる」

「分かった」

「（即答……）体調がいい時だけね」

「分かった。ひとえはそれに備えて常に休んでいて」

（やっぱバカなんだな……）

　フェラチオのためならばどんな苦難も乗り越えるぜと言わんばかりの婚約者を見たひとえは、御しやすいやら悲しいやら複雑な気持ちであった。

　リュイの温かい手がひとえの下腹部に触れて、温めるように密着した。そして肩に顔を擦りつけてリュイはひとえの匂いを吸い込んだ。自分の子供をその身に宿した愛おしい存在の匂いを。

　そうしてリュイはふと大嫌いな母親のことを思い出した。ついでに母親の味方ばかりする父親のことも。

　リュイは母親が大嫌いだった。それはもう物心ついた頃から。理由はまずは弱いから。リュイの母は戦闘ができるタイプの獣人ではなく、儚げで美しい山猫である。それが過去に傭兵団の闘神《とうじん》と呼ばれた黒豹の獣人の父と結ばれてリュイが生まれた。自身も父と同じく戦闘を好む性質だったリュイは戦えない存在を嫌悪して馬鹿にしていたのだ。そしてなにより母はリュイに似すぎていた。色んな意味で。だからお互い気が合わなかったともいえる。

（ま、でもあのクソ親父があの女の味方をした気持ちは分かったよ）

　ひとえの腹の中の子供がどれほどかわいかろうが、ひとえと子供が喧嘩をしたらきっとリュイはひとえの味方をするだろうなとそう思ったのだ。クスッと笑ったリュイは、手を動かしてひとえの体を撫で回した。

「ゆっくりするからさ。触っていい？」

「ん……」

「ははっ。眠いんだね」

「あったかいから」

ひとえが冷えないように布団をかけて、リュイは背後から抱きしめたままその体を撫で回した。指先で強い刺激を送るというよりは、指の腹や掌で体温を伝えて優しく撫でていく。体温の上がったひとえの首すじを舐めれば、これまでよりもっと甘いミルクのような香りがした。

「甘いね」

「汗が……」

「いい匂いだよ」

「あ……ん……」

普段の勢いの凄い激しい愛撫ではなく、ゆったりとした愛を伝えるような行為だった。リュイの爆発するような衝動は鳴りを潜めて、今はひたすらひとえが心地よいようにしてやりたいと思っていた。横向きのため閉じた足の間に指を滑らせてしっとりと湿ったそこも優しく撫でてやる。そうするとひとえがうっとりとしたため息をつき体が小さく震えた。

「辛い？」

「……ううん」

「きもちいい？」

「……ん」

微睡んでいるのか、ゆったりとした快感に浸っているのか。普段より幼い口調で返事をしたひとえ

の膣口に触れるとしっかりと濡れていた。そちらも壊れものに触れるように慎重に指を入れてゆるゆると擦る。そうして解れた頃リュイとひとえはゆっくりと繋がった。奥までは侵入せずに、ひとえの体にぴったりと寄り添うと、動くでもなくまた彼女の頬に口づけを落とした。

「……ん、動かなくていいの……？」

「うん。しばらくこうしてる」

「？」

「幸せだから」

「ふふふ、らしくないこと言っちゃって」

「たまにはいいね。こういうのも」

いつもはひとえを快感で振り回すような抱き方をするくせに、今日のリュイはじっと繋がっていることをふたりで感じていたいらしい。ひとえは少しばかりもどかしい気持ちはあるものの、ぴったりとくっついた体が暖かくて気持ちよくて小さく笑いながら目を閉じた。

（こういうことができるなら、意外と安心……かも）

なにものからも守られるような安心感でひとえはそのまま眠りに落ちていった。

ひとえの妊娠生活は意外と穏やかに過ぎて、お腹も目立ってきた。仕事の方も無事に退職し、今は体調管理と出産準備に専念している。情報収集をしながら必要なものを用意していこうと思っていたが、今のところ何も購入する必要がない。

「こんだけあったら買うものないな」

産後すぐからしばらく使うもの全てが揃うほどの品揃えである。特に財布の紐がガバガバになった相談役は晴れ着を作るとかなんとか言っていた。まだ生まれてもいないのに。そんな作業も一段落した頃、リュイも仕事でいないしひとりきりのひとえはふいに思いついて手紙を書いてみた。住所を書いても届かないその手紙の宛先は、ひとえの両親と雇い主の親戚のおじさんだ。その手紙を書くことはほとんど自分の気持ちを整理したいという行動で、内容はなんてことはない育ててもらった感謝と、突然いなくなってしまった謝罪。そして結婚と妊娠の報告である。

「両親か……」

書いた手紙を出すことはもちろんなかったが、これで報告はしたということにしておこう。ひとえは手紙を私物を入れている引き出しにしまって、ソファーで休憩をすることにした。そしてリュイの両親っているのかな？　と疑問に思う。今更な発想だがリュイの口からそんな話は出てこないし、傭兵軍関係者からも聞かされたことはない。

(傭兵は孤児も多いみたいだし)

リュイの両親はすでに亡くなっているか、行方すら分からない状態なのかも知れない。それに周囲からそんな話も聞かないということは、獣人の親子関係はヒトとは違う可能性もある。しかしデリケートな問題とはいえ、結婚をして子供を生むのだからリュイの両親のことを本人に尋ねるくらいいいだろう。嫌がれば別に無理に会うこともないわけだし、とひとえはあくびをひとつこぼしていた。

「両親？」

仕事が終わって帰宅したリュイは、ひと通りいつものようにひとえにチュッチュチュッチュして、腹やら乳やら撫で回して怒られてからやっと話ができるようになる。ひとえが両親について尋ねるとあからさまに嫌な顔をした。その表情が全てを物語っている。ならば無理に聞き出すこともないのだ。

「（あ、不仲なのか）こちらの常識は分からないけど、挨拶しないといけないんじゃないかと思って」

「いいよ。別に」

「そう？　リュイがいいならいいけど。一応孫だしねってだけ」

「……」

ひとえは生まれたときから祖父母と交流があったから当然のように話したが、リュイの生きる世界は日本と違って危険が多くしかも種族としての習性も違う。ヒトとは違う事情があるのかも知れないので、ひとえはそれ以上はリュイの両親の話には触れなかった。

（リュイがなんか動くまで放置でいいか）

普段戦艦暮らしだったリュイと結婚するのだからあちらの家に入るわけでもないし、つき合いがないならないで楽というものだ。

と、思っていたのだが。ひとえがリュイの両親のことを気にしだしたのは虫の知らせだったのか。

獣人傭兵軍の方からリュイを通さずに手紙と贈り物が届けられた。送り主はリュイの両親で仲介は総司令官、配達人はグルウェルだった。

「リュイの両親って傭兵軍関係者なの？」

「リュイ殿の父上が総司令官殿と旧知の仲らしい。なんでも若かりし頃に母上をとりあったと」

「えっ！　そ、そうなの!?」

「リュイ殿の父上、カンゾー殿は総司令官殿に勝った男ということだな」

単にリュイの母親がカンゾー殿の方が好みだったのかも知れないが、勝った相手が獣人傭兵軍の総司令官であの雄々しい獅子だと思うと物凄い。手紙を仲介するくらいなのだから、現在は良好な関係なのだろうが。

「直接連絡をとるとリュイ殿に邪魔をされるから、ということだ」

手紙はごく普通の内容で、愚息が嫌がるだろうから挨拶は遠慮するが、愚息の愚行でお困りになったら、連絡をください。何卒《なにとぞ》愚息をよろしくお願いいたします。みたいな。

（愚息、愚行）

謙遜の言葉なのかも知れないが、そう言いたくなるようなクソガキだったんだろうな、とひとえはそんな感想が浮かんできた。きっとリュイは昔からリュイだったに違いない。

「うわぁ、きれい」

手紙と一緒に渡された箱に収められていたのは真っ白なベールだった。ボリュームからしておそらくはロングベールだろう。花や植物を模した刺繍と真珠のような宝石があしらわれている。手紙によるとリュイの母が結婚式で身に着けたものだそうだ。

リュイは両親のことを好きではなさそうだったが、あちらは好意的なようだ。嫌いだったら息子の妻に自分の思い出の品を贈ったりしないだろうから。

フレーメン反応というものをご存知だろうか。猫が強い匂いを察知した時に、鼻だけでなく口からも匂いをとり込もうとする行動のことだが、そのなんともいえない表情が笑いを誘う。

そのリュイの表情を見たひとえは口を半開きにした面白い猫の顔を思い出していた。猫のフレーメン反応の場合は別に臭いと思っているわけではないらしいが、リュイは明らかに嫌悪感をむき出しにしていた。

「べぇるぅぅ～？」

「リュイのお母さんのだって」

「針でも刺さってんじゃないの」

「まさか」

ひとえは箱に入れっぱなしのベールをそのままリュイに見せた。見える範囲にはそのようなものはないし、おかしな仕掛けがあればグルウェルが渡すわけがないのだ。その箱を見るなり鼻に皺を寄せたことから、リュイは匂いで送り主を確認することができたようだ。リュイが両親を嫌うのは本当のようだが、表現方法が子供のようだ。

「あの親父は幼気《いたいけ》な息子を追いかけ回す恐怖の筋肉だるま野郎だ」

「ああ、それだけの理由があったんだろうね」

「ちょっと母親にきついこと言っただけで、地面に埋まるほど殴ってくる虐待親父だ」

「それだけのことを言ってそうだね」

今の憎たらしげな口ぶりからも想像するに、それはそれはカワイラシイお子様だったことは想像に難くない。ひとえは「虐待親父」と聞かされてもリュイが相手だと「あんたが悪いんじゃないの？」と疑いの視線を向けてしまう。しかし詳しく聞かずに決めつけるのはいけないことだ。ひとえはリュイの思い出話を聞いてみることにした。

「あれは近所の未亡人とちょっとばかし遊んだ時……」

「もうその時点でアウトだよね」

「興味本位の子供に酷いだろ」

「興味本位ってのがまた……」

やはり、と驚くでもなくひとえは納得した。リュイは昔からリュイだったと……。リュイ本人はひとえの反応が納得いかないらしく、首を傾げて記憶を辿っている。

「大体、母親に対しても本当のことしか言っていないしね。あざとくて嫌らしいんだよ、あの女。性格も最悪だし、弱い時点で大嫌いだね。あの女のいいところって言ったら顔くらいじゃない？」

「リュイ、鏡見て。鏡」

リュイは自分の前科及び性格を棚に放り投げて、自身の母親をこき下ろしている。弱い者が嫌いなのは戦闘バカとしては当然なのかも知れないが、普通母親にも適応するだろうか。

リュイの父の教育方法も過激そうだが、怪力の変異種の息子が近所の未亡人に手を出すなど親からしたら悪夢だろう。それでもリュイらしい思い出話に少しだけひとえは愉快な気持ちになった。

ただここまで悪く言われている人物にはがぜん興味が出てきてしまう。本当にリュイが言うような女性なのか、と。

「ベールのお礼がてら会ってくるね」

明らかに面白がっているひとえにリュイは難しい顔をして黙り込んでいる。やはり自分が嫌っている両親に会いに行かれるのは嫌なのかもしれない。

「転移魔法できる人を雇えばひとりでも行けるし大丈夫。どんな人か一回見たいだけだし」

「……分かった。俺も行く。ひとえになにかされたら嫌だし」

「いや、なにかされる理由もないし」

リュイの両親からの手紙には会いにこいとも書かれていなかった。ただベールをプレゼントしてくれただけでひとえに嫌な感じはしなかったが、リュイはそうではないらしく結局休みに一緒に行くことになった。


リュイの仕事が休みの日。

同じく休みだという転移魔法使いの団員を無理やり引きずってきたリュイは、魔法を使って実家まで帰ると言った。

「お休みにごめんなさい。リュイのお金から料金を払わせるので」

「いいよ。ただでこき使ってやれば」

「はぁ？　休日に私用で部下に仕事させるなんて最低。せめて給料を支払って」

「ちぇー」

リュイに額をぶつける勢いで物申すひとえを、その団員は真っ青になりながら眺めていた。なんとか止めようとしてくれているようだが、足が震えて動けないようだ。もしかしたら新入りなのかも知れない。とにかく気の毒な団員の休日手当を確保したひとえは、安心して出かけることができるのだった。

そこは濃い緑の自然が多い町だった。町自体もそれほど大きくなく、風車に水車、畑も見える静かな田舎町だ。その町から少し外れた山の麓に赤い屋根のかわいらしい家があった。きのこのような形が数個並んだメルヘンなお家は、まるで絵本に入り込んだような気持ちになる。裏の山と一体化したその庭は、緑は多いけれどきちんと整えられていて色とりどりの花が咲き乱れていた。とてもリュイの実家とは思えないような、幻想的な雰囲気である。

リュイとひとえがその家を訪ねた時、カンゾーは庭の手入れをしていて、その側のテーブルセットに世にも美しい女性が座っていた。プラチナブロンドに近い明るい金髪を緩く編んでリボンを結び、自然に溶け込む優しい色のワンピースがよく似合っている。この庭を守る女神だと言われたら信じてしまいそうな美貌である。

小さな顔に抜けるように白い肌、大きな濡れた瞳に長いまつ毛。可愛らしい鼻と小さくて潤った唇。リュイよりも小さくて儚げだがその顔の造りはそっくりそのままだった。こちらに気がついたカンゾーに促されひとえがリュイとともに庭に進むと、奇跡のような微笑みが向けられた。

「はじめまして。私はそこの口と頭と性格の悪いバカ息子の母親のミュラーよ。こんなクソバカの子供を孕んでくれる神様みたいな人が現れるとは夢にも思わなかったわ。返品は不可なので頑張ってね？　しっかり金玉握って制御するのよ、ひとえちゃん」

　ひとえは死ぬ気で表情筋を制御してなんとか顔には出さずに踏ん張った。しかし混乱する心はそう簡単には静まらない。

（どうしよう、女神が金玉とか言ってくるんだけど。これ方言？　この世界の言葉は自動翻訳されてるのかと思ってたけどバグ？　心を掴んで的な表現？　心が訛ると金玉になるの？　てかこれリュイじゃないの？　ちょっと黄色いけどそっくりなんだけど。顔も口も出てくる言葉もすんげぇ似てる）

　ひとえが脳内で情報を整理して停止していると、リュイの大きな舌打ちが響いた。ひとえの前に庇うように出てくる。

「あいかわらずドブ川みたいな性格してるんだね。オバハン」

「あら。いたの？　こんな素敵なお嬢さんだまくらかして、詐欺師として腕を磨いたのね？　ふふふ。猫被っててもいずれバレるものよ。その前にあなたの悪行をひとえちゃんに教えてあげましょうか」

「黙ってろよ。シワが浮き出るよ、さっさと得意の若作りに勤しんでいろよ」

「やあねぇ。本当に口と頭と性格が悪くって。その上、品性下劣ときたら救いようがないわ。ひとえちゃん、財産を搾りとったらごみ捨て場にでも捨てておいてね」

　ひとえの前で大変汚い火花が散っている。ゲス対ゲスの戦いの火花が。怯えたひとえが思わず義父に助けを求めるも、視線を向けたらカンゾーは茶を淹《い》れに家に入って行ってしまっていた。

「あらまあ。あなたバカだバカだとは思っていたけど、足を忘れてくるほどのおバカさんだったの？　困った子ねぇ。そんな調子で子供とひとえちゃんを養っていけるのかしら」

「関係ないだろ、オバハン。仕事には支障ないよ。あんたで試してやろうか」

「ふふっ、もう、お父さんに言いつけちゃうぞ？」

「はあ？　今更負けるわけないだろ」

「そうねぇ、じゃあ傭兵軍の総司令官様に言いつけちゃおうかな」

ひとえはふたりの攻防を見ながらなぜか冷や汗をかいていた。息をつく間もない罵り合い、そっくりな顔が笑顔を浮かべながらお互いをこき下ろしている。

（リュイと同じ次元で言い合える女性が存在するなんて……）

これが母の愛のなせる業《わざ》か。いや、愛というか遺伝だ。どうやらリュイの性格は変異種ゆえのものではなく、しっかり母親から譲られたものらしかった。こんな似た性格の者が至近距離にいたらそりゃ、嫌い合うことになるだろう。そこへ茶の準備を終えたカンゾーが戻り、すかさずリュイに注意した。

「リュイ、母さんに生意気な口をきくんじゃない」

「はあ？　あいかわらずどんな耳してんだよ。絡んでくるのはあっちなんだけど」

「騒がしくて申し訳ない。ひとえさん」

「い、いえ」

側で観戦していたひとえとしてはリュイとミュラーは、口と性格の悪さともに引き分けだと思った。しかしカンゾーがまっ先に注意したのはリュイで、父は母の味方らしい。

カンゾーはひとえからしたら見上げるほど大きく、おそらく身長だけならグルウェルと同じくらいだ。しかしその体は分厚く見るからに鍛え上げられていて、現役の戦士と言われても不思議はない。肌は浅黒く、黒い髪に黒い瞳。精悍《せいかん》で鋭い印象をうける黒豹の獣人だった。

「すみませんな。久しぶりに息子に会えて、妻もはしゃいでいるようだ」

「はあ……」

「ほら、ミュラー。リュイに会えて嬉しいのは分かるがひとえさんが驚いているぞ」

「ええ、リュイがあいかわらずで安心したわ。ひとえちゃんに愛想を尽かされる未来が見えるようね」

「またそんなことを。お前は冗談が好きだな」

ひとえは目の前の愛が眩しくて目を細めた。会話の意味が噛み合っていない気がするが、ふたりは幸せそうに微笑み合っている。どうやらカンゾーの目には頑強な愛妻フィルターがはめ込まれているらしく、なにをしていてもその瞳には愛らしい妖精のような妻が映っているようだった。

「へっ。いつまで経ってもバカ夫婦」

「こら、リュイ」

「やあねぇ、バカはあなたとお父さんだけよ」

「……」

四人で囲むテーブルは思ったよりも平和的ではあったが、ひとえは引きつった顔を完璧には隠すことができなかった。一般的な義理の家族に会う緊張とは違う緊張を味わったひとえは、この異様なティータイムに限界がきたリュイに強制退場させられるまで貼りつけた笑みを浮かべていた。

想定外の疲労は感じたものの、リュイの両親への挨拶も済ませたひとえは安心して出産を待つことができた。

衝撃的ではあったがやはり顔を合わせておいて良かったと思うひとえであったが、義母から贈り物や手紙が届くと無駄にドキドキする。今のところミュラーの攻撃はリュイとカンゾーに限られているが、いつか自分に向かないか気が気ではなかった。ぜひそのお言葉は、ぶつけられて完全に喜んでいるカンゾーだけに与えて欲しいものである。

スラル王国の気候は変わらないが、なんやかんやと日々の雑事をこなしてバカなことばかりするリュイをいなしていると、あっという間にひとえは臨月を迎えたのだった。リュイは熱心にひとえの匂いを嗅いで出産予定日を予想したら、その期間は仕事を休んで家にいた。そしたらドンピシャで陣痛がきたのだ。これにはひとえも驚いた。出産を正確に予想するなんて日本でも難しいのではないのだろうか。そしてかかりつけの産婦人科へ連れて行ってくれたのはいいが、リュイが医者の邪魔をして迷惑をかけているのだ。

「おい、お前目隠ししろ」

「バカ野郎！　リュイ、先生の邪魔すんなっ」

「は？　見るつもりなわけ？　俺のひとえのアソ……」

「相談役！　気絶させてくれ！」

「魔法効くかのぅ……」

かわいらしい外装の産婦人科にはむさ苦しい代表のバーグナと、まだ生まれていないのになぜか来た相談役たちがいる。

バーグナは分娩室《ぶんべん》へ続く廊下で医師に絡むリュイをはがいじめにしている。その手はブルブルと震えて限界が近い。医師は男性であったため、リュイがいちゃもんをつけているのだ。

こうなることがわかっていたひとえは、検診などはなんとかリュイを振り払ってひとりで通っていた。しかしさすがに出産となると隠し通せるものでもない。産気づいたひとえを抱きかかえて、ひたすら励ましながら運んでくれたのは愛を感じるが邪魔でしかない。その時、誰も注意を払っていなかった天井から魔法が放たれた。それは握りこぶし大の光を放ち、リュイに気配を悟らせず彼の体に当たった。そしてそれを受けたリュイが崩れ落ちる。

「おお、グルウェルか」

天井を見上げたバーグナがほっ、と安堵のため息をついた。リュイの怪力を抑えるのが限界に達していたのだ、グルウェルがなんらかの方法でリュイの動きを止めてくれて助かった。ようやく解放された医師が慌ててひとえの待つ分娩室へと入って行った。その際に開いた扉の隙間から「覚えてろ……リュイのバカ野郎め……っ」というひとえの恨み言が聞こえた。

一段とむさ苦しさを増した廊下にはバーグナ、グルウェル、相談役が待たされている。そして床に倒れるリュイ。今は他の妊婦の出産がなくて良かったと思える光景である。

「こんな愚か者は初めて見たな。ひとえが危ないだろう、リュイ殿」

「リュイに効いてるけどなんの魔法だ？　グルウェル」

「最近とある蛇女を魔法開発責任者として迎えた国で開発された魔法だな。体を痺れさせるので戦闘のみならず医療でも有用かも知れない」

　まだまだ出回っていない新開発の魔法をどうやって手に入れたかは分からないが、グルウェル自身もあまり使ったことがなかったらしくリュイの体を調べてかかり具合を確かめていた。

「ぐぅ、この……っ、トカゲ……っ」

「意識はあるな」

「大人しくてちょうどいい。ひとえの枕元に置いておいたら、慰めになるんじゃないか」

　意識ははっきりしているが、体は全く動かないらしいリュイは、グルウェルに運ばれてひとえのベッドの横に設置された。そこで唸り声を上げているひとえはこれからが本番である。そんなひとえの手をとったグルウェルは冷たい手で労るように撫でてから、リュイの手を握らせた。そしてハンカチで額の汗を拭ってくれる。

「がんばれひとえ。外で応援しているぞ」

「……、くっ、ま、まかせろっ！」

　もう口を開けばうめき声が溢れ出るひとえは、リュイの手を全力で握りしめながら痛みを逃して、グルウェルには頼もしい言葉を返した。リュイが動くのは口のみ。それも普段と比べると緩慢にしか動かなかった。

「……ひ、ひとえ……」

「っ～！　ふぅぅぅぅっ……！　あたたたたっ！」

「い、痛い……の？」

「痛いっ……！」

「が、がんばれ……」

「がんばっとるわ!!」

体が動かず汗も拭えないリュイは目の前で苦しむひとえに手を握り潰されながら、下ネタも憎まれ口も封印してひたすらひとえを応援した。そのかいあってか、リュイの手が握り潰しがいがあったのか、それほど時間もかからずかわいらしい鳴き声が分娩室に響いた。

「あぁ、かわいい！　豹の男の子だねぇ」

「おめでとうございます」

「はぁっ、はぁ～」

医師と看護師の言葉の合間にミャアミャアと子猫の掠れた声が聞こえる。やはり子猫倶楽部に書いていたとおり、獣の姿で生まれたのだろう。そっとひとえの胸に置かれたのは猫よりは大きくてヒトの新生児よりは小さめな、金の毛並みを持つ赤ちゃん豹だった。

「ぎゃあっ！　かわいいいっ!!」

「ちょ、俺まだ体が痺れてるんだけど……。見えない」

ほこほこ湯気が立ちそうな生まれたてのかわいいその子は、ヒトの子とずいぶん違う姿で生まれてきたが胸の上でまるまってムニャムニャいう姿にひとえは一瞬で夢中になってしまった。こんなのかわいくないはずがない。

そしてリュイにかかった魔法はひとえの処置が全て終わって、グルウェルが入室するまで解けなかった。

髪が金色ふわふわで細いのはリュイに似たのだろう。目の色は中心がブラウンで外にいくほど金になる。蜂蜜を落としたようなその色がとてもきれいで、どれだけ眺めていても全く飽きない。生まれてふた月ばかりは獣の姿のみだが、それ以降は人になったり半獣になったり姿が変わるらしい。

「わあ、かわいい姿にバリエーションがあるとか。獣人ってお得だね」

「その感想は初めて聞いた」

初めての育児、しかも自分とは違う種族の子育てはなかなかに慣れることはなかった。ひとえの知らないことばかりだったから、毎日新しいことに出会ってばかりだ。助かったことといえば、獣人の子はヒトの子に比べると頑丈だということだろうか。リュイなどは新生児の首の後ろを掴んで持ち上げるのだから、ひとえは悲鳴を上げた。

「ちょっとっ!!　そんなとこ持たないでっ!!」

「大丈夫だよ。ほら痛がってないだろ」

「いやぁ、視覚的に痛いぃ」

「ひとえは甘いなぁ」

リュイは幼い頃からカンゾーに厳しく育てられたらしく、赤子の扱いが雑である。ひとえの感覚からしたら恐ろしいが、子供の機嫌が悪くないことから間違ってはいないのか。

「名前は決めたの？」

「本当に私がつけていいの？」

リュイは雑に持ち上げた割に、子供を腹の上に乗せて寝かしつけてくれる。トントンと背を叩く手は先程の持ち上げる動きと違って優しかった。そろそろ名づけをしようと話し合っていたのだが、リュイがひとえのつけた名前がいいと言いだしたのだ。

リュイの子供は傭兵軍からも熱望されていたから、この子は変異種ではなかったとはいえひとえは少々プレッシャーを感じる。

「これからたくさん呼ぶんだろ。なら俺はひとえがつけた名前を呼びたいかな」

「じゃあ……。カナメ」

「カナメ」

カナメ、要。日本で昔からある名前でひとえが聞いてもなんだか懐かしい感じがする響きだ。ひとえの故郷を思い出すこともできて、そしてひとえがこの世界にいる意味のひとつ、必要なもの。そんなイメージでつけた名前だ。

「カナメ、おやすみ」

リュイはカナメの背をトントンと優しく叩きながら、愛しさを含ませるようにしっとりとその名を呼んでいた。

カナメに名前をつけた時の愛が溢《あふ》れるようなリュイを見て、ひとえはこの鬼畜外道も子供への愛に目覚めたのだなぁと感慨深くなったものだ。それが現在……。

「おい、調子のんなよ。それは俺の乳だからな。ちょっと貸してやるだけだからな」

「ちょっと、バカじゃないの？　あっちいけ」

ひとえの腕の中にはウェーブのかかったピンクの髪を持つ乳児。つい数日前に人化に成功して今はその小さな頭にかわいい丸い耳がついていた。今は一生懸命ひとえの乳首に吸いついて乳を飲んでいる。そのかわいさの権化《ごんげ》に向かってメンチを切る父親。ひとえは呆れ果ててリュイの頬をグーで殴った。突然の制裁だが頑丈なリュイには撫でられたも同然である。

「もうふたり目なんだからいい加減にしなさいよ」

「何人目だろうとこれは俺の乳だから。早く離乳しろ」

「黙れバカ。あんたが離乳して」

リビングのソファーで世界一バカらしい喧嘩をする両親をじっと見ている金髪の少年。長男のカナメである。その心中は不明であるが、教育に悪いことは間違いがない。

「あかちゃんのパイパイなのに。パパや～ね～」

「ふん、お前にも分かる時がくるさ」

赤子の栄養を確保したいひとえにガチ切れされて涙目のリュイは仕方なく引き下がり、カナメにまで説教される。

カナメは金髪に豹の模様を持つ、ごく一般的な豹獣人の特徴を持っている。色彩はリュイの母親に似ていて、顔の造りはひとえにそっくりだった。つまりは色が派手なあっさり顔である。ひとえに近づく雄にはお子様からお年寄りまでめちゃくちゃに厳しいリュイも、この容姿の息子には甘くならざるを得なかった。これでも意外とかわいがっているのだ。

「ひとえのおっぱいは俺のなの」

「パパのー？」

「そう」

「カナメのは？」

「お前はもう一人前だろ。自分だけのおっぱいを探すんだ」

「？」

リュイはやはり一般的な父親とはかけ離れているが、バカみたいな会話でも息子にはよく構っていた。男同士通じるものがあるのか。そして夫としても非常識なリュイだが、夫婦仲は良くたまに喧嘩はするものの結婚生活は順調であった。それはひとえがリュイの異常性を理解してある程度妥協してスルーしているからに他ならない。大体、こんな奴にまともに立ち向かっていたら体力がどれだけあっても足りるわけがないのだ。

そうして生まれたふたり目は女の子であった。その波うつような柔らかい髪は、ピンクがかっていることから相談役待望の変異種と思われる。まだ変異種としての特性も分からないので、ひとえはとりあえず身の回りのものを頑丈にしベッドは鉄製にした。

「女帝じゃ」

「女傑じゃ」

「女王じゃ」

すでにカナメに骨抜きにされていた相談役は、変異種のマーナの誕生には崇拝する勢いでひれ伏していた。

生まれて間もない時から分かる肌の白さに大きな目、音が鳴りそうな長いまつ毛と小さくて愛らしい鼻。そして蜜でも塗っていそうなプルプルの唇は赤子でも美しさの片鱗《へんりん》を見せつけていた。そんなマーナは成長するにつれてリュイにそっくりに育っていった。リュイに、そっくりに……。

【エピローグ】

リュイの生家は時が止まったかのように相変わらずで濃い緑に色とりどりの花、そしてカンゾーお手製の木製のテーブルに少女のようにあどけない美しさの女、ミュラーが肘をついて笑っている。

その向かいには色こそ赤みを帯びているので違うが、彼女の美しさを受け継いだ男、リュイ。そしてもうひとりはリュイの長女のマーナである。ピンクの髪はリボンを巻き込んで編んでいる。花の刺繍が入って袖の膨らんだ柔らかいブラウスとたっぷりと膨らんだギャザースカート。こちらもカラフルな刺繍が施されている。彼女の「友人」のグルウェルからもらったその服をマーナはとても気に入っていた。ご機嫌で祖母と父と語らう少女は今五歳であるが、すでに目が潰れそうなほどの美貌を保持していた。

「本当にマーナはパパそっくりねぇ。かわいそうにバカも遺伝しているのかしら？」

「おばあ様。マーナはバカではないわ。もう字も読めるし、お仕事サボってバーグナを困らせているパパと一緒にしないでね」

「誰がバカ？　サボってないし。バーグナが仕事入れすぎなんだよ」

「リュイ。あなたせめて稼ぎがないとひとえちゃんに捨てられるわよ。頭と性格と口と根性が悪かったら、取り柄は顔しかないじゃない」

「パパが仕事に行くのを嫌がっているから、ママは困っていたわ。大人とは思えないわ。みっともないわ。マーナは絶対にこんなんにならない」

「黙れよ小娘。ひとえの側にいるのが俺の仕事だから」

「迷惑極まりないわね。バーグナがかわいそう」

「マーナは本当、リュイにそっくり」

ひとえはその禍々しいお茶会のテーブルから少し離れた場所にシートを敷いてカナメと花の名前を調べていた。そしてその親子三世代が集うテーブルを見て古代中国の呪いを思い出していた。漫画などでよく見かける、ひとつの壺に毒蟲《どくむし》を放り込んで生き残りを呪術に使うアレ。この浮世離れした庭で毒を出し合う三人の中で誰が一番か……。

(やっぱり経験値的にミュラーさんかな)

リュイも口は悪いがどちらかというと先に手が出る方だ。しかし現時点でも祖母と父と渡り合うマーナは末恐ろしい。彼女の友人のグルウェルが熱心に言葉や知識を教えるから、五歳とは思えない発言も多々ある。それより驚くべきはあの毒舌ティータイムに参加できるメンタルの方かも知れないが。

「マーナ凄いね」

「あ、あー」

祖母とのお喋りより庭の花や本に興味のある長男、カナメは今十歳だ。

おっとりとしていて優しい雰囲気は、気性の激しい妹との相性は悪くないし、顔がひとえに似ているためにいくぶん態度が柔らかい父親とも仲良くしていた。そして同族嫌悪と自分勝手でぶつかりそうな父と長女だが、お互いわがまま気ままなので意外と干渉せずに適度な距離を保っていた。変異種はやはり変わり者が多い。

「大丈夫？　カナメは嫌な気持ちになってない？」

「うん。いつものことだし」

あの特殊な精神構造のふたりに振り回されて疲れていないかと心配するひとえだったが、カナメにもひとえの鋼《はがね》のメンタルとスルースキルがしっかりと受け継がれていた。彼は理解できない行動をする家族を放置することができるのだ。まあ、それだからミュラーに会わせることもできているのだ、気の弱い子供ならあの祖母とはつき合えないだろう。

そしてひとえとマーナの友人であるグルウェルは、今もひとえの家の近くに住んでいた。

マーナを身ごもった時にもっと広い家に引っ越そうと、新居を探していたらグルウェルの伝手《つて》で紹介してくれたのだ。自然も多く公共の施設も近い。子供を育てるのにいい環境の場所で庭つきの素敵な一戸建てだったが、お隣さんに暗殺トカゲ男つきの物件だった。しかしひとえの家庭も父親は気の荒い猫旅団の旅団長なのだ。その辺は問題なかった。

更にはリュイよりも感情の起伏が平淡で博識なグルウェルにカナメはすでに懐いていたし、マーナも物心ついた頃には「先生」と読んで慕っていた。マーナは変異種の特性が知能に現れているらしく、様々な分野に興味津々で算数から暗殺まで教えてくれるグルウェルと話していて楽しいのだろう。身近な成人男性はすぐ手が出る奴ばかりなので。

まだ学校にも通っていないマーナはグルウェルが仕事へ行く前にいつも暗号の宿題を出されている。ひとえが見ても不穏な絵柄にしか見えないそれを、マーナは嬉々として解読していた。

「マーナは暗号が一番好き？」

「うん。そうかも。大きくなったら暗号解読で傭兵軍に就職しようかな」

会話の内容はともかく、マーナもひとえには毒舌を控えてくれるので助かっている。仕事が終わったグルウェルを交えてよく三人で宿題の答え合わせをしているのだ。

「もし、ママがパパから逃げたくなったら、マーナが隠蔽《いんぺい》してあげるからね！　ふたりで旅行行こうね！」

「隠蔽……」

「ちょうど、魔法の痕跡の消し方を教えたんだ。マーナはおそらく転移魔法を使えるから、痕跡を消すことができればリュイ殿から逃げることも可能だろう」

「へぇ、凄いねマーナ！」

隠蔽とは五歳児が使う言葉なのかは甚だ疑問ではあるが、どうやら習得した能力でひとえの力になってくれるらしい。いざという時は頼りにさせてもらおうとひとえは笑って聞いている。

今日もマーナとグルウェルは謎の暗号で会話して、その解き方を真剣にひとえに説明してくれている。説明される内容はさっぱりだが、普段は毒舌で特殊な能力持ちのマーナの子供らしい一面にひとえはほっと安心する気持ちだった。

長男のカナメの方は頭脳労働より体を使う方が性に合っているのかバーグナに色んなことを習っていた。幼い頃は本ばかり読んでいたおっとりした少年は、最近パパから父さんと父親の呼び方を変えたばかりだ。バーグナのいる戦艦へ訪ねて行って、体や武器の使い方を教えてもらっている。師事するのにリュイではなくバーグナを選ぶあたり、カナメは人を見る目はあると思われる。リュイは他人にものを教える才能が皆無なのだ。

「お前は本の虫かと思ったぜ」

「別にそんなに強くなりたいわけではないけど……」

「そうなのか?」

カナメは気性は優しいがやはり肉食獣の獣人なんだし、変異種でなくともあのリュイの息子だ。父親ほどの鮮烈な才能はないにしても、体格にも恵まれているし努力できる粘り強さも持っている。

バーグナは感心していたのだが、カナメの目的は強さではないようだ。

「……父さんが無茶したら僕が止めないと、母さんがかわいそうだから……」

最近は少々反抗期でひとえの側にいるよりバーグナと訓練している方が多くなったのに、カナメの努力は母のためだったのだ。……そんなことを心配せずとも、リュイは年々ひとえに逆らえなくなっているが、その辺の男女のことは彼にはまだ早い。

それよりもその思いやりにバーグナは目頭が熱くなった。バーグナもいい歳なので涙脆くなっていけない。

「……くっ、リュイの子供がこんなにまともに……っ」

「なんか……ごめんね。いつも父さんが迷惑かけて」

目頭を押さえるゴツいおっさんの背中を擦る少年は、思いやりを持った優しい男に成長していたのだった。

そんな面倒見のいいおじさんたちが子供たちの教育をしてくれるおかげで、ひとえたちは夫婦の時間に恵まれていると言えるだろう。カナメはバーグナと訓練で、マーナはグルウェルと外国の博物館に出かけて行った。そしてひとえは朝の支度をすることもできず、寝室に閉じ込められている。ベッドの端にしがみついて逃走の意志は示したが、ひと月ぶりに仕事から帰宅したリュイがへばりついて離れないのだ。

「ちょっ、しつこい……っ！」

「まだぁ、あと十回……」

「死ぬわ、アホかっ！」

「仕事行きたくなぁい……」

「もう、いい加減にして……っ昨日あんなにしたでしょ！」

「ひとえがいつまで経っても気持ちいいのが悪い」

もう時刻は昼前だ。夫婦の寝室にはひとえの必死の懇願と脅しにより防音魔法がかけられている。

リュイはもう若造といわれる年齢ではないというのに、その勢いは衰えることを知らなかった。傭兵軍の方でも。

現役の旅団長であいかわらず自ら先陣を切るし、ベッドの中でもアホみたいに盛る。獣人ってみんなこうなの⁉　と疑問に思ったひとえだが、残念ながらひと様に相談することはできなかった。とにかく満足するまでひとえを貪らなければリュイはまともな話もできないのだ。

ひとえの肩を甘噛みしながら、まだ入ったままのものは固い。昨夜から何度も何度もしたというのにいつになったら萎えるのか。ひとえはもう揺さぶられるままだ。

「ああ……ひとえ、ひとえ、ひとえ……。また戦艦に連れてって閉じ込めちゃおうかな」

「あっ、あっ、だめ……、子供たちの、ごはん、しなきゃ……」

「大丈夫。カナメができるよ。ねえしばらく一緒に行こ？」

「いやだ、閉じ込めるんでしょっ」

「んふふ、ね。もうひとりつくろっか。ひとえがどこにも行かないように」

心を通わせてからは逃げたことなどないし、結婚してからもリュイを不安にさせるようなことはしていない。迂闊なことをすれば血を見る事態になるのは容易に想像できるからだ。それなのにリュイは隙あらばひとえに枷をつけて閉じ込めたがる。そして今も深く差し込んだ杭を奥へ奥へと進めて抜く気はないみたいだ。昨晩からかき回されすぎて、内股が痙攣している。筋肉痛は決定だし、下手をしたら足腰立たなくなる。それなのにリュイはひとえの腰を掴んで激しく打ちつけてきた。

「ああ……ひとえ……きもちいい……」

「あぁっ！」

ゴリッとした軽い痛みを感じるほど奥に侵入したリュイはそこで熱を吐き出した。そしてひとえを閉じ込めるように、背後から抱きしめて耳や頬にキスをする。絶対に放さないぞという彼の気合が伝わってくるようだ。

「ひとえ、好き……」

「もう、そればっかり」

いくつになっても父親になっても、子供のような愛の言葉しか言えない夫に、ついついひとえは笑ってしまった。やりすぎだと怒ろうと思うといつもこうなのだ。もしかしてリュイはわざとやっているのだろうか。

「……私もリュイが好きよ」

こんなふうに微笑み合って愛を伝え合うことができるようになるとは、出会った頃は考えられなかった。

(リュイも変わったもんね……、ん?)

ひとえが幸せを噛みしめると、短時間の賢者モードを終えたリュイの陽物がまた固さを取り戻している気がする。そして程なくしてまた背後から前から下から上からと体位を変えて、振り回されることになるのだ。結局リュイは何年経っても変わらない。

「ほんと、もうっ、そればっかり!!」

ぐったりしたひとえの恨みの声が今日も寝室に響き渡っていた。

あとがき

この度は『情人独立宣言　ゲスで絶倫な豹獣人から逃げ出したい！』をお手にとっていただきありがとうございます。

この小説は数年前に書いたものでして、私自身久しぶりに読み返した作品でした。今回、書籍にしていただくにあたって本文を大幅に書き直させていただきました。この話のように大人なシーンがあるお話は当時のテンションや好み、はたまた流行などが反映されすぎていて「ぎゃー！」となってしまいましたので。あなたも昔に書いたエロい妄想日記などがありましたら、ぜひ読み返してみてください。私と同じ気持ちになることでしょう。

恥ずかしくて放置していたのですが大好きな作品には変わりなかったので、今回書き直す機会をいただけたことで安心して読めるようになって良かったです。私が。

これも数年たったらまた「ぎゃー！」となるかは不明ですが美しい表紙と挿絵をつけていただいたので大丈夫でしょう。イラストを描いてくださったｃｉｅｌｏ様には私の気持ち悪い要望に真摯に答えていただいて感謝しております。

特にこの作品は優男（リュイ）からガチムチおじさん（バーグナ）、そしてなんか変な人（グルウェル）と様々なタイプの男性が登場するので、色っぽい男性の表現が素晴らしいｃｉｅｌｏ様に描いていただき幸運だったと思います。個人的には相談役を挿絵にねじ込みたかったのですが、猫ジジイは私以外喜ばないので止めておきました。

ひとえに関しては性格的なイメージしか考えていませんでした。気が強くてかわいい一面もある少年顔の女性で健康的。そんな要望であの美人を作りだしていただいて感無量です。

リュイのような傍若無人なゲスクズ男の話を書こうと思いついた時、最も悩んだのが「え、こいつを許せる？」という部分でした。

彼は暴力を行使する仕事をしているし、自身も戦闘を楽しんでいます。なので初めはひとえに対する扱いも酷いものでした。雰囲気が暗くならずに済んだのは、全てひとえの強靭な精神力によるものです。だからといって、ひとえの愛だけを頼りにリュイをヒーローに据えるわけにはいかない。リュイは大変美しい男ですがそんなものは数年で飽きてしまうものです。関わるには圧倒的にデメリットが大きい男です。ならば愛せるかわいい部分が必要だ、ということでひとえの前ではバカな子猫のようなキャラクターになったというわけです。ただ力が強すぎて制御は難しいです。まさに愛を知ったモンスターというところですね。リュイはひとえが初恋ですし。

そして当て馬ポジション（?）のグルウェルですが、彼はとても特殊な生物です。変異種の中でも特に変わった生態をしており、それ故にひとえと性別を越えた友情を築くことに成功しました。万が一彼にアレがあったら、リュイが何としても抹殺していたでしょう。

しかしグルウェルも純粋な力ではリュイに適いませんが、暗殺者ならではの搦め手ならば対抗できるかもしれません。そうなったら相打ちでまさかのバーグナ落ち？という悲劇になっていたかもしれません。個人的には結構幸せになれそうなエンドでは？と思いますが、そんな悲劇は私の作風ではないのでグルウェルが変な人で良かったです。

そしてその意外と幸せにしてくれそうな頼れるおじさんバーグナ。世間的にはそれほどおじさんという歳ではないけれど、中間管理職的哀愁でひとえにおじさんと呼ばれています。彼も肉食獣人なので気性が穏やかなわけではないのですが、同胞には愛情深く、情に脆いです。

リュイに対しては自分より強い戦闘の天才という畏怖の念と、手のかかる弟に抱くような愛情を持っていると思います。ですのでリュイが気にいっているひとえに対しても、庇護欲と彼女の境遇への同情があるのでしょう。少しは下心もあるかもしれません。バーグナは健気な生き物が好きなのです。

今回書籍にしていただいて、世界観というか登場する国のイメージが変わったと感じた方もいらっしゃるのではないでしょうか。

もともとは多国籍的で雑多なイメージで、衣装以外は限定せずに書いていたのです。適当ともいいます。

唯一最初から決めていたのがリュイの衣装で、これはジョージアのチョハという衣装を元にしており大変美しい衣装です。獣人傭兵軍はならず者の集まりですが、一応軍を名乗っているので、こういうクールな揃い衣装を着せたいと思ったのです。リュイは美しい男ですが西洋風王子様ではないなあと、衣装に合わせて雰囲気を考え直しました。キラキラした創作物としての西洋ではなく、民族色（ここでは中東やアジア）のイメージになりました。どちらも物語のイメージ先行なので実際の国とは違いますが。

ここまで書かせていただいたように、書籍化を通して私の大切な作品について考える機会をいただき本当に楽しかったです。

たくさんの大人が「わたしのかんがえたエロいはなし」を元にして本気で本を作ってくださる……。時折正気に戻ってはひとり悶えつつ、完成に近づくにつれてこれは凄いことだなあと思いました。

こんな貴重な体験をさせていただけたのは、ウエブ投稿の時から応援してくださった読者皆様とこの本を作るために関わっていただいた全ての方のおかげです。今回初めて読んでいただいた方にも気に入ってもらえたら幸いです。

本当にありがとうございます。

猫屋

情《じょう》人《じん》独《どく》立《りつ》宣《せん》言《げん》
ゲスで絶《ぜつ》倫《りん》な豹《ひょう》獣《じゅう》人《じん》から逃《に》げ出《だ》したい！

猫屋

2024年6月5日　初版発行

著者　猫屋

発行者　野内雅宏

発行所　株式会社一迅社
〒160-0022　東京都新宿区新宿3-1-13　京王新宿追分ビル5F
電話　03-5312-7432（編集）
電話　03-5312-6150（販売）
発売元：株式会社講談社（講談社・一迅社）

印刷・製本　大日本印刷株式会社

DTP　株式会社三協美術

装丁　AFTERGLOW

落丁・乱丁本は株式会社一迅社販売部までお送りください。
送料小社負担にてお取替えいたします。
定価はカバーに表示してあります。
本書のコピー、スキャン、デジタル化などの無断複製は、
著作権法の例外を除き禁じられています。
本書を代行業者などの第三者に依頼してスキャンやデジタル化をすることは、
個人や家庭内の利用に限るものであっても著作権法上認められておりません。

ISBN978-4-7580-9645-4
©猫屋／一迅社2024　Printed in JAPAN

●本書は「ムーンライトノベルズ」（https://mnlt.syosetu.com/）に掲載されていたものを改稿の上書籍化したものです。
●この作品はフィクションです。実際の人物・団体・事件などには関係ありません。

MELISSA

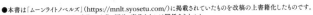